KB042984

권왕의
레이드

권왕의
레이드 1

초판 1쇄 인쇄일 2016년 6월 23일 | **초판 1쇄 발행일** 2016년 6월 28일

지은이 장쯔 | **펴낸이** 곽중열 | **담당편집 팀장** 이범수
편집부 신연제 이윤아 홍현주 김유진

펴낸곳 (주)조은세상 | **출판등록** 제 2002-23호
주소 경기도 연천군 미산면 청정로1355
TEL 편집부 02)587-2966 | FAX 02)587-2922
e-mail bukdu@comics21c.co.kr

장쯔 ⓒ 2016
ISBN 979-11-5832-594-7 | ISBN 979-11-5832-593-0(set) | 값 8,000원

※잘못 만들어진 책은 바꿔 드립니다.
※저자와의 협의에 의해 인지는 생략합니다.

귀왕의 레이드

NEO MODERN FANTASY STORY & ADVENTURE

장쯔 현대 판타지 장편소설

북두
(주)좋은세상

CONTENTS

0. 프롤로그

0. 프롤로그

　나는 연시대학교의 경영학과 3학년이다. 곧 4학년에 올라가게 되겠지만….

　2015년 1월, 집으로 걸려온 전화 한 통이 나의 편안한 라이프를 망쳐 놨다.

　이번 학기에 게임에 빠지는 바람에 학교를 거의 안 나갔더니 학사경고를 받게 되었는데 학과사무실에서 집으로 학사경고를 받았다는 사실을 알렸기 때문이다.

　결국은 그 전화로 인해서 독립했던 오피스텔에서 쫓겨나서 다시 집으로 들어왔다.

　엄마의 갈굼이 시작된 것이다.

　어렸을 때부터 나는 뭔가 하는 걸 굉장히 귀찮아했다.

그런 내가 공부를 좋아했겠는가? 뭔가 흥미가 생기면 미치도록 집중하고 빠지지만 흥미가 생기지 않는 건 전혀 관심이 안 생겼기 때문이다.

그런 인간이 어떻게 대한민국의 3대명문인 대학교에 그것도 경영학과에 들어갔냐고?

뭐 머리하난 좋다.

아니다. 머리가 좋다고 할 수는 없다. 이해도나 응용력이 좋은 건 아니니까.

사실 내가 10살 때 교통사고를 당했다.

그때 난 소설 속에서나 나오는 차원이동을 경험했다.

지금도 솔직히 모르겠다. 그게 내가 차원이동을 한 건지 그냥 꿈을 꾸고 일어난 건지는.

그 곳에서 난 황보세가 가주의 셋째아들이었다.

그렇지만 첩의 자식이었기에 집안에서 아버지를 제외하곤 내 편은 없었다.

언제나 아버지는 나를 안타깝게 여기시고 아껴주셨지만 정을 붙일 곳은 없었다.

처음 2년 정도는 언어도 안 통했기에 벙어리처럼 지내면서 눈치를 보기 바빴고 왜 꿈이 안깨나 싶어서 혼란스러웠기 때문이다.

자고 일어나도 나는 계속 황보세가의 셋째아들이었기에 그냥 인정하고 살았다.

너무도 어렸기에 뭐가 뭔지 아무리 생각해도 결론이 나

오지 않았다. 그래서 그냥 황보지환으로 인생을 살았다.

만화에서나 보던 무공이라는 게 실제로 존재 한다는 게 너무나 놀랍고 신기했다. 그래서 몇 년을 무공수련에 미쳐서 살아갔다.

그러는 사이 어머니는 돌아가셨다. 그러자 언제나 못마땅하게 생각하던 아버지의 정부인이 나를 괴롭히기 시작했고 그건 나날이 심해져갔다. 특히 내가 무공성취가 너무나 뛰어났기에 주변에서 천재라고 치켜세워주자 자신의 아들이 소가주가 되는데 방해가 될까봐 나를 죽이기 위해 암살자까지 고용하고는 했다.

아버지는 모든 걸 알고 계셨지만 나서지 않으셨다.

스스로 이겨내라며… 열다섯 짜리가 뭘 어떻게 스스로 이겨내라는 건지… 답답하고 속상했지만 딱히 방법은 없었고 아버지는 나에게 상당한 돈을 쥐어주며 도망가서 조용히 살라고 하셨고 나는 그렇게 했다. 뭐 딱히 정이 있던 것도 아니고 아쉬운 것도 없었다.

그냥 부잣집에서 편하게 삼시세끼 먹으며 지내다가 혼자 조용히 살게 된 정도의 차이였다.

뭐 아버지도 모르고 계셨지만 나는 황보세가의 모든 무공을 머릿속에 담아두고 있었다.

이상하게 처음부터 나는 상단전이라는 게 열려있던 상태였기에 뭐든 한번본건 바로바로 외울 수가 있었다. 그걸 익히고 이해하는 건 시간이 걸렸지만 워낙 무공에 미쳐있었기에 그건 매우 재밌는 시간이었다.

내공만 따라줬다면 뭐 다 펼쳐봤겠지만 그건 시간이 해결 해 줄 문제였다.

소가주든 가주든 욕심은 없었지만 배다른 형제들은 딱 봐도 자질이 뛰어나지 않았다. 가문의 미래가 암담해 보였기에 어차피 저들에겐 낭비라는 생각에 집을 나올 때 영약도 몇 개 훔쳐서 나왔다.

그때부터 나의 떠돌이 생활이 시작됐다.

어딘가에 정착하면 혹시나 황보세가가 찾아올지도 모른다는 생각에 어딘가에 정착하지 않고 계속 떠돌았다.

그렇게 어디 한군데 정착하지 않다 보니 언제나 외로움은 나를 괴롭혔다.

그렇게 20년을 떠돌다가 객잔을 하나 차려놓고 정착했다.

뭐 사실 수익은 거의 없었지만 그냥 마음편히 살기 편했다.

20년간 나의 모습은 많이 달라져있었고 이제 누가 와도 상대할 수 있는 경지에 오른 무공으로 인해서 별로 걱정이 없었기 때문이다.

그렇게 10년을 더 보내고 객잔에서 일하던 여인과 혼인도 해서 자식도 보고 평범하게 살았다.

하지만 무림은 너무나 혼란스러웠고 더 이상 평범하게 객잔을 하면서 살 수가 없었다.

무림인들의 싸움으로 인해서 객잔도 망가졌고 결국 가족들도 모두 잃었다.

　난 그때 태어나서 처음으로 분노했고 나의 아내와 자식을 죽인 마교도들은 모두 죽여 버렸고 무림에 이름을 알리게 되었다.

　뭐 그 당시의 황보세가는 몰락의 길을 걷고 있었다.

　10년 전에 정파내의 파벌싸움에서 황보세가는 패했고 세력이 몹시 약해졌다.

　그리고 첫째형이 가주직을 아들에게 물려줬고 형의 아들은 가문을 일으키겠다고 정마대전에 식솔들을 이끌고 앞장서서 싸우다가 황보세가를 멸문위기까지 몰아갔다.

　정은 없지만 내가 이정도의 무공을 이루게 되기까지 적지 않은 도움이 된 건 사실이기에 나도 정마대전에 제대로 발을 걸치고 싸우게 되었고 권왕이라는 칭호를 얻게 되었다.

　그리고 천마와의 대결에서 나는 천마와 동귀어진의 수를 택했고 그게 나의 마지막이었다.

1. 가족

1. 가족

　천마와의 일전을 마지막으로 죽었다가 깨어나자 무림의 세계에 가기전인 교통사고로 병실에 누워있는 10살짜리 이지후의 몸이었다.

　정말 이게 꿈인 건지 뭐가 뭔지 너무나 혼란스러웠다.

　현경의 경지에 올랐던 엄청난 내공은 몸에 하나도 없었고 단전조차 없었다.

　상단전은 열려있었지만 그게 다였다.

　혹시나 해서 내공을 만들기 위해 한 달간 노력해보자 단전을 만들 수 있었다.

　그때서야 난 확신할 수 있었다.

　설명할 수는 없지만 나는 다른 세상에 살다가 온 것이다.

그때부터 나는 다시 무공을 되찾기 위해서 노력했다. 딱히 지금의 세상에서 무공을 사용하는 사람이 있다는 생각은 안 들었지만 강해서 나쁠 것도 없고 약한 것보단 강한 게 선택지가 많을 거라는 생각 때문이었다. 그리고 평범한 이지후의 삶을 살기 위해 노력했다.

나는 고1이 됐을 때 화경의 경지에 올랐다.

현경에 오르는 건 정말 쉽지 않은 거라는 걸 알고 있기에 천천히 시간의 흐름에 맞기기로 마음먹고 무공의 경지를 되찾겠다는 욕심을 버렸다. 화경만 되도 뭐 지금 세상에서는 내 상대가 전혀 없다는 생각이 있었기 때문이다.

하지만 내가 고1이던 해에 세상은 변했다.

갑자기 세상엔 던전과 몬스터가 나타났고 많은 사람들이 죽어갔다.

몬스터들에겐 총이 먹히지 않았다. 그랬기에 처음엔 혼란스러웠지만 초능력자 혹은 능력자라고 하는 사람들이 세상에 나타났고 몬스터들을 빠르게 죽여 나갔고 인류는 다시 안정을 찾아갔다.

가족을 지키기 위해서라면 능력을 보일 생각을 했지만 다행히 우리가족이 피난한 곳까지는 몬스터들이 들이닥치지 않았기에 내가 능력을 보일 필요는 없었다.

5년이 흐른 지금은 능력자들은 모두 헌터로 칭해졌고 1등 신랑감이자 최고의 직업으로 칭해졌다.

세상은 몬스터를 이용해서 엄청난 발전을 거듭했다. 몬

스터를 통해서 나오는 마정석과 부산물로 얻는 이익이 어마어마했기 때문이다.

마정석은 천연에너지원으로 어떤 오염도 시키지 않았기에 세상은 마정석을 이용해서 발전소를 돌리기 시작했고 부산물로 무기를 만들면 몬스터들에게 보다 피해를 주기가 쉬웠기에 몬스터를 잡는 헌터들은 큰돈을 벌수가 있었다.

물론 목숨을 걸고 몬스터와 싸우는 사람들이니 일반인들이 상상할 수도 없는 큰돈을 벌었지만 각성을 해도 헌터로 생활하지 않는 사람들도 많았다.

마력이 있고 없고 차이로 헌터와 일반인을 구별할 수 있지만 처음 헌터로 각성을 하더라도 일반인과 큰 차이는 없기 때문이다.

뭐 소설에 나오는 것처럼 처음부터 막 불을 뿜고 그랬다면 모르겠지만 현실은 달랐다.

오히려 전설의 대전이라는 게임과 흡사했다.

사람들은 능력에 따라서 탱커, 딜러, 힐러, 서포터로 나뉘었고 파티나 길드 사냥을 하게 되었다.

내가 어떻게 이렇게 잘 아냐고?

난 화경에 오르고 가족들이 잠을 잘 때마다 한 명씩 추궁과혈을 했다.

뭐 그 덕에 가족들이 모두 매우 동안이고 건강하다.

원래 우리 가족들의 외모가 다들 뛰어나긴 했지만 지금은 좀 반칙 같달까?

오십을 바로 보는 아버지의 외모가 30대 중반으로 보이기 때문이다.

아버지와 어머니를 추궁과혈 할 때 내공을 좀 많이 쓰기는 했다.

아무래도 나이가 있으셔서 잔병들도 있었고 아버지같은 경우는 간이 매우 안 좋으셨기 때문이다.

그 부작용이라면 부모님이 그 재앙을 겪으시면 서도 쌍둥이 동생을 낳았다.

뭐 어머니의 뱃속에 있을 때 내가 벌모세수를 시켜놔서 쌍둥이들은 그야 말로 최고의 재능을 가지고 태어났다. 남들은 천재나 영재 뭐 그렇게 보고 있지만 사정을 다 알고 있는 나로서는 약간의 죄책감도 있다.

나보다 2살이 많은 누나는 나로 인해서 헌터가 되었다.

내가 아니어도 되긴 됐겠지만 누나는 단번에 A등급의 힐러가 될 수 있었다.

왜냐면 추궁과혈 도중에 갑자기 누나의 몸에서 빛이 흘러나오기에 호기심에 누나의 몸에 상당한 내공을 밀어 넣어봤기 때문이다.

다행이라면 내가 밀어 넣던 내공의 반 정도는 누나의 몸에 안착했다.

나는 그 날 모든 내공을 거의 다 쓰는 바람에 오랜만에 가부좌를 틀고 운기행공을 하게 됐지만 누나에게 나쁠 건 없으니 좋은 게 좋은 거였다.

문제라면 누나가 헌터로 활동을 하는 거랄까?

대한민국에서 최고의 여대라는 곳에 다니던 누나가 그 위험한 헌터를 한다는데 어떤 부모가 좋아하겠는가? 한바탕 집안에 태풍이 지나갔지만 누나의 고집을 꺾지 못하고 누나가 헌터가 되는 것을 찬성해 주었다.

아버지는 잘 다니시던 대기업을 관두시고 몬스터에 관련된 사업을 추진하셨다.

몬스터의 부산물을 처리하고 가공하는 사업을 하셨는데 초기에 경쟁업체가 별로 없을 때 시작해서 인지 지금은 제대로 자리 잡고 있었다.

누나도 대한민국에서 세손가락에 들어간다는 미라클 길드의 부길드장이기에 아버지의 사업에 큰 도움이 되고 있다.

그리고 두 살 어린 여동생은 지금은 아이돌이다.

나랑 여동생은 둘 다 공부를 안했다. 나는 정말 안 한 거고 여동생은 내 생각에 해도 안 되는 거다. 동생은 책만 피면 잤고 나는 애초에 책을 안 폈다.

나는 어렸을 때부터 집안의 골칫거리였다.

왜냐고? 당연히 집에서는 내게 무공이니 뭐니 그런 게 있는지 모른다.

지금은 뭐 몬스터나 헌터가 나오니까 말하면 헌터가 됐구나 할 수도 있지만 5년 전에는 헌터가 없었기 때문이다. 그러기에 나는 학교에선 잠만 잤고 학교가 끝나면 언제나 수련을 했기에 집에 들어가면 옷은 매우 지저분했다. 공부는 안하고 놀기만 한다고 생각된 부모님은 매일 나에게 잔소리를 하셨지만 들을 나도 아니었다.

뭐 화경의 경지를 되찾고 나서는 그 짓을 안했지만 매일 집에서 게임을 하거나 TV만 보고 있으니 집에 있어도 책한번을 안보니 매우 착잡해 하셨다.

차라리 부모님은 여동생이 있는 기획사에 가서 연예인이라도 하라고 하셨다.

188에 80키로 완벽한 모델 비율에 몸은 조각 같은 근육질, 그리고 스크린에서 막 튀어 나온듯한 꽃미남이 나였기 때문이다.

그렇기에 여자들이 매일 집 앞에 진을 치고 나를 한번이라도 보겠다고 찾아왔기에 부모님도 내심 불편해 하셨다. 공부는 틀린 것 같으니 동생처럼 연예인 쪽으로라도 가길 바랬지만 나는 그런 쪽으로는 흥미가 없었다.

정 할게 없으면 나중에 헌터가 되면 된다는 마음가짐을 가지고 있었기 때문이다.

지금은 그저 귀찮은 건 피하고 편하게 살고 싶을 뿐이기에 부모님의 그런 바람들은 철저히 무시되었다.

고3이 됐을 때 나는 바퀴달린 것들에 관심이 갔고 고3생일이 지나자마자 면허를 땄고 아버지의 애마를 사정없이 망가뜨렸다.

그동안 잔소리는 하셨지만 화를 내신 적이 없던 아버지

가 처음으로 분노했다.

그리고 아버지와 나는 딜을 했다.

내가 대학에 간다면 나에게 차를 사주시기로.

나는 거기에 한술 더 떠서 서울에 있는 4년제에 간다면 독립도 시켜달라고 했다.

혹시 대한민국의 삼대 명문대에 간다면 매달 300만원의 용돈도 주기로 하셨다.

물론 부모님도 별 기대는 없으셨다. 부모님이 보시기에는 전혀 가능성이 없는 얘기기 때문이다. 전교에서 뒤에서 다섯 손가락 안에 드는 놈이 공부를 해봤자 불가능하다고 생각했기 때문이다. 그저 책이라도 한번 보기나 하라는 심정으로 그렇게 하기로 한 것이었다.

하지만 나는 이미 하단전, 중단전, 상단전이 모두 열려 있는 상태였다.

뭐 상단전은 희안하게 처음부터 열려있었지만.

무림에서 살 때도 상단전의 효과는 톡톡히 봤다. 한 번 보면 그냥 외울 수 있다.

응용하고 이해하는데 시간이 걸리긴 하지만.

잠깐 책 몇 번 읽으면 부모님의 잔소리로부터 몇 년은 해방을 받을 수 있기에 난 수능을 4개월 남은 시점부터 책을 열심히 봤다.

부모님도 내심 놀라고 대견스러워 했지만 큰 기대는 안 하셨다.

초등학교때부터 꼴찌만 하고 책을 안 보던 아이가 고3때 4개월 책을 본다고 뭐가 달라지겠나 싶었기 때문이다.

하지만 수능을 본 뒤에 결과는 전국1등. 전과목 만점이었다.

그 날부터 아버지와 어머니는 나에 대한 태도가 180도 바뀌셨다.

너무나 뛰어난 아이었기에 그동안 흥미를 보이지 않았던 거라고 생각하셨다. 천재이기에 학업에 흥미를 느낄 수 없었던 거라며 지인들과 전화를 하며 너무나 즐거워 하셨다.

하지만 내신이 너무나 안 좋았기에 대한대학교보다는 연시대학교에 들어가게 되었다.

4년간 전액 장학금을 받고 다니기로 하였다. 학사경고만 받지 않는다면 4년 내내 등록금이 면제였다.

약속은 약속. 나는 그 약속을 지켰고 부모님은 이제 지킬 차례였다.

부모님은 울며 겨자 먹기 식으로 쓴웃음을 지으시며 나와 했던 모든 약속을 지켜주셨다.

뭐 아버지의 사업도 매우 잘됐고 누나도 헌터로 엄청 잘나가고 있었기에 나에게 그 정도를 해준다고 집안에 어떤 피해도 가지는 않았다.

그렇게 얻어낸 BMW X6와 학교 앞에 있는 방 3개짜리 최고급 오피스텔과 용돈은 나의 인생을 아주 화려하게 해주었다.

아주 제대로 놀았다. 외모뿐만 아니라 재력에 학벌까지 되니까 예전에도 감당 안 되던 여자들이 해일처럼 밀려들었다.

매일같이 여자를 바꿔가며 놀면서 방탕한 생활의 연속이었다.

그것도 2년 정도 하니 재미가 없었고 3학년이 됐을 땐 게임에 빠졌다.

대학생활의 2년은 유흥과 여자 때문에 망치고 3학년 때는 게임 때문에 망쳤다.

전설의 대전이란 게임에 빠지면 답도 없다는 사람들의 말을 믿지 않았는데 그건 진짜였다.

2학기가 되어서 학교에 간 적이 3번도 안 되는 것 같았다.

학점은 원래 바닥이었지만 학사경고를 받은 적은 없었기에 부모님은 알아서 잘 하고 있는 줄 알았지만 학사경고 안내 전화를 받게 된 부모님은 나의 모든 걸 빼앗아 갔다.

"아들 엄마가 그동안은 아무 말도 안했어. 왜 안했을까? 그건 너를 믿었기 때문이야. 고3때도 마음먹으니까 수능 만점까지 받았으니까. 그러니까 믿고 기다리면 정신 차릴 줄 알았지. 그런데 엄마랑 아빠한테 그런 전화가 오게 하는 거니?"

"죄송해요…."

오늘이 날이 구나 싶었다. 아… 학사경고…. 전에 동기가 학고 받았을 때 집에 전화 와서 엄청 까였다는 말을 들었을 때 그냥 웃었었는데…. 그게 나에게도 오다니….

"오피스텔은 팔았다. 그리고 방학동안은 용돈 없으니까 그런 줄 알아. 네가 벌어서 쓰던지 집에서 잠만 자던지 알아서 해! 그리고 앞으로 통학해! 학교 다닐 때는 차키 줄 테니까 타고 다니고 방학동안은 차키 압수다. 너 이제 등록금 내야 되는 거 알지? 학사경고 받아서 등록금 면제 취소됐다고 하더라. 그러니까 개강하면 용돈은 30. 기름은 주유만 가능한 카드하나 줄 테니까 그거로 넣도록 하고. 그 이상 돈이 필요하면 네가 아르바이트를 하던지 취직을 하던가 해. 너도 이제 4학년이면 취업 생각해야 되는 거 아니니? 뭐 생각은 하고 있니?"

아빠도 제대로 이번엔 열 받았네…. 저 정도로 열을 내시는 게 내가 고3때 아빠 차 박살냈을 때 이후로 처음인가?

"네…."

"아빠 회사 나와서 일이라도 배워볼래?"

"아니요."

"뭐?! 왜!"

사실 저 일하기 싫어요. 그냥 이렇게 평생 놀면 안 될까요? 언젠가 일은 해야겠지만 책상에 앉아서 서류 보는 건 정말 아닌데….

"아빠 회사는… 거기에 다 제가 아들인거 아는데 낙하산으로 들어가서 일하고 싶지 않아요."

"그래도 어쨌든 너라도 아빠 회사를 이어야 하지 않겠니? 언제까지 그렇게 놀기만 할 거야?"

"지현이 누나나 지수한테 물려주세요."

"지현이는 평생 헌터를 할 거라고 하더구나. 뭐 헌터를 관두더라도 회사 쪽에는 관여할 생각이 없고. 지수는 연예인하고 있잖아. 걔는 너보다도 공부를 안 해서 무리다. 너밖에 없다."

젠장… 이건 정말 아닌데…. 절대로 안 된다. 방법을 찾아야한다. 머리를 써라. 지후야 머리를 써야 한다. 책상에 앉고 싶지 않으면 머리를 써라.

때마침 방안에서 놀고 있던 쌍둥이 들이 거실로 나왔다.

"형아~ 형아 안녕!"

"오빠 오빠~ 빠아~ 까아!"

이제 4살이 된 쌍둥이 동생들이었다.

지아는 바로 나에게 달려와서 내 품에 안겨들었다.

"오빠 왜 이렇게 오랜만이야? 지아 안보고 싶었어?"

"당연히 보고 싶었지. 오빠가 우리 지아 보고 싶어서 앞으로 매일 보려고 아예 짐 싸서 들어왔어. 이제 같이 살 거야."

엄마의 눈에서 레이저가 나올 것만 같다.

"형아 진짜로? 그럼 이제 나랑 같이 축구 해줄 거야?"

"당연하지. 우리 지훈이 축구실력이 얼마나 늘었나 조만간 봐야겠는데?"

"진짜? 진짜? 나 이제 짱 잘차. 다른 애들은 공차면 굴러가는데 내가 차면 날아가, 헤헤."

"대단하네."

맞다. 쌍둥이는 뭘 해도 될 애들이다. 기본적으로 베이스가 다르다. 엄마의 뱃속에서 나에게 벌모세수를 받고 세상에 나온 아이들이다. 나도 분명히 그때 한몫했다. 그러니 쌍둥이에겐 미안하지만 어쩔 수 없다.

◇

"아버지."

"갑자기 무게 잡지 마라. 항상 아빠라고 부르던 놈이 무슨 아버지야."

"알겠어. 근데 아빠. 아빠도 아직 한참 일 할 때로 보이는데 나한테 회사 물려주고 뭐하게? 집에서 엉덩이 긁으면서 놀게? 아니면 저 어린애들 데리고 시골 가서 농사라도 짓게?"

"흠… 그건 아니고…."

"아빠가 나이 들어서 일을 못 하는 것도 아니고 아직 한창인데 오십도 안 되서 왜 은퇴생각을 하고 있어? 그리고 아빠 외모 누가 봐도 나 같은 아들을 둔 사람으로 안 보이는 거 알지? 전에 내 친구들이 우리 가족사진 보고 아빠가 큰형이냐고 하던데 벌써 나한테 회사를 물려줄 생각이야?"

"흠."

먹혔다. 나는 얼굴근육의 미묘한 변화도 다 알 수 있거든. 분명히 큰형소리가 나왔을 때 입가가 떨렸다.

"난 그 회사를 물려받을 생각이 없어. 뭐 나중에 조금 도와 줄 수는 있겠지만. 내꺼라는 생각은 안 들어. 그건 지훈이한테 물려주는 게 어때? 솔직히 누나나 나나 지수는 아빠 자식이라기 보단 형제처럼 보이잖아. 솔직히 엄마도 누나나 지수랑 쇼핑가거나 하면 큰언니냐는 소리 많이 듣지?"

"어? 응…."

"그렇다니까. 솔직히 지훈이나 지아는 엄마아빠가 신혼부부고 나은 아이로는 보이는데 우리는 아니거든. 엄마아빠가 너무 동안이라서 우리도 피곤하다고. 막 형이냐 누나냐면서 가끔씩 선자리 좋은 곳 있는데 소개해줄까? 이런 말 들으면 나도 당황스럽다고. 그러니까 회사는 지훈이나 지아한테 물려줘."

"흠… 너도 그런 고충이 있었구나…. 라고 할 줄 알았냐? 이자식이 대학가서 잔머리만 늘었나? 이게 아빠엄마를 가지고 놀려고 해? 그래. 회사는 쌍둥이한테 물려준다고 치더라도 넌 뭐 할 건데? 네 누나는 헌터고 지수는 연예인이라는 직업이 있는데 너는 뭐 할 건데?"

아…. 거의 다 넘어간 것 같았는데… 에라 모르겠다.

"나 이번 학기 때 노느라 학사경고 받은 거 아니야. 나도 이제 4학년이니까 취직을 하던 뭘 하던 준비해야 할 거 아니야. 그래서 그거 준비하느라 그랬어."

"그래서 뭘 준비 했는데?"

아… 질러버렸는데…. 뭐라고 하지….

"그건 아직 말 못해."

"이게 어디서 거짓말이야!"

"거짓말 아니고 진짜야. 아빠 나 못 믿어? 나 아빠랑 고3 때 약속하고 4개월만에 지킨 사람이야. 진짜라니까!"

이게 안 먹히면 답이 없다. 내 인생에서 단 한번 부모님에게 인정받았던 일이다. 이 이후로 뭘 해도 믿어 주셨지.

"진짜냐?"

"응. 그동안은 씨를 뿌린 단계였고 4학년동안 잘 가꿔서 열매를 맺으면 돼."

"여보 지후가 이번엔 진짠가 봐요."

"그러게…."

부모님은 귓속말로 속삭이고 있었지만 나에겐 다 들렸다.

좋아 입질이 왔다. 밀어 붙여야 한다.

"제가 그렇게 못미더우세요? 저는 제대로 준비해서 졸업 전에 부모님에게 무언가 보여드리고 싶었어요. 뭐 이젠 됐어요. 그렇게 못미더우시면 아빠회사에 들어갈게요. 뭐부터 할까요? 몬스터사체부터 나를까요? 아니면 뭐 사무실에 앉아서 엑셀을 작성하면 될까요?"

"아… 아니… 그런 뜻은 아니고…."

"저요 고3때 아빠 차 몰래 끌고 가서 고장 냈잖아요. 그런데 아빠는 아직도 그 차를 고쳐서 타시고 계시잖아요. 그런데 저는 비싼 차를 몰고 다니고. 그래서 이번 일 잘되면 아빠 차부터 제가 사드리고 싶었어요."

됐다. 완벽하다. 이 이상은 없다.

"힝. 아빠 미워. 왜 오빠 말 안 믿어줘? 지아는 오빠 말 믿는데."

지아야 고맙다. 오빠가 사탕 사줄게!

"뭔지는 말해 줄 수 없니?"

미안해… 엄마… 뭐가 있어야 말해주지….

"그래 알겠다. 그동안 차 안 바꾸고 있을 테니까 좋은 차로 바꿔줘라."

아… 아빠…. 차 바꿀 돈은 집에 충분히 있잖아…. 누나도 페라리 타고 다니는데…. 하긴… 옛날부터 엄마아빠는 어지간해서 뭐 버리거나 잘 사질 않으셨으니까…. 내가 사드리지 뭐. 근데 나 뭐해서 사드리지?

"네."

"졸업 전까지 만이야. 졸업 전에 뭔가 결과물을 보여주지 않으면 회사로 나와."

"네…."

1년의 시간은 벌었네…. 뭐 그 때가서 방법이 없으면 헌터나 해야겠다. 책상에 있는 것보단 낫겠지 뭐.

"맞다. 오늘 지현이랑 지수도 같이 저녁 먹기로 했어."

"누나는 오늘 헌팅 안 나간대?"

"요즘은 주1회 정도만 나가고 사무실에서 있나보던데?"

"그래? 근데 지수는 왜 온대? 걔네 이번에 망했어? 활동 안 해?"

"너는 누나나 동생한테 관심 좀 갖어. 어쩜 그렇게 모르니? 그리고 지수 앞에서 망했니 뭐니 그런 소리는 하지 마라."

지수는 작년에 데뷔한 5인조 걸그룹의 멤버다. 첫 앨범이 성공해서 아주 집에서 고개를 뻣뻣하게 들고 있었는데 이번엔 잘 안 됐나?

"망했나보네."

"망한 건 아니고. 출발이 워낙 좋았잖니. 성적으로만 보면 나쁜 건 아닌데 처음이 워낙 잘 되서 기대치만큼은 안 된 거지. 그러니까 지수 앞에서 말조심해."

망한 거 맞구만 크크.

"넵."

"야 너는 누나를 보고도 인사를 안 하냐?"

"안녕하십니까? 대한민국의 성녀 지현 헌터님."

"너 죽을래? 내가 성녀니 뭐니 하지 말라고 했지!"

저 성격을 아무도 모른다. 밖에선 착한 척 가식이다. 성격이 얼마나 드센지 아무도 모른다.

길드장이 남자친구라던데 저 성격을 알려나 모르겠다. 알면서도 만나면 부처지만 모르고 만나고 있을 확률이 99%니까….

"왜? 저번에 기사 보니까 하얀 원피스 입고 가식적인 웃음을 짓고 있으시던데."

"죽을래 정말? 넌 학사경고 받고 잘 하는 짓이다? 부모님이 얼마나 힘들게 일해서 등록금 내주시는데 그러고 싶니?"

"머래~ 나 수능 만점자야. 전액 장학금 받고 들어갔는데 무슨 등록금? 누나가 저번에 장비 산다고 집안 뿌리 뽑을 뻔 했다지?"

"그…, 그건…, 학사경고 받아놓고 뭘 잘했다고!"

"그건 이미 부모님한테 다 혼났고 왜 그런지 설명도 끝났거든? 누나야 말로 돈 벌어서 뭐해? 부모님 용돈이라도 드렸어? 집안 뿌리 뽑아서 지팡이 사려고 하지 말고 용돈 좀 드리지 그래?"

이겼다, 하하하!

누나는 씩씩대면서 방으로 올라갔다.

뭐 한가할 땐 누나가 집에서 쌍둥이를 많이 봐주기에 엄마가 그나마 숨통을 트이고 사시지만 저번 장비사건은 아주 어마어마했기에 사골 육수처럼 우려먹어줘야 한다.

내가 헌터가 아니라서 장비에 대해서 모르지만 아이템에 따라서 신기한 능력을 쓸 수 있게 된다던데 대표적인 예로 불을 뿜어내는 검이라거나 마법 같은 걸 쓸 수 있는 아이템들이 있다고 한다. 그래서 헌터들이 아이템이 아무리 비싸더라도 최대한 사려고 애쓴다고 뉴스에서 들었지만 그걸 우리 누나가 하고 있었다.

지난번에 지팡이 하나 사겠다고 자기가 모은 전 재산에다가 부모님의 지갑까지 열었다고 들었다.

누나가 올라가자 이제 현관에서 지수가 얼굴을 내밀고 있었다.

"왔냐?"

"혹시 이번에 학사경고 받아서 집으로 강제소환 되셨다는 연시대학교 경영학과의 망나니 이지후씨 아닌가요?"

망했다기에…. 우울할까봐 적당히 넘어가 주려고 했는데 네가 날 건드려?

"그럼 당신은 설마 디지털앨범을 사골 국에 말아버리셨다는 에스걸스의 이지수씨인가요?"

"아 씨! 죽을래! 망하긴 뭘 망했다고 그래!"

나는 눈을 최대한 크게 뜨고 입가에 미소를 띠우고 말을 했다.

"어라? 나는 말했다는 말은 한마디도 안했는데요?"

"아…."

"망했나보네. 하긴 난 네가 앨범을 냈다는 소식을 듣지도 못했으니까. 얼마나 망했으면 난 네가 활동 중인지도 몰 랐잖아."

지수의 눈가가 촉촉해졌다. 내가 심했나? 곧 울 것 같은 표정인데….

동생은 그냥 2층으로 올라가 버렸다.

한 시간 후에 우리 가족은 모두 식탁에 둘러 앉아 저녁을 먹고 있었다.

"너네 분위기 왜 그래? 싸우기라도 했니?"

"……."

누나와 지수는 말없이 밥을 먹고 있었다.

"몰라. 엄마 밥 맛 없다고 시위 하나본데?"

아…. 실수다…. 입이 방정이다. 엄마의 요리는 정말 맛 없다. 하지만 그 누구도 엄마의 요리가 맛없다고 태클을 걸 지는 않는다. 그런데 내가 너무 오랜만에 집에와서 감을 잃 었는지 말실수를 했다.

내가 이 말을 끝내는 순간 누나와 지수는 고개를 들고 묘 한 미소를 짓고 있었다.

"그…, 그러니…?"

"여…, 여보… 맛만 좋은데…."

아…. 아빠 도와줘…. 아빠는 나의 눈빛을 외면했고 누나 와 지수의 공격이 시작되었다.

"엄마. 지후가 그동안 밖에서 자기 혼자 맛있는 것만 먹 느라 집 밥의 소중함을 모르는 것 같네."

누나는 아까 나에게 한방 먹은걸 풀겠다는 듯 말을 하고 있었고 지수 또한 잘 걸렸다는 듯이 이 기회를 놓치지 않았다.

"오빠는 나이가 몇인데 반찬투정이야 반찬투정이. 엄마가 얼마나 힘들게 만든 건데. 맛이 있든 없든 맛있게 먹어야지. 어디서 엄마요리를 가지고 맛없다는 소리야!"

엄마는 살기등등한 눈빛으로 나를 째려보고 있었고 의자가 드르륵 소리를 내면서 뒤로 밀려나고 있었다.

'혼자 죽을 순 없지. 같이 가자. 나 천마랑도 동귀어진 했던 사람이야.'

"누나는 마치 그동안 자기는 맛없는 거 억지로 먹었는데 나만 잘 먹고 다녔다고 말하는 거 같다? 그리고 지수 너는 맛이 있든 없든 이라니? 넌 그럼 그동안 엄마한테 맛없는 걸 맛있다고 거짓말을 했다는 거니?"

난 혼자 죽기 싫어서 누나와 지수도 묶어버렸다. 혼자보단 셋이 낫겠지. 미안하다.

누나와 지수의 표정은 사색이 되었다. 그 타이밍에 내가 그런 꼬투리를 잡을지는 몰랐다는 듯한 당황한 안색이었다.

엄마는 자리에서 일어나서 말없이 방으로 들어가 버리셨다.

아빠가 잽싸게 엄마를 따라 들어 가는게 보이신다.

분명히 아빠도 맛 없어서 그만 먹으려고 일어난 것이다.

하지만 차마 그 말까진 꺼낼 수가 없었다.

"야! 이지후! 너는 무슨 나까지 끌어들여!"

"내가 말실수 한 거 인정. 근데 왜 불난 집에 부채질을 해? 누나랑 지수가 조용히 있었으면 내가 그런 말을 할 이유가 없잖아. 왜 가만히 있으면 중간이라도 갈 텐데 나서서 일을 만들어?"

우리 셋은 서로에게 한마디씩 하면서 자리를 떴다.

하지만 나는 배가 고팠기에 엄마가 요리했던 요리들과 남아있는 재료를 가지고 다시 요리를 했다. 이래보여도 내가 요리를 제법 한다. 권왕이었던 시절에 혼자 숙식을 해결하며 떠돌기도 하고 객잔도 운영했던 나다. 그런 내가 요리를 못할 리가 없으니까.

우리 집 여자들은 이상하게 엄마나 누나나 지수나 요리가 요리가 아니다.

아마 몬스터한테 먹이면 자기를 독살 하려는 거로 착각할 지도 모른다.

덕분에 우리가족은 어디서든 어지간히 맛없는 음식도 투정하지 않고 잘 먹는다.

그래도 뭐 쌍둥이는 괜찮을 거다. 내가 별모세수를 시켜놨으니까 아마 요리든 뭐든 잘 할 거다.

내 요리의 냄새를 맡았는지 쌍둥이는 다시 식탁에 앉아서 내 요리를 기다리고 있었다.

예전에 한번 내 요리를 먹었던 쌍둥이는 한동안 나한테

먹을 거를 만들어 달라고 매일 졸랐었다. 애들의 심정을 모르는 건 아니지만 내가 매일 해줄 수도 없는 거기에 그냥 엄마의 요리에 적응을 하게 방관했다.

"오빠 오빠! 엄청 맛있어!"

"천천히 먹어."

"형아 매일 형아가 해주면 안 돼요?"

"안 돼. 그러면 엄마가 서운해 해. 엄마 요리도 맛있…잖아…."

미안…. 그냥 가끔 별미를 먹는 거로 만족하렴.

젠장… 엄마와 아빠가 안방에서 나오시며 이 장면을 목격하셨다.

그리고 말없이 식탁으로 오셨다.

그리고 내가 만든 요리를 한 점 집어먹으셨다.

엄마와 아빠는 눈이 커지셔서 나를 바라 보셨지만 나는 못본채 했다.

"흠…. 밥을 남기면 안 되지. 아까 먹던 건 마저 먹읍시다 여보."

"네…. 그렇게 해요."

두 분은 다시 식탁에 앉으셔서 내가 한 요리를 드셨다. 어느새 누나와 지수도 내려와서 밥을 먹고 있었고 아빠와 쌍둥이들은 밥을 두 공기나 먹었다.

"그동안 맛없는 밥을 먹느라 모두 고생했어."

엄마의 한마디…. 너무나 살벌해서 아무도 말을 못 꺼내고 침묵 속에 그저 침 넘어가는 소리만 들렸다.

"앞으로는 지후가 할 거야."

나는 깜짝 놀라서 자리에서 일어나서 손가락으로 나를 가리키고 있었다.

"나니? 릴리? 레알?"

"응. 아드님. 네가 해. 오늘 먹어보니까 맛있네. 혼자 살더니 요리 실력이 아주 뛰어 나네. 나중에 할 거 없으면 식당이나 하면 되겠네."

엄마의 말에는 뼈가 있었지만 가족들은 은근히 내가 그냥 조용히 요리를 하기를 바랐다.

"아… 안 돼! 나 바빠!"

"엄마가 너희 다섯을 키우느라 얼마나 고생하셨는데! 너한테 평생 하라는 것도 아니고 매일 하라는 것도 아니고! 좀 도와달라는데 넌 그것도 싫냐? 그것 조금도 못 도와줘? 방학이라서 시간도 많은 놈이?"

아빠는 마치 엄마를 위한다는 듯이 말하고 있었지만 난 알 수 있었다. 그냥 엄마 요리가 먹기 싫으니까 나한테 하라는 거다.

"방학 때도 용돈 100."

"선불입니다."

"딜."

방학동안 어떻게 사나 막막했는데 일단 백만원 확보했다.

다행이라면 다행인데 문득 옛날에 객잔에서 요리를 하면서 가족과 살았던 시절이 떠올라서 시큰한 기분이 들었다.

그렇게 1주일정도를 엄마의 따가운 눈총을 받으면서 밥을 했다.

삼시세끼 밥만 하는데 무슨 시간이 이리도 빨리 가는지 게임을 할 시간적 여유가 거의 없었다.

다행이라면 상차림이나 설거지는 엄마가 해주셔서 난 요리만 만들었다.

하지만 제대로 한상을 안 차리면 어김없이 엄마의 핀잔이 날아오기에 적어도 메인메뉴 3개에 찌개하나와 10가지 반찬을 만들어야만 했다.

이상하게도 바쁘다는 핑계로 집에서 밥을 잘 안 먹던 누나도 매일 집에서 밥을 먹었고 동생도 활동이 끝나서 숙소보다는 집에 있는 시간이 많았기에 요리가 남는 일이 거의 없었다.

나는 한번 하면 두 번은 먹겠다는 생각으로 15인분정도를 만드는데 언제나 깨끗하게 비워졌다. 남는 게 없었기에 엄마는 편하게 설거지를 하셨고 나는 엄마가 설거지를 하시는 순간에도 다음 메뉴를 생각하느라 짜증나는 나날을 보냈다.

2. 결심

2. 결심

"오빠! 오늘 운전 좀 해줘!"

"뭔 헛소리야. 내가 네 매니저냐? 너네 회사 매니저가 할 일을 내가 왜해."

"오늘 매니저오빠 장염으로 응급실 갔대."

"너네 회사에 매니저가 그 사람 하나는 아닐 거 아니야."

"그건 그런데 이게 한류 콘서트라서 우리 팀 말고도 다 가는 거라서 다른 매니저들도 바쁘대. 그래서 우리 팀에 실장님이 같이 가시기로 했는데 실장님이 깁스를 하고 있어서 운전을 못하셔."

"그래서 오늘 나보고 운전을 하라고?"

"응. 부탁 좀 할게."

"노~ 나 밥해야 돼."

"아 엄마한테는 내가 말 할 테니까 쫌! 가면 다른 걸그룹도 엄청 많아!"

"리얼리? 그럼 걸프렌드랑 씨스타랑 에이블루도 오냐?"

"그럼 다 오지. 우리나라 아이돌들은 웬만해선 다 참석하는 콘서트야."

"흠…. 네가 엄마한테 허락받으면 가고 아니면 안가고."

"알았어. 딱 기다려."

결국 지수는 엄마에게 허락을 받아왔고 나는 오랜만에 나의 애마에 타고 지수네 회사로 향하고 있었다. 차에 타자마자 나는 차에 있던 담배를 꺼내서 입에 물었다.

"오빠는 옆에 여동생이 타고 있는데 담배를 피고 싶냐?"

"당연하지. 집에서는 눈치 보느라 요리 재료 사러 나갈 때 말고는 거의 못 폈으니까."

"에휴 말을 말아야지 아무튼 오빠. 오늘 가서 괜히 사고 치거나 찝쩍대지 말고 조용히 있어."

"야. 너는 나를 뭐로 보고 그런 소리를 해."

"오빠니까 하는 소리잖아. 여자만 보면 다 꼬시잖아."

"뭐래는 거야. 난 한 번도 내가 먼저 여자 꼬신 적 없다. 걔들이 다 나좋다고 달려든 거지."

그러고 보니 그러네. 한 번도 오빠가 먼저 여자한테 좋다고 하는 걸 본적이 없다. 같은 고등학교를 다닐 때도 오빠는 가만히 있는데 여자들이 좋다고 난리였다. 친구들도 제발 오빠 좀 소개해달라고 매일 뇌물을 갖다 줬으니까. 입만 안 열면 뭐 하나 빠지는 게 없는데.

일단 외모는 뭐 연예인인 내가 봐도 완벽하다. 그리고 집 안은 뭐 우리 집이야 그럭저럭 살고…. 학벌도… 괜찮고…. 객관적으로 따져보니까 진짜 괜찮은 인간이긴 한데… 오빠 라서 그냥 싫다. 입만 열면 사람을 열 받게 한다. 그리고 바 람둥이의 정석이다.

"오빠는 여자랑 가장 오래 만난 게 어떻게 돼?"

"네가 그런걸 알아서 뭐하게. 쓸데없는 소리 할 거면 잠 이나 자."

"아, 알려줘 봐. 궁금하잖아."

"1주일? 글쎄…. 나도 잘 모르겠는데? 보통 3번 정도 만 나나?"

"와 오빠 진짜 개쓰레기네. 그럼 헤어지고 며칠 만에 새 로운 여자 만나는데?"

"몰라. 지금도 내 폰 계속 진동 오는 거 안보이냐? 나한 테 한번만 만나 달라는 여자는 수도 없이 많아. 그런데 뭘 그런 걸 신경 써."

"오빠 진심으로 여자 만나본적 없지? 좋아해 본적도 없 고? 그냥 심심해서 만나는 거지?"

"빙고!"

뭐 사실 좋아했던 여자는 있었다. 권왕으로 살았던 시절 에 내 마누라…. 그런데 지금도 그게 꿈이었는지 차원이동이었는지는 잘 모르겠단 말이지.

"그렇게 살지 마. 진짜 천벌 받아. 오빠는 언니나 내가 오빠 같은 남자를 만나면 좋겠어?"

"왜? 나같은 남자면 1등 신랑감이지. 외모 되지. 집안 뭐 괜찮지. 학벌 괜찮지. 뭐하나 빠지는 게 없잖아."

"대신 오빠는 진심이 없잖아. 오빠는 여자한테는 항상 장난이고 심심풀이일 뿐이잖아. 내가 그런 남자를 만나면 좋겠어?"

"아…. 그건 좀 별로네."

누나나… 네가 그런 인간을 만나면 걔는 다음날부터 이 세상에 없을 걸? 내가 꼭 죽여버릴 거거든.

"오빠는 막 어떤 연애를 하고 싶다거나 뭐 그런 생각은 안 해봐?"

"응. 다만 연애에 철칙이 있지. 최근에 만들었는데. 이 규칙은 지키려고 노력중이야."

"그게 뭔데?"

"1, 세상엔 내가 아는 여자와 모르는 여자가 있다. 2, 주변인과 관련 있는 여자는 건드리지 않는다. 여차하면 꼬이고 잠수타기 불편하다. 3, 과거는 과거. 앞으로 만날 여자가 중요하다. 4, 너무 푹 빠지기 전에 발을 빼라. 잘못 빠지면 늪에 빠지는 수가 있다. 5, 언제 더 좋은 여자가 나타날지 모른다. 지금 만나는 여자가 최선이라는 생각은 버리자. 힘 있는 동안 최대한 만나고 만나보자."

"미친새끼……."

차 안은 조용했고 더 이상의 대화는 없었다.

그렇게 20분정도가 흐르자 목적지인 YM엔터테이먼트에 도착했다.

동생과 내가 함께 들어가자 모두 나를 보는 눈빛이 이상했다.

"저 외부인은 출입이 안 되시는데 어떤 관계신지?"

인포의 여직원은 나를 보며 얼굴을 붉히며 말을 건넸고 지수가 대답했다.

"아 제 친오빠에요. 오늘 매니저오빠가 응급실가서 운전할 사람이 없어서 대신 해주시기로 했어요. 그럼 저희 올라가 봐도 될까요?"

"아, 네."

지수와 지후는 사무실로 향했고 인포의 여직원은 지후가 안보일 때까지도 지후의 뒷모습만을 바라보고 있었다.

지나갈 때마다 사람들이 누구냐고 물어보는 통에 지수는 조금씩 짜증이 나고 있었다.

그 질문을 하는 게 죄다 여자였기 때문이다.

겨우 자신들의 연습실에 도착했을 때 다행스럽게도 멤버들이 모두 모여 있었다.

자신의 멤버들이 오빠를 보면서 입을 벌리고 있자 지수가 말을 하려고 했다. 하지만 지후가 먼저였다.

"안녕하세요. 지수의 친오빠인 이지후라고 합니다. 그동안 지수를 챙겨주셔서 감사합니다. 앞으로도 지수 좀 잘 부탁드리겠습니다."

지후는 정중하게 인사했다.

하지만 지수의 눈에는 영 꼴불견이었다. 눈웃음을 치면서 괜히 목소리를 깔고 있었다.

지후는 그냥 순수하게 동생이랑 같이 일하는 사이니까 먼저 인사를 하는 게 예의라는 생각에 인사를 건넨 것 뿐이지만 지수의 눈에는 또 여자를 꼬시려고 저러나 싶어 보였기 때문이다.

"안녕하세요. 저는 지수랑 같은 멤버인 김지나라고 해요. 저는 지수랑 동갑이니까 오빠라고 부를게요. 오늘 하루 동안 잘 부탁드려요."

지나라는 멤버는 눈웃음을 살살 치면서 지후에게 인사를 하고 있었다.

"그래."

"안녕하세요. 저는 리더이자 팀에서 섹시를 맡고 있는 채효주예요. 저는 23인데 나이가 어떻게 되세요?"

가슴을 내밀며 말하는 모습을 보며 지수의 눈가가 파르르 떨리고 있었다.

"아 동갑이네요."

"그래? 그럼 우리 말 편하게 할래?"

"그러던지."

"그래. 우리 이제 친구다~!"

"안녕하세요. 저는 팀에서 메인보컬을 맡고 있는 장혜지예요. 나이는 22살이에요. 혹시 제 쓰리사이즈가 궁금하면 언제든 물어보세요."

"하하하. 별로 안 궁금해서요."

"혹시라도 궁금해지면 참지 말고 물어봐 주세요."

"네."

"안녕하세요. 저는 팀에서 막내를 맡고 있는 박예린 이라고 합니다. 나이는 20살입니다. 호… 호… 혹시 여자 친구 있으세요?"

지수는 팀에서 가장 친한 동생이자 평상시에 수줍음이 많아서 말도 별로 없는 애가 자신의 오빠에게 관심을 보이자 착잡한 마음이 들었다.

'괜히 저 인간을 데려왔나….'

"없습니다."

그 순간 오늘 동행하기로 했다는 실장이 연습실에 들어왔다.

"어머 안녕하세요. 관계자신가요? 여긴 어떻게 들어오신 거세요?"

멤버들과 지수는 콧소리를 내면서 말을 하고 있는 실장을 보면서 어이가 없었다.

평상시에 마녀로 불리는 실장은 노처녀 히스테리가 장난이 아니었다. 그렇다고 남자를 만날 생각도 없는 게 남자를 깔보고 무시하기 일쑤였기 때문이다.

그런 실장이 눈앞에 처음 보는 남자에게 콧소리를 내면서 다리를 베베 꼬고 있으니 모두 할 말을 잃었다.

"안녕하세요. 지수의 친오빠인 이지후라고 합니다. 지수가 오늘 매니저분이 아프셔서 운전할 사람이 없다고 해서 오늘 대신 운전해주려고 왔습니다."

"아 그러시구나. 바쁘실 텐데 죄송스럽네요."

"뭐 방학이라서 딱히 바쁘지는 않아서 괜찮습니다."

"아 그럼 대학생이세요?"

"네."

"실례가 안 된다면 어디 학교에 다니고 계세요?"

뭐지… 이 여자? 그런 질문은 충분히 실렌데.

"연시대학교 경영학과에 다니고 있습니다."

"와 공부를 엄청 잘하시나 보네요."

"뭐 그냥 그럭저럭 합니다."

"혹시 연예인 해볼 생각 없으세요? 지후씨라면 순식간에 엄청난 스타가 될 것 같은데."

실장의 연예인 권유에 모두 고개를 끄덕이고 있었다. 지후 정도라면 데뷔만 하면 뜨는 건 아무 문제가 없어 보일 정도로 정말 출중한 외모와 몸매를 가지고 있었기 때문이다.

"말씀은 감사하지만 그건 거절해야 겠네요. 제가 연예계에는 뜻이 없어서요."

지수는 어렸을 때 오빠가 공부를 안 해서 부모님이 오빠도 연예인을 시키려다가 오빠가 관심이 없어서 안했다는 걸 알고 있기에 실장의 제안에 별 걱정이 들지 않았다.

"왜요? 지후씨 같은 사람이 연예인을 안 하는 것도 잘못이에요. 지후씨처럼 잘생긴 사람을 연예인으로 만드는 게 제 일이거든요. 조건은 제가 최대한 맞춰 드릴게요."

"죄송합니다. 정말 관심이 없어서요. 다른 할 일이 있어서요."

"다른 할 일이 어떤 건데요? 지후씨가 연예인을 한다면 다른 일을 하는 것보다 많은 돈을 벌 수 있을 거예요."

싫다는데 슬슬 짜증나네.

지수는 불안했다. 저만큼 오빠가 표현했는데 더 하면 오빠 성격에 욕이라도 한바가지 할 것 같았기 때문이다.

"관심 없습니다. 제가 어떤 일을 할지 얘기를 해야 할 정도로 가까운 사이는 아니라고 생각하는데요? 그리고 저희 집이 돈 걱정은 안하고 살 정도는 돼서요. 제가 뭘 하고 살지는 신경 꺼주시기 바랍니다."

지후는 눈앞의 짜증나는 여자 실장에게 살기를 살짝 흘리면서 말을 했다.

"네… 제가 초면에 너무 무례했네요. 죄송합니다."

그 말을 끝으로 모두 차에 올라서 샵으로 이동했다.

차안에서도 멤버들은 끊임없이 지후에게 질문을 하고 얘기를 하고 있었고 지후는 귀찮아서 건성으로 대답하기 일쑤였다.

샵에서도 샵의 직원들이 신인 연예인이냐며 한바탕 소란
이 있었다.

워낙 예쁘고 멋있는 연예인들이 대부분 이용하는 샵이다
보니 직원들의 호기심은 더욱 심했고 결국 지후는 벤에 올
라서 동생과 멤버들이 화장과 머리를 하고 오기를 기다렸
다.

리허설을 마친 후에 대기실에 인사를 오는 신인 연예인
들로 인해서 피곤함이 몰려왔다.

지수는 오빠가 연예인보다 인기가 많다는 게 신기하기도
하고 그게 자신의 오빠라는 게 내심 뿌듯하기도 했다.

물론 다시는 오빠가 어떤 일이 있더라도 자신을 데려다
주거나 할 일이 없어보였지만 지수 또한 딱히 이런 부탁을
할 일은 없기에 그냥 오늘 하루 제대로 부려먹어야겠다는
생각뿐이었다.

엄청난 인기를 끌고 있는 남자 아이돌 그룹인 칸트의 리
더가 에스걸스의 대기실에 찾아왔다.

모두 그 남자를 보면서 인사를 했지만 딱히 표정이 좋지
는 않았기에 지후는 이상하게 바라봤다.

"응, 안녕? 지수도 안녕?"

"네, 안녕하세요."

칸트의 리더인 지현수는 구석에 앉아서 핸드폰을 바라보
고 있는 지후와 눈이 마주치자 짜증이 났다. 아이돌 그룹들
중에서는 제법 오래돼서 오늘 출연자중에는 자신보다 선배는

한팀밖에 없었기 때문이다. 눈이 마주쳤는데도 인사도 안하고 다시 핸드폰화면을 바라보고 있는 남자를 보자 한마디 해야겠다는 생각이 들었던 것이다.

"어이, 거기~."

순간 모두가 지후를 바라보았다.

하지만 지후는 태연하게 계속 핸드폰으로 게임을 하고 있었다.

"야, 사람이 말하는데 안 들려? 핸드폰 그만보지? 선배가 왔는데 인사도 안하고 아주 잘 돌아가네."

"나? 나한테 한 말이야?"

"그래. 근데 넌 선배한테 반말이냐? 너 어디 그룹이야 새끼야!"

"반말은 네가 먼저 했고 난 연예계랑 관계가 없는 사람이어서 너랑 인사할 이유도 없고. 앞으로도 널 볼 이유도 없는데 굳이 우리가 통성명을 해야 하나?"

연예계 관계자도 아니라는데 딱히 인사를 할 이유가 없다는 말은 맞았지만 자신이 마음에 두고 있는 지수의 앞에서 뭔가 밀렸다는 생각이 들어서 그냥 돌아서기도 애매했다.

"그럼 넌 뭔데 여기에 있는데?"

"일일 매니저. 내가 너한테 그런 것까지 얘기해야 되나?"

"뭐? 일일 매니저? 건방지게 매니저 따위나 하는 게 어디서!"

그 순간 지후가 앉아 있던 의자에서 일어났다.

"야. 너 너무 극단적인 거 아니냐? 매니저 따위라니. 말 좀 예쁘게 해라. 가는 말이 고와야 오는 말이 곱지. 그리고 말했잖아. 일일 매니저라고. 오늘 하루만 잠깐 해준 거야. 너한테 허락이라도 받아야 되냐? 넌 뭔데 남의 대기실에 와서 지랄이야."

지수는 조마조마했다. 오빠의 성격을 알기 때문이다. 오빠가 가장 못 하는 게 참는 거다. 할 말 다하는 사람이 오빠다. 그 덕에 지금 집에서도 매일 밥을 하고 있으니까.

"나 지수 남자친군데?"

모두가 놀라서 다들 눈이 커졌고 지후가 인상을 쓰고 있었다.

"제가 왜 선배님 여자친구 입니까? 전 선배님이랑 그런 사이가 아닙니다."

지수가 정색하며 딱 잘라 말했다.

"에이 왜 그래. 그만 튕겨. 곧 나랑 사귈 건데. 자꾸 튕기면 오빠 섭섭해. 혹시 지금 저런 놈 편들어서 오빠 민망하게 하려는 거 아니지?"

"지금 선배님 때문에 제가 굉장히 민망합니다. 저는 선배님과 앞으로도 만날 생각이 없으니 이만 가주세요."

"뭐? 이게 좀 생겼길래 그동안 오냐오냐 해줬더니 건방지게! 오호라. 저자식이 혹시 네 기둥서방이라도 되냐? 걸레 같은 년아?"

순간 지후가 지현수의 멱살을 잡았다.

"야. 죽을래? 뚫린 입이라고 맘대로 짓거리지 마라. 내
동생이 너 싫대. 빨리 꺼져."

동생이라니? 가만 보니 좀 닮았네. 아 좀만 참을 걸···.
뭐 이미 엎질러진 물인데···. 지수 저년이 아쉽긴 하지만 오
늘만 날은 아니니까.

"아, 혹시 지수 친오빠였습니까?"

"그러니까 꺼져. 입 냄새 난다."

"뭐? 이자식이 미쳤나!"

발버둥치며 멱살을 풀려고 했지만 지후의 손은 꼼짝도
하지 않았다.

"지수야, 너 오빠가 거짓말 하는 거 봤냐?"

"아니."

"들었지? 너 진짜 입 냄새 심해. 그러니까 다시는 지수
근처에도 오지 마라."

"미쳤어? 너네 그러고도 앞으로 연예계에서 생활 할 수
있을 것 같아!"

순간 지후가 살기를 쏘아 보냈다.

"누가 보면 네가 무슨 연예계 전체를 쥐고 흔드는 것처
럼 말하네. 하고 싶으면 해봐. 그럼 넌 죽을 거야. 확인하고
싶으면 해도 좋아."

지현수는 지후의 살기에 진짜 죽을지도 모른다는 생각에
몸을 벌벌 떨면서 바지를 적시고 있었다.

"아이 씨… 너 설마 나이 먹고 지금 바지에 지린 거니? 아냐~."

지후는 잡고 있던 멱살을 놔줬고 지현수는 그 자리에 주저앉았다.

"이 새끼 이제 보니까 정신병자네. 이거 정신병원에 있어야 할 놈이 왜 연예인을 하는 거야?"

모두 보고 있었기에 다들 어이가 없었다. 혼자 발광하다가 갑자기 바지를 적셨으니 다들 황당할 뿐이었다.

"실장님. 이 새끼 회사에 빨리 연락해서 오줌 좀 닦고 데려가라고 하세요. 냄새나게 뭐하는 건지."

그렇게 말하고 지후는 주머니에서 핸드폰을 꺼내서 지현수를 촬영했다.

찰칵 찰칵 찰칵 찰칵 찰칵.

여러 각도로 사진을 찍고 있는 지후를 보고 다들 어이가 없었다.

"야 다시 한 번만 내 동생한테 찝적거리거나 네가 여기 있는 사람들 괴롭혔다는 소리 들리면 바로 인터넷에 사진 올린다. 그리고 너 죽여 버릴 거야."

지후는 마지막 말은 지현수만 들을 수 있을 정도로 작게 속삭였다.

그 사이에 칸트의 매니저는 와서 상황을 보더니 별 말을 하지 못하고 재빨리 바닥을 닦고는 자리를 떴다.

순식간에 일어난 일이었지만 연예인생활을 하고 있는 멤

버들은 1분이 1시간이라도 되는 것 같은 시간 같았기에 긴
장이 풀려서 모두 소파에 주저앉았다.

지후는 태연하게 지수의 옆자리에 앉았다.

"야, 이지수. 저런 새끼 만나면 너 죽는다."

"응, 미안해 나 때문에."

"됐고. 앞으로도 혹시 누가 괴롭히면 말해."

"응⋯."

처음으로 지수는 지후에게 오빠다운 모습을 보았달까?
괜히 민망하고 뿌듯하기도 하면서 안도가 되기도 하고 든
든한 기분이 들었다.

그저 다른 멤버들은 평상시에 지후와 지수의 관계를 본
적이 없기에 든든한 오빠로만 비춰져서 부러울 따름이었
다.

지후는 예상과 다르게 대기실에만 박혀 있어서 다른 걸
그룹들을 보지 못하고 있었기에 약간 짜증이 났다. 그거에
낚여서 오늘 운전까지 해줬건만 하루 종일 귀찮은 일만 있
고 딱히 소득이 없어서 기분이 좋지는 않았다.

자신의 연애철칙에 지수의 멤버들은 걸리기에 대기실에
있는 네 명의 멤버들과의 시간이 그리 즐겁지는 않았다.

다른 사람이 볼 때는 복에 겨워서 하는 소리지만 지후는
불만이었다.

콘서트가 시작됐고 지후는 그걸 대기실에 있는 모니터로
시청 중이었다.

위이이이잉~.

갑자기 싸이렌 소리가 울리며 재난 방송이 흘러나왔다.

주변에 있던 던전이 터졌으니 황급히 대피하라는 안내방송이 흘러나오고 핸드폰엔 안내문자가 오고 있었다.

'5분 거리에서… 던전이 터졌다니…. 진짜 오늘 되는 일도 없네.'

그렇게 중얼거리고 있을 때 누나에게 전화가 왔다.

[지후야 어디야? 혹시 너도 지수랑 같이 있어?]

"응."

[엄마가 뉴스 보고 전화 와서 혹시나 했는데…. 거기가 지수 콘서트 하는 곳이 맞았구나…. 나 금방 거기로 갈 테니까 안전한 곳으로 지수랑 대피해. 흑흑!]

"얼마나 걸리는데?"

[30분에서 1시간…. 길이 너무 막혀.]

"그렇게 늦게? 누나 왔을 땐 우리가 시체가 돼있을 확률이 큰데?"

[말이라도 그렇게 하지… 마…. 누나가 길드원들 데리고 지금 출발 했으니까… 제발….]

"부정 타게 전화에 대고 울지 마. 난 지수부터 찾아야 될 거 같으니까. 그리고 너무 걱정하지 마. 지수는 내가 지킬 테니까."

[괜히 위험한데 나서거나 하지 마. 지수랑 너만 생각해. 제발 누나 도착할 때까지 안전한 곳에 숨어 있어. 끅끅….]

전화 너머로 억지로 울음을 참고 있는 누나의 목소리가 들리니까 괜히 심란해지네.

"걱정하지 말고 운전 조심해서 와. 우리는 안전하게 숨어 있을 테니까. 누나가 교통사고로 여기 못 오는 불상사는 없었으면 싶으니까. 나는 지수 데리러 가볼게. 지수가 무대 올라간다고 대기실에서 나간지 5분정도 됐거든."

[알겠어. 꼭 안전한 곳에 숨어있어.]

"응."

뭐, 정 위험한 상황이 오면 내 힘을 드러내야겠지….

전화를 끊고 대기실의 문을 열고 나가자 밖은 혼돈의 카오스였다.

말 그대로 콘서트 장은 아수라장이었다. 여기저기서 소리를 치면서 서로 도망을 가려고 난리가 아니었다.

"이지수~ 야~ 이지수! 이지수! 지수야! 어딨어!"

순간 아차 싶었다. 기운을 느끼면 별것도 아닌 일인데 괜히 소리를 치면서 카오스에 동참하고 있었기 때문이다.

기감을 퍼뜨리자 멀지 않은 곳에서 지수의 기운이 느껴졌다.

보법을 이용해 지수가 있는 곳으로 재빨리 달려갔다.

"야. 뭐하고 있어. 대기실에 있던 짐은 내가 다 챙겨왔다."

지후는 대기실에 두고 간 멤버들의 물품들을 모두 챙겨서 나왔기에 꼴이 조금 웃겼다.

누가 봐도 여자들의 물건인 핸드백과 가방들을 지후가 하고 있었기 때문이다.

"오빠. 나랑 예린이가 넘어져서…."

자세히 보자 지수는 팔꿈치에서 피가 나고 있었고 예린이라는 발목을 살짝 삔 건지 발목을 잡고 앉아있었다. 다행히 지수는 그냥 팔꿈치가 까진 정도라서 큰 문제는 없었지만 문제라면 예린이었다. 내공으로 금방 치료도 가능했지만 아직은 자신의 정체를 노출하고 싶지는 않았기 때문이다.

"이거 일단 너희들 가방들 좀 가져가 줄래? 예린이 좀 내가 업어야 될 것 같아서."

"아…. 오빠 괜찮아요. 제가 걸을게요."

"걷긴 뭘 걸어. 업혀."

지후는 입고 있던 잠바를 벗어서 예린이와 자신을 묶었다.

"죄… 죄송합니다."

"죄송할 일도 많다."

예린이는 말없이 얼굴을 붉히며 지후의 등에 업혔다.

'넓고 따뜻해.'

이 상황에 자신의 심장이 미친 듯이 뛰고 있다는게 너무 창피해서 지후의 목에 두른 팔에 더욱 힘이 들어갔다.

"예린아. 혹시 내가 뭐 실수했니? 헤드락은 걸지 말아줄래?"

'이 정도 느낌이면 B컵인가? 아 내가 지금 무슨 거지같
은 생각이나 하고 있는 거지?'

"죄, 죄송해요."

"농담이야. 상황이 상황이라 혹시 내 손이 매너 손을 못
해주더라도 욕은 하지말구."

"네에."

지수는 지후가 긴장을 풀려고 하는 농담이라고 생각은
들었지만 손의 위치와 예린이의 붉어진 얼굴이 약간 거슬
렸지만 상황이 상황인지라 아무 말도 하지 않았다.

"오빠 그런데 우리 어떻게 해?"

"지금 누나가 길드원들 다 데리고 오고 있대."

"그럼 우린 어디로 가면 돼?"

"대기실로 돌아갈 거야."

"대기실? 밖으로 나가야 되는 거 아니야?"

"밖은 지금 완전 아수라장이야. 이런 상황엔 나가려다가
서로 밀치고 그러다가 밟혀 죽는 수가 있어. 생존 앞에서
너희가 연예인이라고 길을 열어줄 거라는 생각은 아니지?
그리고 이런 말은 조금 그렇지만 밖에 몬스터들이 도망 나
온 사람들을 잡아먹다가 배불러서 여기에 안 들어올지도
모르고. 일단은 나가는 것보다 여기가 더 안전해. 우리는
시간이 지나면 누나가 구하러 올 테니까."

섬뜩한 말이지만 다들 이해는 가기에 고래를 끄덕였다.

"난 지수랑 너희의 생존이 우선이야. 다른 사람들에게는

미안하지만 일일이 나가지 말라고 해줄 수는 없어. 그리고 그 사람들이 내 말을 들을 이유도 없고. 너희의 안전은 내가 무슨 일이 있어도 책임질 테니까 나를 믿어."

대기실로 돌아가다 보니 생각보다 많은 연예인들이 밖으로 나가는 것보다는 대기실로 돌아가고 있었다. 이미 나가는 것도 쉽지 않은 상황이었기 때문이다.

대기실에 돌아가자 모두 긴장이 풀렸는지 다들 소파에 주저앉았다.

문득 지수의 팔이 눈에 들어왔다.

지후는 바로 입고 있던 셔츠를 벗어서 지수의 상처에 묶어주었다.

"오빠 괜찮아. 안 그래도 돼."

"시끄럽고 가만히 있어. 너 연예인이잖아. 흉터 남으면 안 되니까 그냥 그러고 있어."

"지수는 좋겠네. 저런 듬직한 오빠가 있어서."

다들 부러운 눈빛으로 자신을 바라보자 지수는 그저 말없이 웃었다.

오늘 오빠한테 정말 새로운 모습을 많이 보는 것 같았다.

앞으로 조금은 잘해줘야겠다는 생각이 드는 지수였다.

지후는 상의에 아무것도 걸치고 있지 않았기에 다들 얼굴을 붉히고 있었다.

조각을 해도 저렇게 아름답게 할 수가 있을까 싶은 근육질 몸매였다.

우락부락한 근육이 아닌 정말 촘촘하게 만들어진 근육이었기 때문이다.

지후가 익힌 무공을 가장 사용하기 쉬운 전투근육이기에 일반인들이나 다른 헌터들과는 전혀 차원이 다른 근육이라는 건 아무도 모르고 있었지만 그저 모두 지후의 몸을 보면서 동생인 지수조차 얼굴을 붉히고 있었다.

'오빠가 저렇게 몸이 좋았었나?'

'어떡하지. 너무 멋있다.'

'지수네 오빠가 지금은 여자 친구가 없다고 했는데 한번 들이대 볼까?'

'진짜 조각이다. 저 품에 한번만 안겨봤으면 좋겠다.'

'좀만 더 업혀있고 싶다….'

'연예인을 시켜야 할 것 같은데. 저 정도면 국내를 넘어서 외국에도 먹힐 텐데…. 아 그런데 너무 멋있다.'

다들 속으로 지후의 몸을 보면서 사심을 품기 시작하고 있었다.

쾅쾅쾅-!

"여기요, 제발 문 좀 열어주세요."

자신들의 대기실의 문을 두들기는 여자의 목소리에 다들 긴장을 하고 있었다.

"제발 문 좀 열어주세요. 저 에이블루의 박초영이에요. 이상한 사람 아니에요. 제발 저희도 들어가게 해주세요."

'에이블루?'

지후는 순식간에 문을 열었고 에이블루의 멤버들과 매니저는 문 안으로 들어왔다.

"감사합니다."

여섯명의 멤버와 네명의 스탭이 맞추기라도 한 듯이 감사하다는 인사를 했다.

그 때 다급하게 다른 쪽에서도 목소리가 들렸다.

"저희도 제발 저희도 들어가게 해주세요!"

대기실에 넓은 것도 아닌데… 더 받아줘도 되려나….

나는 말없이 문을 열고 서있었고 그 사람들은 뛰어왔다.

문제라면 딱 봐도 응원 온 팬으로 보이는 여고생들도 30명은 되어 보였다.

'오, 쟤네는 걸프렌드? 이렇게 오늘 보고 싶었던 아이돌은 다 보게 되네.'

하지만 다 들어올 방법이 없었다.

"모두 조용하시고 잠시만 기다려 주세요."

지후의 카리스마에 눌려서 다행히 서로 대기실로 들어오려는 소동은 없었다.

지후는 대기실 구석에 있는 쪽문 쪽으로 가서 벽을 쳐봤다.

통통 소리가 나는 게 얇은 합판 하나 정도만 되어있는 것 같았다.

순간 지후는 벽을 향해서 주먹질을 했다.

쾅 쾅쾅 쾅쾅 쾅-!

다들 지후의 행동을 넋을 잃고 바라보고 있었다.

그리고 들어오지 못하고 있던 걸프렌드와 여고생들에게도 대기실로 들어오게 하고 지후는 대기실의 문을 다시 잠궈 버렸다. 지금 이 안에는 60명에 가까운 사람들이 있지만 다들 쥐죽은 듯이 조용하게 자리에 앉아서 지후만을 바라보고 있었다.

아이러니하게도 대기실에 있는 남자의 숫자는 5명밖에 안 됐던 것이다.

그 중 걸프렌드의 매니저는 얼굴에서 피를 흘리고 있었기에 걸프렌드의 멤버들이 지혈을 해주고 있었다.

지후의 예상대로 밖으로 나가려다가 사람이 너무 많아서 서로 밀치고 때리고 하다 보니 그 곳에 있던 사람이 휘두른 주먹에 눈두덩이가 찢어진 것이었다.

그리고 나가는 걸 포기하고 대기실로 돌아왔지만 대부분의 대기실이 잠겨있었던 것이다.

보통 넓은 대기실들은 여러 팀들이 같이 사용했는데 지금은 먼저 들어간 사람들이 문을 잠그고 입구를 막아버렸기 때문에 들어갈 방법이 없었다.

에스걸스는 창고 바로 옆의 작은 방이었기에 다른 그룹과 같이 쓰지 않고 자기들끼리만 대기실을 쓰고 있었던 것이다.

"모두 조용히 해주세요. 혹시라도 몬스터가 난입했을 때 소리를 듣고 여기에 올지도 모르니 저희 모두 조용히 있도록 하죠."

그 말을 끝으로 지후가 지수의 옆에 앉자 다들 지수와 지후만을 바라봤다.

아무래도 여자들이 대부분이다 보니 다들 넋을 놓고 지후의 몸을 감상하며 긴장을 풀고 있었기 때문이다. 조금 안정이 되자 다들 본능적으로 어느 사이엔가 지후의 몸을 보고 있었기 때문이다.

"오빠. 여기 담요라도 걸치고 있어."

"그래."

지후가 지수가 준 담요로 몸을 가리자 다들 질투심이 가득한 살기까지 느껴질 눈빛으로 지수를 쏘아봤다.

"아…. 제 친오빠예요……."

지수는 자기가 왜 이 상황에 오빠를 소개하고 있나 싶었지만 그 한마디에 놀랍게도 질투와 살기는 싹 가시고 친절한 눈빛을 보내고 있었다.

지수는 확실하게 느낄 수 있었다.

지금 여기 있는 여자들 대부분이 다 오빠에게 반한 거다.

진짜 대단하긴 대단한 오빠다. 이 와중에도 여자가 꼬인다.

"저 그런데 구조대는 오는 겁니까? 조금 잠잠해지면 다시 출구로 가봐야 하는 거 아닙니까?"

에이블루의 매니저는 여기서 리더라고 볼 수 있을 만한 지후에게 물었다.

순간 다시 사람들은 불안이 고조 됐는지 표정들이 안 좋아지며 지금 숨어있는 현실이라는 것을 인지하기 시작했다.

"제 누나가 미라클 길드의 부길드 장입니다. 지금 저희를 구하러 이곳에 오고 있으니 좀만 숨어있으면 괜찮을 것입니다."

"호, 혹시… 성녀 이지현님?"

"아… 네…. 저희 누나가 그렇게 불리기도 하더라고요…."

순간 지수와 지후는 눈이 마주치고 어이없어서 웃고 있었다.

'성녀라니… 성녀는 무슨…. 마녀 그자체구만.'

대충 분위기가 수습되고 지후는 기감을 퍼뜨려서 상황을 살피고 있었다.

밖에는 몬스터가 생각보다 많았고 콘서트 장에서 나가던 사람들이 대부분 다시 콘서트 장에 들어와 있었다.

'젠장…. 돌아온 사람들이 너무 많다… 이러면 백프로 몬스터들이 여기에 들어올 텐데.'

재난 방송이 나온 지 15분정도가 지났으니 앞으로 최소 15분이상은 있어야 누나가 도착한다는 건데….

5분정도 지나자 몬스터들이 콘서트 장에 꽤나 많이 들어온 게 느껴졌다.

기감에는 바로 주변까지 몬스터가 들어온 게 느껴졌다.

지후는 자리에서 일어나서 입가에 손을 가져가며 쉿 이라는 행동을 취했고 모두 긴장하며 끄덕이고 있었다.

정적이 감도는 대기실엔 바깥에서 들리는 비명소리가 생생하게 들리고 있었다.

꺄악-!

살려줘!

으아아아!

지후는 주먹을 꽉 쥐었다.

이제 선택해야 한다.

어차피 1년 후에는 헌터로 활동할 생각이었다.

더는 선택의 여지가 없다.

이곳에 있는 사람과 동생을 죽게 할 수는 없으니까.

지후는 지수에게 걸어갔다.

"지수야. 여기서 움직이지 마. 알겠지?"

"왜 그래? 오빠 설마 밖에 나가려거나 그런 거 아니지? 그러지 마…."

"지수야. 사실은 오빠 엄청 강해. 이 몸이 그냥 몸이 아니야."

지수의 눈가엔 눈물이 주렁주렁 맺혀 있었다.

콰앙~!

점점 더 비명소리와 물건들이 부서지는 소리는 가까워지고 있었고 대기실에 있는 모든 사람들은 몸을 떠며 안색은 파래지고 있었다.

"걱정하지 마. 내가 지켜줄 테니까. 울지 말고. 울다가 웃으면 알지? 오빠가 아무리 능력이 좋지만 그건 어떻게 못해주니까 울지 마."

이 쪽 층에서 제일 계단과 가까운 게 지금 있는 대기실이다. 한마디로 몬스터가 이쪽 층에 올라오면 가장 먼저 지금 있는 대기실을 볼 수밖에 없다.

지후는 더 이상 망설이지 않기로 생각하고 걸음을 옮겼다.

하지만 지수는 지후의 바지를 잡았다.

"가지 마…… 언니 곧 올 거야. 언니가 기다리라고 했다며. 오빠가 나가서 어쩌려고… 흑흑."

"울지 말라니까. 울면 털… 아무튼 나 안 죽어. 너도 안 죽고 여기 있는 모두 안 죽어."

취익!

쿵쿵쿵쿵-.

몬스터들의 발자국 소리가 점점 선명하게 들려온다.

주변에 있는 유리나 물건들이 부서지는 소리도 들리고 있다.

한 마리의 몬스터가 대기실의 문을 걷어찼다.

쾅!

꺄악-!

대기실에 있던 모든 사람들은 사색이 되어 자리에서 일어나지조차 못하고 몸을 떨며 문을 부시고 들어온 몬스터를 바라보고 있었다.

문을 부시고 들어온 몬스터는 오크였다.

오크는 소설이나 게임에 나오는 것처럼 약하지 않다.

성체는 3미터정도 됐으며 오크들은 같은 등급의 몬스터들보다도 강했다.

하다못해 던전 밖으로 나오는 몬스터들은 던전에 있을 때보다 1.5배정도 강해진다.

한마디로 상급헌터들이 오지 않는 한 오크를 상대하기는 쉽지 않다.

"끝났어… 오크야…."

오크를 보자 체념하는 사람들이었다.

가장 인기 있는 방송 프로그램들은 대부분 헌터와 관련된 프로그램들이기에 사람들이 대부분 몬스터들이 어느 정도로 강한지 알고 있었다.

그런데 오크를 보게 되자 다들 희망을 잃은 눈빛이었다.

더 이상 지후에게 갈등을 하고 있을 순간은 없었다.

문을 부시고 들어온 오크의 도끼가 가장 문과 가까운곳에 앉아 있던 박초영이라는 여자에게 내려 처지고 있었다.

지후는 순간 자리에서 튀어나가 오크의 손목을 한 손으로 붙잡았다.

"괜찮아요? 많이 놀랐죠?"

지수를 포함한 모든 사람들이 지후를 보며 황당한 눈빛을 보고 있었다.

"빌어먹을 몬스터 새끼야… 너 때문에 형의 평화로운 생활이 깨졌어. 오늘 하루 아주 기분이 엿 같거든. 너넨 오늘 다 죽었어!"

그 말을 끝으로 현우의 오른 주먹이 오크의 얼굴을 강타했고 오크의 얼굴은 터져나가며 복도로 날아갔다.

'권왕 컴백이다. 빌어먹을 놈들아.'

"아무도 여기서 나오지 마세요. 제가 한 마리도 안 들어오게 할 테니까!"

"오빠!"

지수의 비명을 뒤로하고 나는 복도로 나왔고 동료의 시체를 본 오크들은 나를 향해 소리를 지르며 달려왔다.

'내가 냄새나는 너희들 말은 몰라서 말이야. 그냥 뒈져라!'

쾅 쾅쾅 콰앙!

대기실 안에 있는 사람들은 숨소리조차 죽이며 마음속으로 지후를 응원하고 있었다.

"수미천왕신공의 초식과 형들을 최대한 생략하고 떠돌며 익혔던 다른 무공들의 장점만 모아서 다시 만든 게 천왕신공이다. 돼지머리들아. 너희랑 연습하기엔 과분하지만 몬스터와 실전은 처음이니까 제대로 연습해 봐야겠어."

지후의 무공의 뿌리는 황보세가에서 나왔지만 지후는 끊임없이 개량하고 다른 무공들과 결합시켰기에 황보세가의 무공과는 약간 달랐다.

그렇기에 정마대전에 참여했을 때도 황보세가의 사람으로 봐주기 보다는 그저 한명의 고수로 대우해 줬었다. 왜냐하면 엄청난 무공을 가진 사람에게 황보세가라는 세력을 만들어주기도 싫었고 황보세가 또한 자신의 권력을 빼앗길까 두려웠기 때문이다. 사실 당사자는 아무 관심도 없었지만 말이다.

지후는 천왕보를 밟으며 순식간에 오크의 품안에 파고들었다.

"천왕권!"

순식간에 지후는 오크의 복부에 주먹을 꽂아 넣었고 오크의 몸 안에선 장기가 터져나가며 오크는 입에서 피를 토하며 쓰러졌다.

바로 옆으로 다가온 오크는 지후의 돌려차기에 그대로 쓰러졌고 오크가 떨군 도끼를 주운 지후는 그대로 다가오던 오크를 향해서 휘둘렀고 초록빛 피분수를 뿜으며 오크의 머리가 공중에 떠올랐다.

그 순간 지후의 정면에서 불덩이가 다가오고 있었다.

몬스터들과의 싸움이 처음이기에 불덩이에서 느껴지는 기운에만 의존하지 않고 호신강기를 펼쳐서 막았다.

콰아앙!

지후의 호신강기에 불덩이는 막혔지만 그 영향으로 인해서 주변으로 충격파가 가는 바람에 대기실의 벽들이 허물어 졌다.

대기실에 있던 사람들은 벽이 무너져서 놀랐지만 지후와 오크가 대치중인 걸 보고 비명을 힘겹게 참으며 긴장하고 있었다.

'이정도면 굳이 앞으로 호신강기까지는 안 써도 되겠는데.'

지후는 중얼거리며 불덩어리를 던진 오크와의 거리를 순식간에 좁혔다.

순식간에 거리가 좁혀진 오크는 당황할 틈도 없이 지후의 벽력권에 몸을 부르르 떨면서 쓰러졌다.

지후는 기감을 퍼뜨려 봤지만 당장 지후가 있는 대기실 주변에는 더 이상의 몬스터가 느껴지지 않았기에 지후는 다시 대기실로 향했다.

태연하게 주먹에 묻어있는 오크의 피를 털어내는 지후를 보며 사람들은 경악을 금치 못했다.

그저 너무나 아름다워 보일 뿐이었다.

남자에게 아름답다는 표현이 좀 그럴지 모르지만 지후의 모습은 너무나 아름다웠다.

조각 같은 몸매와 얼굴로 몬스터들을 무찌르고 시크하게 돌아서는 모습은 이곳에 있는 여자들의 가슴에 제대로 불을 붙이기에 충분했다.

모두 먼저 말 한마디라도 걸고 싶은 심정이었지만 혹시라도 나섰다가 미움을 살지도 모르기에 모두들 조심스러웠다.

"오빠, 이… 이게 뭐야? 대체 무슨 상황이야? 서, 서, 설명 좀 해봐!"

지수는 자신의 오빠를 보며 당황해서 말을 더듬으며 지후에게 설명을 요구했다.

지후가 이런 능력이 있다는 건 동생인 자신도 한 번도 들어본 적이 없었기에 자신이나 이곳에 있는 사람들이나 같은 입장이라는 게 내심 서운한 마음이 드는 지수였다.

"설명할 게 뭐 있어. 그냥 그런 거지, 뭐."

"그렇게 얼렁뚱땅 넘어갈 생각하지 말고!"

지수의 말에 다들 눈빛을 빛내고 귀를 열며 지후와 지수 남매를 바라보고 있었다.

"뭐 원래대로라면 내일이나 내일모레쯤에 헌터 등록하러 가려고 했는데 오늘 돌발 상황이 발생해서 말이야. 원래 헌터로 등록 안 한 사람이 능력을 쓰면 경우에 따라선 벌금으로 끝나지만 대부분 징역이라고. 그래서 나도 함부로 나설 수가 없었고. 일단 나도 몬스터랑 싸워 본건 오늘이 처음이거든…."

"처음이라고?"

지후는 지수에게 전음을 보냈다.

-야 오빠다. 당황하지 말고 입 열지 말고 그냥 생각으로 얘기해라.

[이… 이게 뭐야? 진짜 오빠야?]

-응. 설명은 나중에 집에서 해줄게. 이대로라면 사람들이

내가 일부러 안 구해줬다고 생각 할 수도 있고 일단 능력을 썼으니까 나중에 협회가 오면 나를 잡아갈 수도 있거든. 그러니까 지금부터 여론 조성에 들어가자. 넌 그냥 대강 내가 얘기하면 양념 좀 뿌려.

"응. 나 오늘 몬스터랑 처음 싸워봐서…. 뭐 사실 능력을 어떻게 써야 할지도 잘 몰랐고. 나 혼자라면 어떻게든 도망치거나 할 수도 있겠지만 여기 사람이 몇 명인데 그렇게 해. 나도 능력은 잘 모르고 능력을 사용하면 감옥에서 살아야겠지만. 일단 여기에 있는 사람들이 죽는 모습을 보고 싶지는 않았어. 그래서 그냥 에라 모르겠다는 생각으로 나간 거지 뭐."

"오빠는 대체 무슨 생각을 하는 거야? 오빠가 헌터도 아니고 능력이 뭔지도 모르는데 여기 있는 우리를 지키기 위해 싸운 거라고?"

잘 한다 지수야.

"그럼 어떻게 해. 뭔지 모르지만 일단 해봐야지. 그리고 뭐 내가 나중에 잡혀가더라도 여기 있는 사람들이 살면 된 거지…."

지후는 뭔가 아련한 눈빛으로 주변을 둘러보며 얘기를 하고 있었고 그 눈빛은 이미 불이 붙었던 여심에 강력한 자극을 줬다.

지후와 눈이 마주친 여인들은 다들 한 가지만 생각하고 있었다.

자기 능력이 뭔지도 모르고 그저 자기를 구하기 위해 싸웠다고 착각하고 있었다.

다들 영화 속 주인공이라도 된 것처럼 히어로가 나타나서 자신을 위해 목숨을 걸고 싸웠다고 생각하고 있었다.

"오빠 그럼 우리 이제 안전한 거야?"

"글쎄…, 뭐 또 몬스터들이 나타나면 내가 어떻게든 지켜줄게."

"오빠는 장비도 아무것도 없잖아. 원래 헌터들은 장비도 하고 여러 명이 몬스터 한 마리를 같이 잡는단 말이야."

"그건 나도 잘 모르겠는데…. 아까 싸워보니까 해볼 만하던데?"

"그래도…. 그러다가 오빠가 죽으면 어쩔 건데…."

"뭐 그러면 여기에 있는 사람들이 내 영정사진에 향이라도 하나씩 피워주겠지."

"아 오빠!"

생각 없이 너무 멀리 갔나? 간혹 말을 하다보면 나는 너무 멀리가고 헛소리를 하는 게 문제지….

"쉿!"

지후의 한마디에 모두 침묵을 했다.

"잘은 모르겠는데 몬스터들이 이쪽으로 오는 것 같아."

"또 오빠가 나서서 싸우게?"

"그럼 어떻게 하냐. 나 말고 여기서 싸울 수 있는 사람이라도 있어? 너나 여기 있는 다른 사람들이나 제대로 연애

도 해보고 오래오래 살아서 아이도 낳고 행복하게 살아야
지."

지후의 말에 순간 동요하고 있는 여자들을 보며 지수는
한숨을 쉬며 작게 중얼거렸다.

'이 와중에도 오빠는 작업이 하고 싶냐?'

지후는 지수가 중얼거리는 소리를 들었지만 못들은 척
했다.

"혹시 선글라스 있냐?"

"그건 왜?"

"토 달지 말고 있으면 빨리 줘봐."

지수는 가방에서 선글라스를 꺼내서 지후에게 내밀었다.

"혹시 마스크 있으신 분 있습니까?"

지후의 말에 다들 분주하게 마스크가 있나 자신들의 가
방을 뒤지고 있었지만 워낙 경황이 없는 상황이어서 제대
로 짐을 챙긴 사람이 거의 없었기에 마스크가 선뜻 나오진
않았다.

"저 혹시 쓰던 거라도 괜찮으신가요?"

"네. 상관없습니다. 몬스터의 피가 튀어서 쓰려는 거여
서요."

걸프렌드의 멤버 중 한명이 얼굴이 빨개져서는 수줍게
지후에게 하얀 마스크를 내밀고 있었다.

"어라? 이건 틴트? 립스틱? 뭐라고 부르는 진 잘 모르겠
는데 묻어 있네요."

"아… 네…. 더러우시면….'"

"에이~ 더럽다뇨, 영광이죠. 아까 냄새나는 돼지머리의 피가 튀어서 굉장히 불쾌했는데 향기도 나고 저야 좋죠. 아 혹시 이러면 간접키슨가요? 하하!"

대기실에서 그저 바라볼 수밖에 없던 여인들은 주먹을 부르르 떨면서 화를 삭히고 있었다.

왜 오늘따라 마스크가 없어서 이런 절호의 기회를 놓친 건지 스스로를 원망할 뿐이었다.

"혹시 살아난다면 나중에 밥이나 한 끼 해요. 마스크도 주셨는데 제가 밥이라도 살게요."

"아… 아니에요. 제가 살게요. 저를 지켜주시려고 싸우시는 건데."

한마음 한뜻으로 모두가 너 때문이 아니라 자신을 지키기 위해 싸우는 거니까 착각하지 말라는 눈빛을 보냈다.

눈빛에 여러 가지 말을 담을 수 있다는 걸 오늘 많은 사람들이 깨닫는 순간이었다.

'하…. 오빠새끼는 이 와중에도 작업이구나….'

"저는 걸프렌드의 은아라고 해요."

"네, 은아씨. 꼭 살아서 나중에 식사라도 해요."

"저 혹시 전화번호 좀 여기에 찍어주시면 안 될까요?"

은아의 얼굴은 터질 것 같이 붉어졌고 주변에서 보내는 살기는 지후마저도 느낄 정도였다.

"제가 손이 지금 더러워서 그건 안 될 것 같네요."

은아의 시무룩하게 고개를 숙였고 지후의 그 말에 지수와 이 자리에 있던 다른 여자들의 얼굴도 약간은 풀어졌다.

"대신 제가 불러드릴 테니까 적으시겠어요?"

은아의 표정은 너무나 밝아졌고 다른 여자들 또한 그 번호를 적기위해 숨죽이고 들으며 조용히 핸드폰을 꺼내고 있었다.

"010-xxxx-xxxx 입니다."

지수는 어이가 없어서 지후를 한 대 치고 싶었지만 간신히 화를 다스렸다.

자신의 멤버들조차 옆에서 조용히 핸드폰에 번호를 저장하는 모습이 보였기 때문이다.

'진짜 대단하네. 오빠의 작업정신도. 이건 정말 인정 안 할 수가 없네.'

그때 지후의 전음이 지수의 머릿속에 다시 들려왔다.

-야, 나 몬스터랑 싸우면 촬영 좀 해라.

[촬영을 왜 해? 올려서 돈이라도 벌게?]

-아니. 협회에서 뭐라고 하면 능력을 어쩔 수 없이 사용했다는 증거는 있어야 될 거 아니야. 다른 사람도 찍을 수 있게 좀 대놓고 찍어라. 증거는 많을수록 좋으니까. 그래서 지금 얼굴도 다 가린 거잖아.

[그래서 얼굴을 가린 거야? 와~ 오빠는 이 와중에도 그런 생각도 하고 대단하네. 여자생각만 하는 줄 알았는데.]

-큼… 아무튼 부탁한다. 오빠가 감옥에서 여생을 보내고

싫지는 않다.

[어련하시겠어. 여기 있는 여자들도 다 만나보셔야 할 텐데 말이야.]

-아… 아니거든. 솔직히 너 아니었으면 내가 나설 이유도 없었거든. 그리고 너 연예계 생활하는데 편하라고 네 편들 좀 만들어 논거거든. 그리고 이렇게 해놔야 내가 협회에 잡혀가면 협회에 나 내보내달라고 전화라도 한통 해줄 거 아니야.

"오빠. 저는 앞으로 엑수 오빠들 보다 오빠 팬 할 거에요."

대기실에 있던 30명의 여고생중 한명인 여고생의 패기 넘치는 말에 지후는 머리가 띵했다.

'내가 연예인들을 잘 모르긴 하는데 걔네가 팬이 엄청 많다며? 난 그 빠순이들의 어그로를 끌고 싶지는 않으니까 그런 어그로 끄는 멘트는 자제해줄래?'

차마 이 말을 입 밖으로 말하진 못했지만 지후는 어색하게 웃으며 여고생에게 고맙다는 말을 건넸다.

순간 오크들이 대기실이 있는 층에 올라왔는지 다시 물건들이 부서지는 소리가 들리기 시작했다.

"다녀올게."

지후는 지수에게 가볍게 한마디 했지만 지수는 여전히 긴장한 채로 지후에게 말을 건넸다.

"다치지 마."

지후는 일부로 다 들으라는 듯 기합소리를 내면서 달려
갔다.

으아아!

순식간에 오크에게 달려간 지후는 점프를 해서 오크의
얼굴에 발차기를 날리며 쓰러뜨렸고 그걸 시작으로 10명의
오크들과의 전투가 다시 시작되었다.

지수는 남들에게도 너희들도 따라하라는 듯이 핸드폰을
꺼내서 지후를 촬영하고 있었고 어느새 이 자리에 핸드폰
을 가지고 있던 모든 사람들은 핸드폰을 꺼내서 지후와 오
크의 싸움을 촬영하고 있었다.

지후는 오랜만의 전투에 신이 났다.

얼마 만에 제대로 힘을 써보는지 피가 튀고 살이 튀는 이
싸움이 자신도 모르게 그리웠던 건 아니었나 하는 생각이
들었다. 마치 최근에는 못했지만 전설의 대전에 빠져서 허
우적 되던 삶이 생각났다. 이건 컴퓨터로 하는 게임보다 훨
씬 재미있다.

'이럴 줄 알았다면 진작에 헌터를 했을 텐데.'

좋다 너무나 그동안 화경의 경지를 찾고 강해져야 할 이
유를 못 찾고 수련을 게을리 했었는데 이제 강해져야 할 이
유를 찾았다.

'나도 결국은 뼛속까지 무인이었나? 마음 편히 싸울 수
있고 강자를 만날 수 있다는 생각에 벌써부터 흥분이 되
네.'

앞으로는 헌터로 살아야겠다는 생각이 들었다.

부모님에게 1년의 시간을 벌어놨지만 한 가지에 빠지면 미친 듯이 빠지는 지후의 성격상 이제 뒤를 돌아보는 일은 없을 것이다.

'벽력장!'

순식간에 지후의 장법에 오크 두 마리가 날아가서 벽에 처박혔다.

최소한의 움직임으로 오크가 휘두르는 검과 도끼를 피하는 지후를 보면서 다른 사람들의 손과 등은 땀범벅이 되어 갔다.

지후는 오크의 근육의 움직임과 속도를 계산해서 철저하게 피하고 있었지만 일반인들이 보기에는 그저 아슬아슬한 곡예였기 때문이다.

지수는 촬영을 하면서도 언니가 빨리 오기만을 기도하고 있었다.

지후의 기감에 헌터라고 예상되는 기척들이 잡히기 시작했고 익숙한 기감도 잡히고 있었다.

'누나도 이제 왔네. 이왕 헌터로 살려면 헌터들에게도 보여줘야겠네.'

지후는 일부러 오크들을 죽이지 않고 누나와 헌터들이 자신들이 있는 곳으로 오기를 기다렸다.

거의 다 도착한 게 느껴 질 때쯤 지후의 공격이 다시 시작 되었다.

'돼지머리들아. 너희는 인간이랑 거의 비슷해서 말이야. 급소가 거의 같거든. 그래서 나랑은 더 상성이 안 좋네. 내가 사람 몸 하나는 기가 막히게 부시거든.'

뒤에 있는 세 마리가 이 녀석들의 우두머리인 건가?

지후는 학교에서 필수과목인 몬스터 학을 이수했지만 딱히 제대로 대학생활을 한 거는 아니어서 띄엄띄엄 알고 있는 게 많았다.

그렇기에 지금 뒤쪽에 있는 2마리의 B급 오크주술사와 오늘 몬스터웨이브의 보스몬스터인 오크로드를 알아보지 못하고 있었다. 오크로드는 A급 몬스터다. 적어도 같은 등급의 헌터가 다섯은 있어야 상대할 수 있다고 알려진 몬스터였다.

하지만 지후에게는 크게 긴장감을 주지는 않는 상대였다. 그냥 조금 강하다는 정도?

누나와 미라클 길드와 협회의 관계자 3명은 오크들과 싸우고 있는 한 사내를 보면서 어이가 없었다.

자신들이 도착했을 때 이상하게도 주변의 비명소리가 아닌 환호성이 들리고 있었기 때문이다.

그 환호성 소리에 몬스터를 다 퇴치했다고 생각한 다른 대기실에 있던 사람들은 대기실의 문을 막아둔 물건들을 치우고 하나둘 문을 열고 고개를 내밀고 있었다.

하지만 문을 열었을 때 몬스터와 싸우고 있는 한 남자를 볼 수가 있었고 그 남자의 온몸은 몬스터의 피에 범벅이 되어 있었다.

하지만 문을 다시 닫고 들어가는 사람은 없었다.

그 남자의 움직임은 우아하고 아름다웠다. 그가 손을 뻗으면 몬스터는 한방에 쓰러지고 있었기에 바라보는 모두는 전율에 휩싸였고 그가 몬스터들을 모두 죽여서 자신들을 무사히 탈출시켜주기를 바라며 응원을 할 뿐이었다.

"이게 어떻게 된 거지? 저 남자는 대체 누구야?"

헌터 협회의 직원은 사람들이 한 남자를 응원하는 모습을 보면서 황당해서 할 말을 잃었다.

미라클 길드장과 동생을 구하기 위해 온 이지현 또한 상황은 다르지 않았다.

동생을 구하기 위해 왔다는 것조차 잊은 채로 그 남자와 오크들의 싸움을 지켜보고 있었다.

"수혁오빠. 우리가 뭘 잘못 알고 있었나요? 원래 오크가 헌터 혼자 저렇게 상대할 수 있는 건가요?"

미라클 길드의 길드장인 한수혁은 이지현의 물음에 딱히 대답할 말이 없다는 생각이 들었다.

"지현아. 상식적으로 힘들지? 미국에 있는 S급 딜러와도 내가 레이드를 해봤지만 저런 움직임은 본적이 없어. 그리고 지금 보면 딱 포지션을 뭐라고 정의도 내리기 힘든데."

"그러네요 정말. 일대일이 가능해서 탱커라고 봐야하나 싶은데 저 공격력은 근접 딜러라고 해야 되는 건지 그런데 원거리에서도 공격을 하네요…."

'백보신권! 내가 황보세가 말고도 무공을 많이 익혔거든. 끝이 없는 살아있는 무공사전이 바로 나다!'

지후의 백보신권에 오크주술사 하나는 으깨져 버렸고 당황한 다른 오크주술사는 지후를 향해서 불덩이들을 난사했다.

지후는 호신강기를 끌어 올리다가 자신이 막으면 불길이 대기실에서 보고 있는 사람들에게도 미칠 거라는 생각에 내공을 끌어 올려서 대기실방향에도 기막을 형성시켜 주었다.

계속 이런 식으로 모두를 보호해줄 수 없다는 생각에 불덩어리를 던지는 녀석부터 처리해야 겠다는 생각에 지후는 자리를 박차고 달려 나갔다.

지후가 달려간 자리의 바닥은 으스러져서 돌이 튀어 오르고 있었고 어느새 지후는 오크주술사의 코앞에 있었다.

하지만 지후는 옆에서 휘두른 오크로드의 대검에 의해 공격을 할 수가 없었다.

'검기라고?! 몬스터가? 이거 재밌어 지네.'

오크로드의 검에는 붉은 빛의 검기가 일렁이고 있었고 그걸 본 지후는 입가에 미소를 짓고 있었다.

'저 정도면 초절정 초입인가?'

화경의 바로 아랫단계인 초절정의 경지라고 해봤자 지후에겐 우스울 뿐이었다.

화경과 초절정은 아무리 한 단계의 차이지만 하늘과 땅

의 차이가 있다고 할 정도로 경지가 달랐기 때문이다. 또한 지후는 현경의 끝자락에 올랐던 인물이자 실전경험은 그 누구보다 많은 무인이었다. 겨우 초절정정도의 경지에 오른 자를 보면서 긴장을 할 이유가 전혀 없었다. 그저 재미있는 사냥감이 하나 더 늘었을 뿐.

'어디 한번 보여 줘봐.'

지후는 입가에 미소를 띠며 오크로드를 향해 주먹을 휘둘렀다.

오크로드는 지후의 주먹을 대검으로 막아내며 뒤로 밀리고 있었다.

그 틈에 오크주술사의 불덩이가 지후에게 날아오고 있었다.

'정말 귀찮네.'

지후는 이화접목의 수를 사용해 불덩이를 날린 돼지머리에게 돌려주었다.

죽지는 않았지만 상당한 피해를 입은 오크주술사는 겨우 지팡이에 의지해서 자리에 서 있을 뿐이었다.

그 사이 지후의 머리로 대검이 다시 내려쳐지고 있었고 지후는 환영보를 이용해 잔상만을 남기며 오크 주술사에게로 이동하고 있었다.

하지만 다른 사람들의 눈에는 오크로드에 의해서 지후의 몸이 두 동강이 나는 모습으로 보였다.

꺄악!

여기저기에서 지후가 두 동강이 나는 모습을 보면서 비명을 질렀고 비명소리를 들으며 오크로드는 입가를 씰룩이고 있었다.

하지만 착각도 잠시였다. 피가 흐르지 않고 어느 순간 사라진 지후의 시체를 보고 이상해서 뒤를 돌아봤을 때 자신의 부하인 주술사의 머리가 지후의 주먹에 터져나가는 게 눈에 들어오고 있었다.

와아아아아－!

죽었다고 생각한 지후가 멀쩡하게 다른 오크를 죽이는 모습을 보고 응원 중이던 사람들은 엄청난 환호성을 질렀고 오크로드는 화가 나서 악을 지르고 있었다.

쿠오오오오아아아!

"죽어라, 돼지머리!"

지후는 오크의 배에 주먹을 날렸지만 오크로드는 쓰러지지 않았다.

'오~ 너도 우두머리라고 한 가닥 한다는 거야?'

붉은 빛의 검기를 넘실거리며 지후의 머리를 향해 내려찍는 대검을 보며 지후는 피식 웃었다.

"고작 검기로는 내 몸에 상처 따위 내지 못해. 이래봬도 금강불괴거든 돼지야. 그리고 이건 강기라는 거야."

지후의 손에서는 금빛의 강기가 형성되어 있었고 한손으로 태연하게 내려찍던 대검을 잡고 있었다.

지후가 잡고 있던 대검에 힘을 주자 대검은 박살이 나서 여러 조각으로 흩어지고 있었고 대검이 박살나는 모습에 오크로드는 당황해서 뒷걸음을 치고 있었다.

'넌 대가리니까 내가 특별히 권강으로 죽여줄게.'

마스크 안에서 지후는 기분 좋게 미소를 지으며 권강을 형성한 주먹으로 오크로드의 배에 구멍을 뚫어놓았다.

그리고 태연하게 손에 묻은 오크로드의 체액을 털어내며 뒤를 돌아보았고 사람들은 콘서트장이 떠나가라 함성을 지르고 있었다.

그 광경을 지켜보던 미라클 길드와 협회의 직원들은 할 말을 잃고 있었다.

아이스계열의 마법이라도 맞은 것 마냥 어떠한 움직임도 없었다.

직접 전투에 참여하지 않고 보기만 한 거지만 그들은 다들 몬스터들과의 전투경험들이 있었기에 오히려 일반인들보다 더욱 긴장이 되었다.

오크로드와 주술사라면 지금 도착해 있는 모든 헌터가 달려들어도 희생을 각오해야만 잡을 수 있는 몬스터였기 때문이다.

그동안 저런 전투가 가능하다는 헌터를 본적도 들어본 적도 없었다.

그리고 대한민국에 저렇게 강한 헌터가 있다는 얘기는 더더욱 들어본 적이 없었다.

하지만 직접 두 눈으로 보았기에 더욱 긴장이 되었다. 저 남자는 들어본 적도 없는 능력자였기 때문이다.

"거기 저희 구조하러 오신 분들인가요?"

지후가 자신들을 보며 한마디 하자 얼음땡이라도 한 것처럼 다들 움직이기 시작했다.

순간 자신의 동생들을 구하기 위해 이 자리에 왔다는 게 생각난 이지현은 다급하게 지후와 지수를 불렀다.

"이지후~ 이지수~ 지후야! 지수야~!"

다급하게 자신을 찾는 누나를 보면서 지후는 웃음이 났다.

눈앞에 있는 동생을 못 알아보는 누나를 보면서 장난기가 발동하려고 했지만 아무래도 보는 눈이 많으니 참기로 했다.

"언니!"

"지수야!"

지현과 지수는 둘이 껴안고 눈물의 상봉을 하고 있었다.

"어디 안 다쳤어? 괜찮아?"

"그냥 팔꿈치만 살짝 까졌어."

지현은 힐러이기에 바로 지수의 팔을 치료해주었다.

"그런데 지후는?"

바로 옆에 있는 지후를 못 알아보고 자신에게 물어보는 지현을 보면서 지수는 갑자기 웃음이 나서 고개를 숙였고 웃음을 참느라 어깨를 들썩이고 있었다.

하지만 그걸 보고 오해한 지현은 울음을 터뜨리고 말았다.

"흐흑… 흑…. 지후가 죽었다고? 지후가 왜! 어쩌다가!
흑흑…."

순간 지수와 지후는 그 모습을 보며 말을 할 수가 없었
다.

졸지에 지후는 죽어버렸고 이 상황에 말을 잘못하면 사
람들 앞에서 개망신을 당할 수도 있었기 때문이다.

지후는 울고 있는 지현에게 걸어가서 손가락으로 어깨를
툭툭 건드렸다.

그러자 지현은 일어나서 멱살을 잡고 지후에게 쏘아붙였
다.

"왜! 왜 그런 능력이 있는데 내 동생이 죽게 놔둔 거야!
왜!"

"언니 왜 그래 미쳤어? 언니 그만해!"

그제서야 지현은 이 남자가 여기 있는 사람들을 구했다
는 생각이 들어서 지후의 멱살을 풀어주고 고개를 숙였
다.

"죄송합니다…. 제가 경솔했네요. 동생이… 동생이 죽어
서… 죄송합니다."

지후는 주변에 더 이상 자신을 촬영하는 사람이 없다는
사실에 선글라스와 마스크를 벗었다.

그 모습을 본 지현은 경악을 해서 원래 큰 눈이 더 커질
수 있다는 사실을 알려주며 눈알이 빠질 듯이 눈을 크게 뜨
고 있었다.

"너… 너어…!"

"나중에 얘기하자. 일단은 나가야지."

지현 또한 여기서 긴 얘기를 하기는 상황이 좋지 않다는 생각에 고개를 끄덕였지만 동생이 살아있다는 기쁨보단 자신을 속였다는 생각에 더 기분이 좋지 않았다.

협회의 직원과 미라클 길드의 헌터들은 일단은 사람들의 탈출을 돕고 있었다.

밖은 자신들의 우두머리를 잃어버리자 통제가 안 되는 오크들이 도망치고 있었고 더 이상 위협은 되지 않았기에 대피가 한참이었다.

모두 대피를 했고 지수의 멤버들은 미라클 길드의 헌터들이 타고 온 차에 올라타 있었고 지금 이 자리에는 지후와 지수 협회에서 나온 3명의 직원 그리고 미라클 길드의 길드장과 지현만이 침묵을 지키며 서있었다.

침묵을 깨고 협회에서 나온 현장의 책임자가 먼저 말을 꺼냈다.

"안녕하십니까? 저는 대한민국헌터협회의 박종민 과장이라고 합니다. 성함이 이지후씨 맞습니까?"

"네."

"협회에 등록이 안 되어 있던 헌터시던데…."

"아…. 원래 내일이나 내일모레쯤에 협회에 찾아가서 등록을 하려고 했는데… 사람들이 다 죽게 생겨서 어쩔 수 없는 상황이었습니다."

"네. 제 생각에도 어쩔 수 없는 상황이었다는 걸 인정합니다. 하지만 제 생각이 그렇다고 해서 협회의 법을 어떻게 할 수는 없어서요. 저희와 같이 가주셔야 할 것 같습니다."

그 말을 듣자 지현은 욱해서 협회의 사람에게 소리를 질렀다.

"그런 법이 어디에 있어요! 그럼 아까 구조된 사람을 모두 다 죽었더라도 내 동생이 힘을 쓰지 말았어야 한다는 것입니까?"

"그건 아닙니다만⋯ 제가 어떻게 해드릴 방법이 없습니다. 죄송합니다."

-지수야.

[어, 오빠.]

-여기서 방법은 없을 거야. 그러니까 누나한테 네가 설명해. 어차피 증거영상은 많잖아?

[응. 무슨 뜻인지 이해했어.]

3. 대한민국 헌터 협회

"누나 그만해. 뭐 내가 법을 어긴 것도 맞는데 어쩌겠어. 그래도 수갑은 좀 그런데 그냥 같이 따라가는 거로 하시죠?"

"예 그렇게 하겠습니다."

"그런데 가면 샤워나 옷은 좀 가능하겠죠? 지금 꼴이 말이 아니어서."

지후의 온몸은 몬스터의 체액과 피로 범벅이 되어있었고 냄새도 장난이 아니었기에 모두 바라보며 눈살을 찌뿌렸다.

"도착하시면 바로 가능하시게 준비하겠습니다."

"그럼 가죠."

그렇게 지후는 협회의 차량에 올라탔고 지현과 지수는 미라클 길드마스터의 차량에 올라탔다.

차에 올라탄 이지현은 자신의 동생을 쏘아보고 있었다.

지수에게 다행이라면 언니가 조수석에 타고 자신은 뒷자리에 타고 있다는 사실이었다.

"야 이지수 이게 어떻게 된 거야?"

"그걸 내가 어떻게 알아… 오빠랑 대기실에서 언니 기다리고 있었는데…, 몬스터가 문을 부시고 들어왔고 갑자기 오빠가 싸웠어."

"그럼 너도 지후가 능력이 있는거 모르고 있었어?"

"응. 나도 오늘 처음 알았어. 그리고 오빠도 몬스터랑 싸운 것도 오늘이 처음이고 원래대로라면 내일이나 모레쯤에 협회에 가서 등록을 하려고 했대. 나 아니었으면 오빠가 끝까지 안 나섰을 거라고… 흑…. 나 때문에 오빠 감옥에서 못 나오면 어떡해… 흑흑."

결국 지수는 참았던 눈물을 흘렸다.

"지후정도 되면 못 나올 이유는 없지. 상황도 상황이었으니까 누가 뭐라 그래도 우리 길드가 힘 좀 쓰면 나올 수 있을 거야. 문제는 너무 뛰어나서 협회가 이번 일을 약점으로 잡고 지후를 자기네 쪽으로 끌어들이려고 할까봐 문제지."

"아, 오빠가 혹시 모르니까 증거 영상 좀 찍어 놓으라고 해서 아까 중간부터는 촬영했어. 다른 사람들도 다들 촬영했으니까 증인도 많고 증거영상도 많아."

"정말? 보여줘 봐."

지수가 촬영한 영상을 보며 지현은 입을 다물지를 못했다.

지현의 반응에 운전을 하고 있던 수혁은 갓길에 차를 멈추고 영상을 같이 감상했다.

"헐…, 대박."

"그러게…. 네 동생 진짜 대박이네."

"오빠 지후가 우리 길드 오면 어떻게 될까?"

"응?"

수혁은 곰곰이 생각에 잠겼다. 아까 직접 눈으로도 봤고 영상으로 앞부분을 다시 봤지만 여전히 지후의 싸우는 모습은 보는 것만으로 긴장이 됐다.

자신도 모르게 영상을 보다가 등이 축축히 젖어 버린 걸 느끼고는 어이가 없었다.

'고작 영상을 보고 내가 긴장을 한다고…? 나도 나름 대한민국에서 3대 길드 소리를 듣는 길드의 마스터이자 세계에서 알아주는 탱컨대? 하… 인정할 건 해야겠지. 영상만 본 것도 아니고 직접 봤는데 믿지 않을 수도 없고….'

아마 지현이의 동생이라면 앞으로 헌터계를 이끌어 나갈 태풍의 핵이 될 것이다. 아까 본 것 만으로도 아무도 할 수 없는 1인 레이드를 한 것이니까….

"네 동생이 들어오면 대한민국에서 1등 길드가 될 테고 시간이 조금만 지나면 세계적인 길드가 되겠지. 지현아 너도 아까 봤지? 오크로드를 한방에 죽였어. 네 동생은 내가 볼 때 최소가 S등급 헌터야. 뭐 S등급이 끝이니까 그 이상 등급을 받지 못하지만 네 동생이 S등급 이상이고 앞으로 세계적인 헌터가 될 거라는 건 확실할 거야."

"그러게 복덩이가 굴러들어오게 생겼네."

지현은 아까 지후가 자신을 놀린 것도 잊은 채 기분 좋은 미소를 짓고 있었지만 그건 오래가지 못했다.

"언니… 오빠가 언니 길드에 들어갈까?"

"그게 무슨 소리야 지수야?"

"언니도 오빠 성격 알지 않아? 설마 오빠가 언니가 있다고 해서 언니 길드에 들어갈 거라는 그런 인간적인 생각하는 건 아니지? 이지훈데?"

지현은 망치로 머리를 한 대 맞은 것 같은 충격을 받았다.

잊고 있었다. 동생이 얼마나 계산적이고 똑똑한 인간인지. 정이 없는 건 아니지만 자신의 맘에 안 들거나 정에 휩쓸려서 무언가를 해주거나 할 인간이 아니라는 걸….

"왜? 동생이랑 너랑 사이 안 좋아?"

"그런게 아니고… 뭐 그렇게 좋은 사이는 아닌데 그렇다고 나쁜 사이는 아니야. 그런데 동생은 내가 있는 길드라고 해서 딱히 들어오거나 할 성격은 아니라는 거지."

"뭐가 문젠데?"

"지후는 상당히 계산적이야. 평상시에는 어딘가 나사하나 빠진 것 같은 인간이고 생각 없이 사는데 자기한테 이익이 생길만한 일 앞에서는 절대로 남의 눈치도 보지 않고 최대한 얻어내는 인간형이야. 한마디로 금전적 이익 앞에서 내가 누나라고 해서 손해를 보면서까지 우리 길드에 올 이유는 없다는 거지."

"그럼 제대로 대우해주면 되잖아."

"그러면 되지. 근데 우리 길드가 요즘 아이템 맞추느라 자금 사정이 그렇게 넉넉하지 않을 텐데…."

"아… 깜빡했네…. 그래도 네 동생정도면 다른 길드에 뺏기는 건 정말 아까운데…."

"그러게 그자식이라면 우리랑 적대관계인 길드도 들어갈 인간이야."

지수는 언니와 언니의 남자친구라는 사람의 대화를 들으며 한 숨을 쉬고 있었다.

자신이 알던 오빠가 오늘은 생각이상으로 듬직했었기 때문에 기분도 좋았지만 오늘 일로 인해서 활동할 때 오빠 때문에 다른 여자그룹들과 조금 불편해 질 것 같았기 때문이다.

오빠 성격이라면 가볍게 만나고 헤어질 걸 알기에…. 그 뒷감당과 버림받은 여자의 눈빛을 자신이 받아낼 생각을 하니 한숨만 나왔던 것이다.

협회에 도착한 지후는 샤워를 마치고 협회에서 준 옷을 입고 그들이 안내해준 방에 앉아있었다.

생각 외로 취조실 같은 곳은 아니었고 그냥 일반 사무실에 안내를 해주어 기분이 나쁘진 않았지만 오히려 더 귀찮아질지도 모른다는 생각이 들어서 찝찝했다.

"박종민씨? 박종민 과장님? 박과장님? 뭐라고 불러드리는 게 편할까요?"

"지후씨 편하신 대로 부르시면 됩니다."

"그럼 박과장님으로 부를게요. 그런데 언제까지 이렇게 방에 있어야 할까요?"

"죄송합니다. 불편하신 건 알지만 아무래도 일요일이다 보니까 내일 오전까지는 기다려 주셔야 할 것 같습니다."

하…, 내일까진 빼도 박도 못한다는 거네…. 저 양반도 일요일날 나와서 고생하네. 어린놈한테 저렇게 정중하기도 쉽지 않은데.

"뭐 박과장님이 죄송하실 필요는 없죠. 그럼 먹을 거랑 담배랑 핸드폰 충전기 좀 갖다 주세요."

"그렇게 하도록 하겠습니다."

박종민 과장이 준비해준 밥을 먹고 핸드폰으로 TV를 보다가 잠에 들었고 7시쯤 되자 눈을 떴다.

"으으… 잠자리가 바뀌어서 그런지 영 찌뿌둥 하네. 샤워나 좀 해야겠네."

지후는 태연하게 사무실을 나가서 어제 샤워를 했던 샤워실로 향했다.

편하게 홀로 샤워를 하고 있을 때 샤워실로 누군가 들어오는 인기척이 들렸다.

샤워실에 들어 온 남자는 지후를 힐끔 처다 보더니 다른 많은 자리를 놔두고 지후의 바로 옆자리로 왔다.

지금 샤워실에 들어온 남자는 협회의 실세이자 A랭크 근접딜러인 김홍태 이사였다.

이제 서른이 된 김홍태 이사는 요즘 협회에서 자신의 세력을 형성하면서 기회를 노리고 있는 남자였다. 4선의원인 국회의원 아버지를 뒷배로 두고 있고 자신 또한 대한민국에서 몇 명 없는 A랭크의 헌터이기에 자신을 따르려는 사람들이 협회에 많았기에 자신의 능력을 한껏 과시하며 힘을 주고 다니고 있었다.

김홍태이사는 언제나 6시쯤 출근해서 1시간정도 협회의 헬스장에서 운동을 하고 샤워를 마친 후에 일과를 시작하는 게 일상이었다.

그 시간에는 누구도 샤워실을 사용하지 않았다.

자신이 혼자 씻는 걸 좋아하기에 눈치를 줬더니 지금은 혼자 편히 씻을 수 있었다.

하지만 오늘은 자신보다 누군가 먼저 와서 씻고 있어서 기분이 영 좋지 않았다.

나름 암묵적인 룰이랄까? 자신이 샤워실을 사용하는 시간은 모두가 피하고 있었는데 눈앞에는 기생오라비 같은 놈이 태연하게 샤워를 하고 있었다.

"넌 누구지? 신입인가?"

지후는 그냥 무시하고 씻고 있었다.

자신이 협회의 직원도 아닌데 굳이 대답해야 할 이유는 없었기 때문이다.

"상관이 말을 하면 대답을 해야 할 것 아니야! 너 어디소속이야? 대체 누구한테 교육받은 거야? 윗사람을 보면 인사를 해야 하는 게 상식이란 걸 모르나!"

"아 거참 쫑알쫑알 시끄럽네. 내가 여기 직원도 아닌데 네가 왜 내 윗사람이야?"

"너 이 자식 말 다했어?"

'무림맹주도 나한테 존댓말을 썼는데 어디서 씹다버린 개 껌 같이 생긴 게 까불고 있어.'

굳이 적을 만들 생각은 없는 지후였지만 슬슬 지후의 짧은 인내심은 한계로 가고 있었다.

"아니. 이제 하려고. 너랑 나랑 아무사이도 아니고 처음 보는 사이 같은데 무슨 인사는 인사야? 너는 그럼 길거리 걸어 다니면서 보이는 모든 사람들이랑 인사하고 지내? 난 여기 직원도 아닌데?"

"그런데 네가 왜 이곳의 샤워실을 사용하는 거지?"

"손님은 샤워도 못하냐? 뭐 그런 법이라도 있어?"

'이자식이 어제 보고에 들어온 그 콘서트장의 등록되지 않은 헌터인가? 보고가 사실이라면 제법 강한게 확실할 텐데 이 녀석을 내 라인으로 만들면 앞으로 편해지겠군.'

"혹시 네가 어제 콘서트 장에서 오크를 잡았다던 헌터인가?"

"내가 벌써 그렇게 유명해졌나? 알면 그냥 닥치고 씻고 가라. 아침부터 기분 잡치게 하지 말고."

"난 이곳 협회의 김홍태 이사라고 한다. 제법 등급이 높게 나올 것 같은데 지금 일은 내가 잊어줄 테니 내 밑에서 일해 볼 생각 없나?"

"푸하하하하. 너 또라이냐? 아주 혼자 북 치고 장구치고 다하네."

"말이 심하군. 지금 이 기회는 너에게 평생에 한번 올까 말까한 기회라고."

"그런 좋은 기회는 다른 사람에게 양보할게. 난 너 같은 새끼를 내 머리위에 두는 병신 짓은 취미가 없어서."

김홍태 이사는 지후의 마력을 느껴보려고 했지만 도무지 느껴지지 않았다.

보고가 잘못됐다는 생각이 머릿속에 스쳐 지나갔다. 지후는 항상 기운을 갈무리하고 다녔지만 헌터 중에는 누구도 기운을 지후처럼 갈무리하고 다니는 사람이 없었다.

딱 봐도 20대 초반이다. 많이 봐줘야 20대 중반정도 밖에 안 되는 남자가 자신보다 아득하게 강해서 마력을 느끼지 못한다는 건 말도 안 된다는 생각이었다.

그렇기에 지후에게는 강한 헌터에게 느껴지는 위압감 같은 게 없었기에 더 이상 참지 않겠다는 생각을 하고 있었고 행동으로 옮기고 있었다.

"이 개자식이 말 다했어!"

김홍태 이사는 당장이라도 지후의 얼굴에 주먹을 날리려고 했지만 지후가 뿜어낸 살기에 움직이지 못하고 자리에 서 있었다.

"벼는 익을수록 고개를 숙이고 높은 자리에 있을수록 사람이 겸손할 줄 알아야지. 너는 인간이 덜 됐구나. 아닌가? 나이를 먹어서 그런 거야? 아니면 원래 그런 거야? 고개 숙인 남자여~ 고개 좀 들지? 겸손하다고 해야 되나? 진짜로 인간이 되다 만 거야?"

김홍태 이사에게는 콤플렉스가 하나 있었다. 그렇기에 그동안 샤워실을 혼자 쓸 수 있도록 했던 것인데 앞에 있는 핏덩어리같은 녀석이 자신의 콤플렉스를 건들고 있었다.

얼마나 잘났나 핏덩어리의 그곳을 바라봤을 때 더 이상 그걸로 뭐라 할 말이 없었다.

자신의 완벽한 패배였다.

코끼리? 매머드? 뭐라고 해야 할까? 몬스터가 자리 잡고 있었다.

"잘 서고 안 서고를 떠나서 넌 답도 없겠네."

마지막으로 한 마디를 남기고 뒤돌아서서 샤워실을 나가

는 지후를 보며 김홍태는 겨우겨우 화를 억누르고 있었다. 그의 몬스터를 본 순간⋯, 갑자기 찾아온 패배의식으로 인해서 발이 떨어지지 않았기 때문이다.

'참을 인 세 번이면 살인도 면한다고 했지. 내가 참아준다. 하지만 얼마 남지 않았다.'

김홍태 이사는 속으로 겨우겨우 화를 삭히며 샤워를 하고는 밖으로 나왔다.

쾅!

김홍태 이사는 출근해서 자신에게 아침인사를 온 자신의 라인의 헌터들에게 화를 내고 있었다.

그리고 곧 그 자식의 등급심사가 있을 예정이라는 소리에 비웃음을 흘리며 재빨리 자리에서 일어났다. 자신이 아까 봤을 때 절대 높은 등급이 나올 수가 없는 놈이었다. 이왕이면 많은 사람들이 있는 곳에서 망신을 주고 철저히 망가뜨려 줄 생각을 하며 등급심사장으로 걸음을 옮겼다.

"박과장님. 이것만 하면 집에 가도 되는 건가요?"

"바로는 힘드시고 오늘 저녁이 되기 전에는 돌아가실 수 있으실 겁니다. 일단 등급심사가 끝나면 협회장님과 미팅이 잡혀있습니다."

"난 미팅을 허락한 적은 없는데?"

박과장은 순간 움찔하며 어쩔 줄 몰라 하는 게 눈에 보였다.

"농담이에요. 뭐 어차피 한번쯤 만나야겠죠."

"협회장님이 헌터와 미팅을 하는 건 굉장히 이례적인 일입니다. 부디 이따가 좋은 만남이 되시길 바랍니다."

뭐 그건 만나봐야 알지. 좋은 만남이 될지 악연이 시작될지는.

"이지후씨~ 저기 보이는 통 안에 들어가서 몸 안에 있는 기운을 뿜어 보세요."

"얼마나 뿜으면 됩니까?"

"할 수 있는 최대로 해주시면 됩니다."

'그래. 해줄게. 굳이 낮은 등급을 받아서 이리저리 치이고 싶은 생각은 없으니까.'

지후는 진심으로 갈무리를 해둔 모든 기운을 개방해버렸다.

삐이이이- 펑퍼퍼퍼퍼펑!

지후가 개방한 기운을 견디지 못하고 지후를 심사 중이던 원통과 컴퓨터들은 깨지고 터지고 있었다.

다들 놀라서 말을 하지 못하고 있었다.

최근 한 달 전에 최신설비와 강도를 자랑하는 기계로 바꿨는데 기계가 터져버렸기에 지켜보던 심사관들은 당황하기 일 수였고 순간적으로 지후의 압도적인 기운을 느낀 헌터들은 자신들도 모르게 옷이 축축히 젖고 있었다.

밖의 모니터에는 컴퓨터가 지후의 등급을 표시하고 있었다.

- S랭크 이상.

측정불가의 마력으로 더 이상은 등급을 책정 할 수 없습니다.

포지션 판정 불가.

모두가 모니터를 바라보며 말을 아끼고 있었다.

모니터를 보고 김홍태 이사는 말을 아끼고 있었다.

자신이 생각했던 것과는 전혀 다른 결과였던 것이다.

어떻게 해야 하나 말없이 머리를 굴리고 있을 뿐이었다.

"박과장님 이제 끝났습니까?"

"예…, S등급이 나오셨습니다."

"뭐 당연한 걸 가지고 그렇게 놀란 표정을 지으십니까?"

"하…, 죄송합니다. 제 눈앞에서 S등급을 단번에 받는 사람은 처음이라서요."

"뭐 이해가 아주 안 되는 건 아닌데 동물원 원숭이도 아니고 사람들이 저렇게 보고 있는 건 영 기분이 좋지 않네요."

"죄송합니다. 저 그런데 문제가 하나 있습니다. 일반적으로 포지션이 나오는 게 정상인데 지후씨는 포지션이 나오지 않고 있습니다."

"아 저는 모든 포지션이 다 소화 가능 합니다. 그래서 그렇겠죠."

"그게 무슨 말씀이신지요?"

"말 그대로입니다. 탱커. 원거리 딜러. 근거리 딜러. 힐러. 서포터 모두 가능합니다. 모두 S등급 이상으로."

"거 참 사람이 겸손할 줄 알아야지. 당신이 S등급을 받은 건 알겠는데 그런 식으로 나오면 여기서 듣고 있는 헌터들이 불편하지."

김홍태 이사와 함께 있던 무리의 헌터들이 빈정거리며 지후의 앞으로 걸어왔다.

김홍태 이사는 순간 아차 싶었다. 자신이 생각을 하는 사이에 자신의 부하들이 아까 말한대로 망신을 주겠다고 나서고 있었던 것이다.

S등급이라면 어제 보고대로 혼자서 오크들을 상대한 게 사실일 수도 있다. 물론 과장이 좀 심하게 된 것 같지만 지금 자신의 부하들로는 확신이 없었다.

'제길…, 이미 엎질러진 물이니 주워 담지도 못하겠군.'

"지금 나한테 한 말이야?"

"그래 애송이 너한테 한 말이야."

박과장은 지후에게 시비를 걸고 있는 이부장과 사람들과 지후의 사이를 가로 막았다.

"여기서 이러시면 곤란합니다. 이부장님. 사람들을 물려주시죠."

박과장은 요즘 번번히 협회장의 라인인 자신과 부딪치는 김이사의 사람들이 맘에 들지는 않았지만 지금은 참고 넘어가야 한다는 생각이 들었다.

"어이 박과장. 저 애송이가 하는 소리 못 들었어? 물론 딜탱도 있기는 하고 아이템의 도움을 받으면 다른 것도 가능이야 하지. 그런데 모든 능력이 S등급이라니. 박과장도 미친 게 아니면 생각을 해봐. 초장에 버릇을 고쳐줘야지. 아무리 S등급이어도 저렇게 거짓말을 하고 다니면 헌터생활 힘들어 진다고. 내가 어른의 도리로서 거짓말을 하지 말라고 한 것뿐이니까 그렇게 열 내지 말라고."

박과장은 화가 나고 짜증이 났지만 자신도 모든 능력이 S등급이라는 말에는 편을 들어주기가 쉽지 않았다.

"협회장님과 미팅이 잡혀 있습니다. 이만 하시죠."

"에이 협회장님과 미팅 전에 우리랑도 대화 좀 해보자고. 박과장 네가 저 새끼 대변인도 아니고 뭘 그렇게 나서고 그래. 똥 같은 놈이라 그런가?"

'대변인… 똥? 설마… 저걸 개그라고 하나? 그런데 딱 보니까 협회장 라인과 저 자식들이랑 파벌싸움 중이구만. 내가 거기에 낄 생각은 없는데. 그래도 박과장은 유일하게 내가 아는 사람이니까… 기 좀 살려드려야겠네.'

"너 설마 지금 대변인이니 똥이니 그거 개그라고 한 거냐?"

"어디서 어린새끼가 어른한테 반말이야?"

"넌 처음 보는 사람한테 반말 찍찍 하라고 배웠냐? 가는 말이 고와야 오는 말이 곱다는 거 몰라? 그 정도는 초등학교에서 배우는 거 아닌가? 혹시 초등학교도 안 나온 거 아니지?"

박과장은 더 이상은 자신의 선에서 막는 게 어렵다는 생각에 땀만 흘릴 뿐이었다.

"박과장님. 내가 쟤네들 치워드릴까? 말만해요. 한주먹 거리도 안 되는 것들이 입만 살아있는데. 내가 이런 친절은 원래 안 베푸는데 박과장님이니까 특별히 해드릴게."

모두 들으라는 듯이 말하는 지후를 보며 박과장은 한숨을 쉬며 돌이킬 수 없다는 생각을 하며 CCTV가 있는 쪽을 바라보고 있었다.

하지만 말릴 틈도 없이 이부장과 그 일행은 지후에게 달려들고 있었다.

쾅!

이부장의 주먹이 지후의 얼굴을 향해 날아갔지만 이부장의 주먹은 지후의 손에 잡혀 있었다.

"등급이 뭐냐? 씨방새야."

"윽…, 놔라… 놔!"

"등급이 뭐냐고."

"B+ 딜러다."

"그럼 내가 네 공격을 막았으니까 나 탱커 증명 된 거지?"

그 말을 끝으로 지후는 순식간에 이부장의 일행 중 등치가 큰 인간의 품에 파고들어 복부에 주먹을 먹여주었다.

배를 움켜지고 쓰러져서 발버둥치는 헌터를 뒤로하고 지후는 한마디를 더했다.

"자 탱커도 한방에 쓰러뜨렸으니까 딜러인 것도 증명됐

지?"

그리고 백보신권을 사용해 김홍태이사 주변에 있던 헌터들도 쓰러뜨렸다.

"자, 원거리도 증명된 건가? 너무 걱정하지 마. 힘 조절하고 있으니까. 이건 뭐 약해 빠져가지고 내가 조금만 힘줘도 다 죽어버리겠네. 아 힐러로서는 딱히 증명해주고 싶진 않네. 너희를 치료해줄 생각은 없어서 말이야."

말을 하는 도중 이부장이 다시 지후에게 달려들었고 지후는 이부장의 공격을 가볍게 피하고 이부장의 정강이를 차버렸고 이부장은 그대로 정강이가 부러져서 일어나지 못하고 있었다.

"어이 버러지들. 너희는 앞으로도 나랑 눈높이를 그렇게 맞춰야 될 거야. 바닥이 어울리는 새끼들이 어디서 되도 않는 힘 좀 있다고 으스대고 있어. 웃기지도 않네. 객기도 상대를 봐가면서 부려. 두 번은 안 봐줘. 혹시라도 또 덤비고 싶거나 나를 양치기소년으로 몰아가고 싶으면 시험해봐. 죽여줄 테니까."

지후는 이형환위를 이용해 갑자기 사라졌다가 김이사의 눈앞에 나타났고 김이사의 앞에서 진각을 밟았다.

콰앙!

순간 엄청난 크레이터가 김이사를 중심으로 생성되어 있었다.

"다음 번에도 나를 시험한다면 머리를 으깨주지."

김이사는 자신의 코앞에 지후가 올 때까지 아무 움직임도 느끼지 못했다는 것에 긴장을 하고 있었고 바닥을 보자 더 이상의 말은 입 밖으로 꺼낼 수가 없었다.

"박과장님 미팅 갑시다. 나 빨리하고 집에 좀 가게."

"하지만 아직 미팅 시간이…."

"에이 그러지 마세요. 박과장님. 저기 CCTV로 다 보고 있는 거 뻔히 아는데."

그 순간 박종민의 핸드폰이 울렸고 협회장이 바로 미팅을 하겠다는 사실을 박과장에게 전하고 있었다.

"안녕하세요. 저는 대한민국헌터협회의 협회장을 맡고 있는 전아영이라고 해요."

"이지후입니다."

"생각과는 다르게 딱딱하시네요."

지후는 씨익 웃으며 자신의 허리 아래를 바라보며 말을 이었다.

"뭐 제가 제법 딱딱하죠."

"협회장님 앞에서 언행을 좀 조심해주셨으면 합니다."

협회장의 양 옆엔 두 명의 여자가 있었고 그 중 한 여자가 정색을 하며 말을 하고 있었다.

"뭐 이리 분위기가 살벌합니까? 딱딱하냐 길래 딱딱하

다고 말한 것뿐인데. 뭐 증명할 사이도 아니고 난감하네요."

두 명의 여인은 굳어진 표정으로 지후에게 한마디 하려고 했지만 협회장의 제지에 행동을 멈추었다.

"농담을 참 재밌게 하시네요."

"생각보다 젊고 예쁜 미인이 협회장이라서 분위기 좀 풀고자 한 것뿐입니다."

전아영은 스물일곱의 나이로 2대 협회장에 오른 인물이었고 S라인의 몸매에 외모는 청순해서 어지간한 연예인은 명함도 못 내밀 정도의 미모였다.

하지만 여자가 협회장이라는 게 못마땅한 김홍태 이사를 필두로 점점 협회장과 반대하는 세력이 협회에 생기고 있었기에 언론에도 절대 얼굴을 드러내지 않곤 했다.

"이거 소개도 안했네요. 제 오른쪽에 있는 분은 저희 협회의 채아영 이사님이세요. 그리고 왼쪽은 저의 비서인 박민아씨라고 합니다."

'둘 다 A랭크군. 그런데 협회장이나 저 둘도 느껴지는 기운이 일반적인 헌터랑은 다른데… 서포터겠군…, 근데 서포터는 능력이 가지각색이라던데….'

"그런데 이거 차 한 잔도 안주는 겁니까? 생각보다 매너가 별로네요."

"아…, 제가 무례했네요. 너무 잘생기셔서 제가 그 생각을 못했네요."

"그런 식으로 고백해도 안 넘어가니까 작업은 자제해 주시죠. 저는 복숭아 아이스티로 부탁드려요."

곧 지후가 말한 아이스티가 들어왔고 침묵을 깨고 협회장은 입을 열었다.

"우선 S랭크 헌터가 된 걸 축하드려요. 이제 대한민국에도 S랭크 헌터가 둘이나 되네요."

"글쎄요. 제가 대한민국의 헌터일지 아닐지는 아직 모르는 거죠."

"그게 무슨 소리시죠?"

"말 그대로. 난 대한민국의 헌터가 될지 외국에서 헌터가 될지 결정은 안했거든."

"벌써 외국에서 접촉이라도 온 건가요?"

"그건 아닌데 지금 핸드폰에 계속 진동이 오네? 협회에 참 미꾸라지가 많나봐. 내가 S등급을 받은 지 몇 분 되지도 않았는데 말이야. 웬만한 길드들은 다 서로 자기한테 오라고 문자가 오고 있거든. 협회가 일처리가 참 빠른가봐?"

어느 순간 지후는 존댓말을 안 하고 있었고 지후의 말에 협회장은 이를 악물었다.

협회에서 아직 제안조차 하지 못했는데 다른 길드에 정보가 넘어가다니… 이제 타국에서 접촉하는 건 시간문제라는 생각밖에 들지 않았다.

"그 부분에 대해선 제가 대신 사과를 드리겠습니다. 죄송합니다."

"대신 사과를 하는 게 아니고 당연히 직접 해야지. 협회장이면 여기서 제일 높은 사람인데 부하관리를 똑바로 못한 거니까 당신이 하는 게 맞습니다."

"네."

지후의 도발적인 언행에 세 여자는 이를 악물었지만 어떻게 할 수가 없었다.

도저히 파악이 안 되는 사람이었기 때문이다.

협회장은 사람의 마음을 읽을 수 있는 능력자였고 박민아 비서는 텔레파시 능력자, 채아영 이사는 환각 능력자였기 때문이다.

그녀들이 계속 지후에게 능력을 사용해보려고 했지만 지후에겐 전혀 자신들의 능력이 통하지 않아서 텔레파시로 대화를 주고받고 있었다.

"어이 사람 불러놓고 뭐하는 거지? 계속 그렇게 사람 앞에 두고 너희끼리 얘기할 거야?"

"그게 무슨 소리시죠?"

지후는 손가락으로 자신의 머리를 툭툭 치고 있었다.

지후는 아까부터 계속 타심통을 이용해서 텔레파시로 대화를 하고 있는 여인들의 대화를 듣고 있었던 것이다.

-자꾸 간질거려서 말이야. 나한테 뭔가를 시도하려고 하는 것 같아서 너네가 쑥덕대는 것 좀 듣고 있었지. 뭐 너희들 능력은 대강 들어보니까 알겠네. 내 속마음이 궁금해? 아니면 환각을 보여주고 싶어? 아님 나랑 속으로 대화하고

싫어?

지후는 세 사람에게 전음으로 말을 했고 세 사람의 얼굴은 사색이 되었다.

"뭐 내 서포터로서의 능력도 이렇게 증명이 된 건가? 난 너네 대화도 다 듣고 있었는데."

"어이 내가 환각도 보여줄까?"

그 말이 끝나자 지후는 채아영 이사에게 환술을 걸어서 몬스터들에게 살해당하는 환각을 보여주었다.

'나도 환요 그 상년 때문에 환술에 빠져서 고생한 적이 있었지. 뭐 나중에 잡아서 다시는 안 걸리려고 고문해서 환요의 무공을 배웠지만 이렇게 써먹네.'

채아영 이사는 비명을 지르며 자리에 주저앉아서 울면서 살려달라고 외치고 있었다.

딱!

지후는 손가락을 튕겨 환술을 풀어 주었다.

"더하면 너 정신 붕괴돼서 죽을까봐 멈춘 거야. 그러니까 나한테 장난질은 안 하는 게 좋을 거야. 호의는 여기까지. 난 호의가 계속 되서 둘리가 되고 싶진 않거든."

전아영은 눈앞의 저 남자는 자신들이 상대가 안 될 정도로 강하다는 걸 인정할 수밖에 없었다.

아까 저 사내가 말 한 것처럼 능력이 다양했고 모두 S등급이라는 말도 믿어야 한다는 걸 알 수 있었다. 자신의 오른팔인 채아영 이사는 환각의 마녀라고 불릴 정도로 강한

서포터였다. A등급의 환상은 웬만한 헌터들은 모두 속수무
책으로 당했었기 때문이다. 하지만 오늘은 그게 반대였다.
환각의 마녀라 불리는 자신의 오른팔이 환각에 당해서 고
통스러워하고 있었던 것이다. 계속 비꼬면서 자신들을 건
들고 있지만 자신들이 능력으로 먼저 시험을 한 걸 알고 있
는 상황에선 자신들이 먼저 실수를 한 것이기 때문에 저 태
도를 문제 삼을 수도 없었다.

"이제 슬슬 좀 진정성 있는 대화를 하는 게 어때? 뭐 아
니면 너한테 내 속마음이라도 보여줘야 하나?"

"……."

"내가 지금 네 속마음 맞춰줄까?"

"이 인간은 대체 뭐지? 내가 속마음을 읽지 못한 남자는
처음이야. 궁금하다 이 남자. 그동안 수많은 남자가 나에게
음심을 갖고 있어서 더러웠는데 이 남자의 속마음은 어떤
거지?"

"무… 무슨 말도 안 되는 소리입니까! 저는 그런 생각을
한 적이 없습니다."

"지금 하잖아. 미리 예언해봤어."

당연히 내가 지금 한말이니까 내 말에 대해서 생각을 하
고 있겠지.

속마음을 읽는 게 좋을 리가 없지. 알고 싶지 않은 것까
지 알아야 하니까. 그러니까 주변에 남자가 아닌 저 두 여
자만 두고 있는 걸 테고. 당연히 잘생긴 남자가 눈앞에 있

는데 속마음을 처음으로 읽을 수까지 없다면 호기심은 충분히 생길 거고.

"뭐 그동안 고생이 많았겠네. 알고 싶지 않은 것까지 알아야 했을 테니까. 그래서 알고 싶지 않은 걸 알지 않으려고 독하게 노력했을 테고. S등급에 올랐겠지."

'뭐지… 이 사람은…. 어떻게 나에 대해서 이렇게 잘 알지….'

"뭐 쓰리사이즈라도 말해야 내 말을 믿으려나?"

'뭐 속마음을 알려면 알 수는 있는데…. 지금 내 경지에선 조금 무리가 가는 거라 굳이 그러면서까지 너에 대해서 알고 싶지는 않아서… 뭐 너 같은 여자는 항상 다른 사람이 무슨 말을 할지 알고 대화를 했고 속마음이나 약점을 알고 얘기했을 테니까 나처럼 속마음을 알 수 없는 사람을 만나니 당황할 수밖에 없지.'

"나 혼자만 말하나? 재미없게? 나중에 나랑 데이트라도 하고 싶으면 말 좀 하지? 난 재미없는 여자는 안 만나거든. 넌 아마 인생에 남자는 없다고 생각하고 있었을 텐데. 속마음을 알 수 없는 남자. 얼마나 너에게 이상적인 남자겠어. 그런데 막 스크린을 찢고 나온 것 같은 비주얼은 여자로서 놓치기 쉽지 않지."

"상당히 자신감이 넘치시네요."

"자신감이 아니야. 당연한 거니까. 아니라곤 못할 텐데? 내가 네 속마음을 한번 들여다볼까? 난 너랑 다르게 능력을 자유자재로 컨트롤을 하거든. 굳이 너처럼 알고 싶지 않아도 되는걸 알면서 불편해 하진 않거든. 너처럼 능력을 쓰면 사람을 대하는 게 정말 어렵지."

히죽히죽 웃으며 말하는 지후를 보면서 전아영은 얼굴을 붉혔지만 차마 말이 쉽게 나오지 않았다. 솔직한 마음으론 관심이 가는 건 사실이었기 때문이다.

처음으로 마음을 알 수 없는 남자를 봤는데 호기심이 안 생기는 게 이상한 것이니까.

옆에 있던 박민아 비서는 그동안 알고 싶지 않은 사람들의 속마음을 알게 되면서 괴로워하는 협회장을 옆에서 보았기에 저 남자가 조금은 다르게 보였다.

협회장도 여자고 젊고 아름답다. 그런데 왜 연애가 하고 싶지 않았겠는가. 하지만 남자들의 더러운 음심을 보고 싶지 않아도 보게 되는 협회장은 도저히 남자와 연애를 하지 못했고 주변에 접근하는 사람들은 자신의 권력 때문이라는 걸 알고 있었기에 관계조차 비즈니스관계 이상으로 발전하는 경우는 없었다.

하지만 저 남자라면 다르다. 지금은 딱히 권력은 없지만 S등급 헌터고 능력도 다양하다. 거기에 속마음을 알 수가 없다. 그것만으로도 협회장에게 어울리는 남자였다.

자신의 이런 생각을 알았을까 협회장이 자신의 손을 가볍게 잡았다.

박민영 비서는 아차 싶었다. 저 자식의 기록을 조사해봤지만 딱히 나쁜 사람은 아니었지만 좋은 사람도 아니었기 때문이다. 좋은 집안에서 평탄하게 인생을 살았지만 여자 관계가 좋지 못했기 때문이다.

"당신은 그렇게 속마음을 들여다보면서 여자를 만나나 보죠?"

"뭔가 오해를 하나본데 난 한 번도 여자를 만나거나 사람을 만날 때 능력을 쓴 적이 없어. 뭐하러 귀찮게 내가 여자들 속마음을 알아야 하지? 굳이 속을 들여다보지 않아도 눈에 하트가 그려져 있는데. 그런 번거로운 짓을 해? 어차피 걔네도 내 외모나 재력을 보고 접근한다는 건 속을 들여다 보지 않아도 아는 사실인데 쓸데없이 뭐하러 들여다 봐. 그런 건 능력낭비야. 그리고 립서비스 일뿐이지. 내가 당신한테 진지하게 관심이 있다고 생각하는 건 곤란해. 난 착각하는 여자들을 별로 안 좋아해. 당신이 앞으로 날 좋아하는 건 자유지만 나에게 강요는 곤란해."

"당신이야 말로 착각이 너무 심하시네요."

"착각일까? 당장은 불쾌할 수도 있겠지만 조금만 지나면 다를 걸? 네 인생에 속마음을 알 수 없는 사람은 쉽게 만날 수 없으니까. 그리고 네가 능력을 컨트롤 하게 되더라도 좋아하는 남자의 속마음은 언제고 들여다보고 싶겠지. 그런데 들여다보면 또 상처를 받을 거고."

"다 안다는 듯이 말하시네요."

"알지. 너희가 조사한 정보가 맞다고 생각해? 이런 능력이 갑자기 자고 일어났는데 생겼을까? 갑자기 생긴 능력으로 몬스터웨이브에서 오크들을 학살한다? 능력을 어떻게 쓰는지도 모르는데? 내가 지금 능력을 쓰는 게 한 두번 쓰는 것 같나? 적어도 너희보다 몇 백배는 더 산전수전 다 겪은 게 나야. 그러니까 이제 슬슬 본론으로 들어가자. 지겹다, 슬슬."

"……."

"자존심이 상하는 것 같은데 나만 네 속마음을 들여다봐서 화난 거야?"

'사실 들여다 본적 없거든, 내가 아직 현경에 오르지 않아서 그런 걸 하면 상당한 심력이 소모된다고.'

"자기는 항상 들여다보면서 못 보니까 삐지기는. 자 봐봐. 보여줄 테니까."

지후는 말을 하며 자신의 정신을 볼 수 있게 방어를 거두었다. 물론 보여줄 부분만 골라서 보여 주는 거지만.

"됐습니다. 보고 싶지 않습니다."

"두 번은 말 안 해. 난 기회는 한번만 준다고. 빨리 보도록 해."

자존심은 상했지만 궁금하긴 했다. 눈앞의 남자가 어떤 사람인지. 애써 협상을 위해서라며 스스로에게 말하며 지후의 속마음을 들여다봤다.

[재미없다. 지루해. 빨리 집에 가고 싶다. TV보고 싶다. 담배피고 싶다. 빨리빨리 말하고 집에 보내주지. 뭘 저렇게 틱틱 대.]

'이 남자는 뭐지… 다른 사람들은 나를 보고 있으면 음심을 품거나 이용하려는 생각뿐인데… 나에 대해 생각이 없어? 그리고 이 상황에 대한 자각이 없어.'

"저에 대해 어떻게 생각하시죠?"

'훗. 약 올랐나 보네. 보통 그런 질문을 하면 너에 대한 생각을 하니까 그걸 알고 싶은가 보구만. 진짜로 나한테 관심을 갖는 건 귀찮은데. 나 만나봐야 할 걸 그룹이 많아서 스케줄이 빡빡해.'

[어떻게 생각하긴 재미없고 지루한 여자지. 빨리 대화 끝내고 집에 가고 싶은데 말꼬리 붙잡고 늘어지는 여자지 뭘 어떻게 생각해. 음…, 실제로 보니까 아줌마는 아니고 그냥 나이 먹은 노처녀? 모태솔로? 몰라. 딱히 생각하기도 싫다. 귀찮으니까 집에 보내줘.]

"야!"

순간 옆에 있던 두 여자는 당황했다. 협회장이 저렇게까지 화를 내는 모습을 본적이 없었다.

저 남자가 음심을 품어도 제대로 품었구나 하는 생각을 하는 두 여자였다. 하지만 그 생각이 깨지는 데는 오래가지 않았다.

"야! 넌 내가 여자로도 안 보이냐! 뭐 나이 먹은 노처녀? 나 아직 한창이거든! 그리고 나에 대해서 생각하기도 귀찮으니까 빨리 집에나 보내달라고? 내가 어디가 어때서! 재미없고 귀찮은 여자? 지루해?!"

"워워~ 여기까지만 보여줄게. 뭐 대강 너한테 욕정을 품고 그런 남자는 아니란 건 알겠고 내 생각도 대충 알았지? 빨리 할 말만 하고 끝내자고."

전아영은 자존심이 몹시 상했다. 그동안 남자들과 대화를 하면 나이를 떠나서 자신을 보며 더러운 상상을 하는 걸 봤기 때문이다. 그런데 이 남자한테 자신은 아웃오브안중이었다. 약간의 관심조차 없었다. 욕정을 안 품었다는 사실보단 자신을 여자로 안보고 있다는 게 상황에 맞지 않게 눈물이 날것만 같았다.

"내가 아까도 말했잖아. 난 당신을 꼬실 생각도 없고 그냥 립 서비스 몇 번 한 게 다야. 혹시 내가 욕정을 안 품어줘서 섭섭한 건 아니지? 아까도 말했지만 그건 곤란해."

"……."

입술을 깨물며 겨우 눈물이 날 것 같은 걸 참고 있는 전아영이었다.

철의 여인이라고 불리는 자신도 스스로가 왜 이러는지 모르지만 이상하게 저 남자에게는 여자이고 싶은 마음이 들고 조금이나마 자기에게 관심을 갖어 줬으면 좋겠다는 생각이 들고 있었다.

"아무튼 빨리 본론으로 넘어가자고? S랭크가 되면 무슨 혜택이 있지?"

"당신은… 지금 그게 궁금한가요?"

"그럼 뭐가 궁금해야 되는데? 설마 내가 당신 쓰리사이

즈라도 궁금해야 하는 건가? 지금 당신이랑 나랑 비즈니스
를 위해서 만난 자리라는 걸 알아두라고."

"비지니스…. 그렇다면 S랭크의 혜택을 말하기 전에 집
고 넘어가야 할 문제가 있네요."

"뭐?"

"헌터등록을 안 한 사람이 능력을 쓰는 건 불법이에
요."

"내가 능력을 안 썼다면 다 죽었을 텐데? 협회가 바라는
건 모두의 시체였나? 뭐 다 죽어도 나 하나 사는 게 더 쉬웠
지. 그랬다면 난 어제 여기서 의자에 앉아서 쪽잠을 자지
않았어도 됐을 테고. 난 협회의 일중에는 몬스터에게서 일
반인을 보호하는 일도 있는 줄 알았는데 아니었나보네."

"……."

사실 어제 일로 트집을 잡을 생각은 처음부터 없었다. 하
지만 왜인지는 모르지만 자꾸 쓸모없는 말로 관계를 악화
시키고만 있는 전아영 이었다.

"설마 '악법도 법이다' 뭐 이런 소리를 하려는 건 아니
지? 뭐 그래도 상관은 없는데 그렇게 되면 말이야. 난 힘으
로 나갈 거야. 막는 모든 걸 부숴버리고 뭐 미국으로 가서
사는 것도 나쁘진 않지. 나정도 능력이면 미국에서 알아서
실드를 쳐줄 것 같은데 말이야. 우리나라는 미국이라면 벌
벌 기잖아. 알아서 해결해 주겠지."

"당신은… 말을 참 쉽게 하는군요."

124 **권왕의
레이드** 1

"네가 나한테 갑질을 하려고 하길래. 지렁이도 밟으면 꿈틀댄다고 하는데 나도 나를 밟으려고 하면 밟히지 않도록 발버둥을 쳐봐야지. 그리고 선택지가 충분히 많은데 말이야. 힘이 있는데 내가 숙일 사람으로 보이나? 아까 내 속을 들여다봐서 알거야. 난 단순해. 좋고 싫은 게 분명해. 적어도 분명하지. 그래서 당신이 내 적이 되면 난 봐주지 않을 거야."

"내가 막는다면 나를 죽이기라도 하겠다는 건가요?"

전아영은 곧 눈물이라도 흘릴 듯한 눈빛으로 지후를 바라보고 있었다.

만난지 몇 분 되지도 않은 처음 보는 남자에게 이런 말을 하는 자신이 스스로도 우습고 비참했지만 궁금했다.

"당연하지. 그런 눈빛은 좀 곤란한데? 협회장이라면서 자꾸 왜 사심을 끌어들이지? 무슨 대답이 듣고 싶은 건지 모르겠는데. 원하는 대답을 듣지는 못할 것 같은데 적당히 하지?"

지켜보고 있던 두 여인은 지후라는 남자에게 화가 났지만 나서지 않았다.

자신들의 롤 모델이자 철의 여인이라고 불리는 협회장이 흔들리고 있었기에 말리고 싶었지만 저렇게 사심을 드러내는 모습은 처음이기에 두 사람도 놀라서 가만히 지켜보기만 하고 있었다.

"일단 어제 일로 트집을 잡았던 건 사과드리겠습니다.

125

그 일은 없던 일로 하도록 하겠습니다. S등급은 모든 세금이나 나라에 납부해야할 돈에서 전액면제입니다. 그리고 면책특권과 몬스터웨이브나 재난 상황에서 군이나 헌터들의 지휘권을 받을 수도 있습니다. 그 외에도."

"뭐 나중에 서류로 한 장 줘. 면책특권은 맘에 드네. 한마디로 내가 아까처럼 김홍태 이산가 뭔가 같은 새끼를 죽여도 상관이 없다는 소리잖아?"

"그렇긴 합니다만… 악용은…."

"내가 또라이도 아니고 무분별하게 힘을 쓰지는 않아. 다만 이제부터는 나한테 이를 드러내면 밟아줄 용의는 있다는 거지. 한번 받아주면 두 번 되고 그게 세 번 되고 그러다보면 귀찮아 지거든."

"웬만하면 참으시는 걸 권유해 드리겠습니다."

지후는 듣는 둥 마는 둥 하며 핸드폰을 만지작거리고 있었다.

그 모습에 불쾌한 기분이 드는 전아영 이었지만 애써 참고 있었다.

"이야. 정말 능력 좋은 협회인가봐? 벌써 미국에서도 약속 잡자고 문자가 와있네? 너네는 개인정보에 대한 개념이 없는 거냐? 이렇게 마음대로 내 핸드폰을 막 뿌려대도 되는 거야?"

"뭐라 드릴 말씀이 없습니다. 죄송합니다."

지후와 협회장이 얘기를 나눈 지는 40분 정도가 지났지만 그 사이에 일어난 후폭풍은 장난이 아니었다.

대한민국의 한 가닥 한다는 길드들은 모두 헌터 협회로 오고 있었고 몇 개의 국가에는 벌써 지후의 정보가 들어가서 스카웃 전쟁이 시작되고 있었기 때문이다.

"난 먼저 누군가에게 피해를 주지는 않는 성격이거든. 그런데 내가 조금이라도 귀찮아지거나 피해를 입는 건 못 참아. 아무래도 오늘 면책특권인가를 사용해야 할 것 같은데."

지후의 말에 아영의 입가는 파르르 떨리며 주먹을 말아 쥐고 있었다.

저 남자라면 잘은 모르지만 정말 뭔가 저지를 것만 같다는 느낌이 강하게 오고 있었기 때문이다.

"아 미리 말할게. 너네는 나한테 스카웃 제안 같은 거 하지 마. 이런 무능력한 집단에 소속될 마음은 눈곱만큼도 없으니까."

"당신 말 다했어!"

결국 참고 있던 비서는 지후에게 큰소리로 소리쳤다.

"이래서 무능하다는 거야. 지금 협회장도 아닌 네가 낄 자리라고 생각하나? 이런 통제되지 않는 집단에 무슨 미래가 있지? 네가 나에게 말을 꺼낸 순간 넌 네가 모신다는 협회장의 채면을 바닥으로 떨어뜨린 거야. 통제가 되지 않는다는 걸 몸소 증명해 주는 게 아니고 뭘까? 아까도 보니까 협회 내에서 파벌싸움도 진행 중인 것 같던데 아주 잘 돌아가는 구만."

박민아 비서는 지후의 독설에 바로 고개를 떨구고 더 이상 말을 하지 못했다.

틀린 말은 아니었기 때문이다. 아무리 자존심이 상하고 그러더라도 협회장님이 가만히 있는데 자신이 나설 상황은 아니었기 때문이다.

전아영은 상황을 봐서 지후에게 스카우트를 권유하려고 했지만 말조차 꺼내지 못하고 말았다.

대화를 하면 할수록 그런 분위기를 만들 수도 없었고 산으로만 갔지만 말조차 꺼내지 못하고 무능한 사람으로 낙인이 찍힐지는 몰랐기에 자존심에 큰 상처가 생겼다.

"천억 갖고 와."

"네? 무슨 말씀이신지?"

"내 개인정보를 그렇게 유출해놓고 그냥 입 싹 씻게? 협회야 강도야?"

'강도는 당신이지…. 어떻게 천억을….'

"상식이 있다면 천억은 너무 심한 요구라고 생각합니다."

"뭐 싫으면 안줘도 돼."

'갑자기 왜 이렇게 포기가 빠르지? 여태까지 말끝마다 다 꼬투리를 잡던 사람이?'

"오늘 피바람이 불겠어. 어제는 몬스터 피로 목욕을 했는데 오늘은 사람의 피를 뒤집어쓰게 생겼네."

'설마…. 목숨 값? 다 죽여 버리겠다는 건가?'

"억지십니다."

"너희가 내 정보를 허락 없이 여기저기 떠든 건? 그냥 사과로 될 것 같아? 앞으로 귀찮은 일을 당해야 하는 당사자는 난데? 그런 수고를 하게 만들었으면 성의표시를 해야지. 싫으면 화풀이 대상이라도 되던가."

전아영 협회장은 골이 깨질 것 같았다.

이게 말로만 듣던 개샹마이웨이 인가 라는 생각이 들었다.

도무지 대화가 제대로 성립이 안 되었다. 자기만 할 말다하고 다 마음대로 하려고 한다. 평소에 욕을 한 적이 한번도 없었는데 이 남자와 있던 몇 분 동안 생소한 감정을느끼고 처음으로 속으로 욕을 하는 색다른 경험을 하게 되었다.

"아, 맞다. 어제 내가 잡은 돼지머리들은 잘 보관하고 있지?"

"!"

생각지도 못하고 있었다.

설마 하는 심정으로 협회장은 비서를 바라보았고 비서는 빠르게 밖으로 나가서 통화를 하고 있었다.

"난 내 물건을 탐내는 사람을 봐 줄 정도로 너그럽진 못합니다."

"협회가 믿음을 주지 못한 건 인정하지만 그런 일은 없을 겁니다."

"그럼 저는 이제 집에 가도 되나요? 가는 길에 돼지머리들도 다 갖고 갔으면 싶은데. 아 세금도 이제 안내겠네. 생각보다 수입이 좋네요. 헌터라는 거."

웃으며 말하는 지후를 보면서 한 대 때려주고 싶은 아영이었지만 더 이상 내색을 하지는 않았다. 이 이상 사심을 보이거나 하면 정말 무능한 협회장으로 낙인이 찍힐 것 같아서 조심하며 비즈니스에만 정신을 쏟고 있었다.

-협회장님. 큰일 났습니다.

비서에게서 다급하게 텔레파시가 오고 있었다.

[왜? 무슨 일이야?]

-김이사 쪽에서 오크들의 사체와 마정석을 이미 다 판매해 버렸습니다.

지후가 앞에 있다는 것도 잊고 순간적으로 소파에서 벌떡 일어나고 있었다.

순간 실수를 했다는 생각에 표정을 가다듬고 다시 자리에 앉는 아영이었다.

"회의가 잡혀 있던 걸 깜빡했네요. 남은 얘기는 2시간 후에 다시 하는 거로 하는 게 어떠신지요?"

"그렇게 하세요. 그럼 12시에 뵙는 거로 하죠."

"네. 여기서 편히 쉬시며 기다려 주세요."

밖으로 나간 아영은 긴급히 임원회의를 소집하고 회의장으로 향하고 있었다.

지후는 이미 비서와 아영의 대화를 타심통을 통해서 듣고 있었다. 하지만 어떤 걸 요구해야 할지 딱히 떠오르지 않았기에 잠시 생각할 시간을 갖기 위해 승낙을 한 것이었다.

'내가 우습나⋯? 감히⋯. 내 물건으로 장사를 했단 말이지? 어떻게 해줘야 이 더러운 기분을 수습하지?'

한참동안 생각에 잠겨있던 지후의 입 꼬리가 올라가고 있었다.

지후는 까똑의 대화명을 바꾸고 있었다.

[어제 첫눈에 반한 너랑 영화도 보고 데이트도 하고 싶었는데 평생 못 만날 것 같아.]

'크크큭. 자 알아서 해봐. 뭐 한 두 명 정도는 나서겠지?'

가벼운 마음으로 협회를 압박할 카드로 대화명에 저런 글을 썼지만 그 파장은 지후조차 상상도 못할 정도로 크게 일어났다.

지후는 마음 편하게 박과장이 시켜준 갈비탕을 먹고 소파에 누워서 핸드폰으로 게임을 하며 웃고 있었다.

1시간 정도가 지나자 한두명이 아닌 연예인들이 협회에 지후를 석방하라는 인터뷰와 기자회견을 하고 있었기 때문이다.

그 파장은 장난이 아니게 컸기 때문이다.

어제 핸드폰으로 촬영된 지후와 오크의 싸움 영상도 함께 올라오고 있었기 때문이다.

조작조차 의심을 할 수 없었던 게 여러 각도에서 한두명도 아닌 사람들이 올리고 있었기 때문이다.

그렇기에 미국뿐만 아니라 다른 나라들도 그 영상을 보자마자 지후를 영입하기 위해 발 빠르게 움직이고 있었다.

◇

회의실 안에서는 한참 고성이 오가고 있었다.

협회장라인과 김홍태 이사의 라인이 대립 중이었기 때문이다.

"지금 장난하십니까? 김이사님은 무슨 생각으로 이지후 헌터의 부산물을 팔아버리신 것입니까?"

사실 김이사도 남의 물건을 팔 생각은 처음부터 없었지만 어제 저녁에 거절하기 쉽지 않은 대기업들에서 전화가 왔기 때문에 그냥 적당히 쥐어주면 조용히 넘어갈 수 있을 거란 생각에 판매를 했던 것이다.

A급 마정석과 가죽은 쉽게 구할 수가 있는 게 아니기에 어제 전화를 받으며 기분 좋은 비명을 질렀었다. 가죽과 마정석을 반반씩 대한민국에서 1, 2위를 하고 있는 기업에 팔아치웠다.

이 기회를 틈타서 기업들과 자신의 관계도 돈독히 하고 총알도 채우자는 생각이었고 그렇게 했기에 만족스러웠지만 지후가 S급 헌터라는 시점에서 그건 엄청난 실수이자

재앙이었다.

"제가 그 사람이 S급 헌터인지 알고 그랬습니까?"

"그럼 그가 S급이 아니었다면 그래도 됐다는 말입니까?"

"제가 저 하나 좋자고 그런 겁니까? 다 협회와 기업들과의 관계유지를 위해서 그런거 아닙니까!"

김이사는 협회장에게도 한마디도 지지 않고 말을 받아치고 있었다.

'계집주제에 협회장 자리에 올라가지고…. 네가 언제까지 협회장질을 할 수 있을 것 같아? 곧 끝이야.'

"그럼 지금 그의 신상유출은 어떻게 할 생각이십니까?"

"그걸 왜 저에게 말하시는 거죠? 뭐 인정은 합니다. 저희쪽 사람들이 개인적으로 친분이 있는 길드 몇 군데에 알려줬다고 하더군요. 그런데 저희만 그랬습니까? 협회장님 식구들도 그런 걸로 알고 있는데요?"

전아영 또한 자신의 라인에 있는 사람들도 지후의 개인정보 유출에 끼어있다는 걸 알기에 크게 문제 삼기는 힘들었다.

그때 비서에게 큰일이 났다는 텔레파시가 들려왔고 또 무슨 일인가 싶어서 짜증이 났다.

하루가 길어도 너무 길었다.

박민아 비서는 회의실에 있는 모니터를 켜고 현재 생방송으로 방송되는 뉴스를 틀어주었다.

그리고 회의실에 있던 사람들은 다급하게 핸드폰으로 기

사를 검색하고 있었다.

실검 순위는 1위부터 10위까지 협회와 이지후라는 남자로 도배가 되어있었고 언론과 국민들은 협회를 무차별적으로 욕을 하고 있었다.

"씨발! 이게 대체 뭐야!"

기사를 읽던 김홍태 이사는 화가 나서 소리를 질렀다.

다들 인상을 썼지만 방법이 없었다.

작은 기사라거나 아직 기사화가 되지 않았다면 막아보려고 했겠지만 지금은 이미 터져도 너무 크게 터졌다.

그 때 회의장의 문이 부서지며 두 사람이 들어왔다.

한 사람은 박종민 과장이었고 다른 한 사람은 지후였다.

박종민 과장은 고개를 숙이며 뒷짐을 지고 서있었고 지후는 웃으며 손을 흔들고 있었다.

"하이~"

"여기가 어디라고 들어오는 거야 당장 나가!"

김홍태 이사는 지후를 보며 버럭 소리를 질렀지만 지후는 들은 척도 하지 않고 회의실의 한가운데로 걸어갔다.

"말이 짧아. 아침부터 넌 뭘 믿고 그렇게 까부는 거야? 뭐 든든한 빽이라도 있어? 그 빽이 네 목숨을 뭐 한 열 개정도로 만들어 주나 보지? 내가 알기로 죽으면 끝인데 말이야."

지후는 갈무리하고 있던 내공을 모두 개방했고 주위에 숨 막히는 살기를 뿌렸다.

회의실 안에 있던 모든 사람들은 압도적인 기운과 살기에 식은땀을 흘리며 움직이지 못하고 숨조차 제대로 쉬지 못해서 죽기 직전인 사람들도 있었고 몇몇은 바지에 지리기까지 했다.

"내가 참다 참다 더는 못 참겠어서 올라와봤지. 약속한 두 시간이 지났는데도 아무 소식이 없으니 직접 들으러 올라왔어. 나 잘했지?"

"머… 머… 멈춰주세요."

"아 고작 이 정도에 짜쳐가지고 벌벌 떨기는."

지후는 태연하게 살기와 내공을 다시 갈무리 했다.

그때 오전에 트러블이 있었던 김홍태 이사의 라인 중 한 사람인 부장이라는 자가 지후에게 또 말을 하고 있었다. 정말 나설 때와 나서지 말아야 할 때를 모르는 남자였다.

"지금 뭐하시는 겁니까. 우리를 상대로 협박이라도 할 생각입니까? 그리고 지금 방송에 나오는 건 어떻게 된 겁니까? 저희는 당신을 붙잡아 둘 생각은 없습니다."

틀린 말은 아니었다. 이지후를 무죄로 석방하는 건 모두가 동의 했던 일이기 때문이다. S등급의 헌터를 범죄자 취급할 수 있는 곳은 어디에도 없었기 때문이다.

"에이… 협박이라니…. 협박은 아침부터 내가 당했지. 안 그래 김이사? 아침에 나랑 샤워 실에서 만났을 때부터 지랄했잖아. 나 아무래도 너 때문에 무서워서 대한민국에 못산다고 인터뷰하고 외국 가서 살아야 하나봐."

"무… 무슨 소리를…."

"왜 모른 척이야? 내가 거짓말을 해서 뭘 얻는다고? 네가 아침에 샤워 실에서 새끼손가락만한 물건을 덜렁이면서 얘기했잖아. 아 난 손이 크니까…. 음 협회장님 손바닥 좀 들어봐요. 딱 저만하네. 아니다 협회장님 새끼손가락보다 약간 가늘고 짧았나? 뭐 그거 기능은 하는지 모르겠어. 세워 놔봐야 검지손가락만 하겠어? 넌 진짜 어지간하면 결혼은 하지 마라. 그것도 여자한테 못 할 짓이다. 허공에 삽질도 아니고 말이야."

푸웁!

협회장과 협회장 쪽 사람들은 박장대소를 하고 있었고 김이사의 라인의 몇 사람은 억지로 웃음을 참고 있었고 김이사는 똥 씹은 얼굴을 하고 있었다.

"똥이라도 먹었어? 틀린 말도 아닌데 표정이 왜 그래?"

"야 이 개자식아!"

김홍태 이사는 어느 사이에 장비를 풀 세팅하고 지후에게 소리를 지르며 달려들고 있었다.

"블링크!"

순식간에 지후의 코앞에 나타난 김홍태는 지후의 머리를 향해서 검을 휘두르고 있었다.

탱-.

검은 지후의 두 개의 손가락에 잡혀 있었고 김홍태는 검을 빼내기 위해 안간힘을 쓰고 있었다.

"블링…."

스킬을 끝까지 시도하지 못했다. 어느 사이에 지후의 발은 김홍태의 발에 진각을 밟고 있었고 블링크 신발과 발등은 으스러져 있었기 때문이다.

으아악!

"시끄러워. 조잘조잘."

지후는 김이사의 목을 잡고 들어 올리더니 김이사가 앉아있던 자리로 김이사를 집어 던져버렸다.

쾅-.

"지금부터 한 번만 토 달거나 주둥이 잘못 놀리는 새끼 있으면 죽여 버린다."

그리고 지후는 허공답보를 사용해 공중에 떠올랐고 빙백신장을 써서 아무도 도망치지 못하도록 바닥과 다리를 얼려버렸다.

허공에서 태연하게 자신들을 내려다보며 웃고 있는 지후를 보며 모두 아무런 말도 할 수가 없었다.

"너희들이랑 나랑 근본적으로 달라. 나를 너네가 알던 그런 애송이 헌터들이랑 같은 취급하지 말아줄래? 난 너네처럼 템빨 아니거든. 지금 난 어제 너희가 준 옷을 입고 있고 가진 거라곤 지갑과 핸드폰 담배뿐인데 이게 아이템이라고 생각해?"

"……."

"전아영."

"예에? 네?"

지후의 작게 뱉은 음성에 협회장은 떨렸다.

지후가 자기의 이름을 불러서 떨리는 건지 무서워서 떨리는 건지 알 수 없었다.

"왜 그렇게 손을 떨어? 담배 펴?"

"아 안 핍니다."

"그래? 난 하나 필게."

지후는 태연하게 주머니에서 담배를 꺼냈고 삼매진화를 이용해서 손가락으로 불을 붙였다.

한 모금 깊게 빨고 뱉고 있을 때였다.

"여긴 금연입니다."

"지랄하고 있네."

"말이 심하십니다."

"그럼 뭐 까짓 거 벌금 낼게. 그런데 너네는 내 물건으로 장난질을 했는데 어떻게 할래?"

"……"

"어제 내 물건으로 얻은 이익 얼마야? 솔직하게 말해. 안 그러면 내가 너희들 머릿속에 친절하게 들어갔다 와주지."

설마 협회장과 같은 능력까지 가지고 있던 거였나 싶어서 아차 싶은 사람들이었다.

"내가 아까도 말했잖아. 능력이 여러 가지라고. 난 양파 같은 남자라서 까도 까도 계속 나와. 이건 빙산의 일각이랄까?"

"여긴 신성한 협회의 회의실입니다. 더 이상의 소란은 그만하시고 나가주십시오. 그리고 빨리 이 얼음을 어떻게 좀 해주시죠. 이런 식으로 나오시면 저희도 더 이상 참을 수가 없습니다."

김이사의 최측근인 부장이 이번에도 낄 때 안 낄 때 분간을 못하고 끼어들고 있었다.

물론 몬스터의 사체를 판 게 자신의 상관인 김이사다 보니까 나선 게 이해는 안 가는 건 아니지만 회의실안에 있던 임원들은 그가 제발 조용히 있기만을 바랄 뿐이었다.

순간 지후의 손가락에서 빛이 쏘아져 나갔고 말을 하던 부장의 귀와 벽에는 구멍이 뚫려 있었다.

"참지 마. 다음번엔 이마를 뚫어주지."

부장은 더 이상 말을 잇지 못하고 바지를 적시며 벌벌 떨고 있었다.

김홍태가 책상더미에서 일어나고 있었다.

"이 개자식이… 대체 무슨 짓이야!"

다들 산 넘어 산이라는 생각이 들었다.

김이사의 라인에 있던 사람들도 아무래도 노선을 변경해야 하는 게 아닌가 하는 생각을 깊이 하고 있었다.

순간 지후가 손바닥을 펼쳤고 김이사는 지후의 손바닥으로 빨려갔다.

으아아!

"누아… 누아즈… 놔… 줘."

"내가 너 같은 새끼를 잘 알아. 언제고 뒤통수를 칠 새끼지. 넌 특별히 내가 선물로 금제를 하나 걸어줄게."

지후는 다른 사람들의 눈에는 보이지도 않을 정도로 김이사의 혈들을 건드리고 있었다. 그리고 손바닥에서 김이사를 풀어줬고. 넘어진 김이사와 눈을 마주치며 김이사의 정수리에 손을 얹었다.

김이사는 지후와 눈이 마주치자 비명을 지르고 싶었지만 말이 나오지 않았다.

야수? 맹수? 저 눈을 뭐라고 표현해야 할지 모르지만 김이사는 그 눈빛을 마주보는 순간 찰나지만 정신을 잃었다.

"앞으로 나한테 살기를 품으면 안 될 거야."

"무슨 헛소… 으아아아아아… 아아아아아악… 살려… 줘… 으으아아아… 살려주세요… 제발… 끄아아악."

"금제라는 건데 나한테 조금이라도 해가 될 만한 생각만 해도 발동할거야. 아마 나에 대해 아예 생각을 안 하던가 나를 찬양하며 사는 게 좋을 거야. 만약 살심을 품으면 몸이 '펑' 하고 터져서 죽을 거야. 혹시 또 궁금한 사람 없어? 이게 생각보다 재밌는 건데? 옛날에 변태한테는 여자생각만하면 터져죽게 했는데 길거리를 걸어가다가 터져죽더라고. 이거 되게 유용한 건데? 어디 납치 되서 고문이라도 받을 일이 생길 때 자살도 쉽지 않을 때 내가 금제를 걸어 논 사람은 일부러 그걸 생각해서 죽기도 하더라고."

회의실안에서 지후의 말을 듣고 있던 사람들은 이미 온

몸이 식은땀으로 범벅이 되어있었고 3분의2이상이 바지를 조금씩 적시고 있었다.

다들 머릿속에는 한 가지 생각밖에 없었다.

김홍태 개새끼. 건드릴 사람이 없어서 저런 사람을 건드렸나하는 생각뿐이었다.

김이사의 라인에 있던 사람들은 다시는 김이사와 상종을 안해야 겠다는 마음을 먹고 있었다.

"여기 있는 모든 사람들한테 선물로 금제나 걸어줄까? 아직까지 결론이 안 나온 것 같아서 말이야. 난 아까부터 그렇게 빨리 집에 가고 싶다고 하는데 집엘 안 보내줘. 뭐 결론이 나올 때까지 차근차근 금제를 해줄게. 오늘 내가 귀찮지만 서비스 해주지 뭐."

다들 머릿속으로 협회장이 제발 저인간과 빨리 일을 마무리 짓고 내보냈으면 하는 심정이었다.

"어이 김이사. 내꺼 팔아서 얼마 벌었어?"

"...으......!"

"5초 대답 안하면 새로운 금제를 걸어줄게. 뭐 여자생각하면 터지는 거로 해줄까? 어차피 넌 물건을 쓰는 게 모두에게 민폐니까 그거면 괜찮을 것 같은데?"

"2480억입니다."

"내역은?"

"C급 마정석 20개는 하나에 5억씩 100억에 사체는 2억씩 해서 40억, 그리고 B급주술사의 마정석은 개당 50억으

로 200억에 사체는 10억씩 40억에 매입했습니다. 마지막
으로 A급 오크로드의 마정석은 2000억에 사체는 100억에
매입했습니다."

"돈 벌기 쉽네. 나 헌터하기 잘했나봐. 그럼 내 통장으로
다 입금시켜. 내꺼니까 내가 가져가는 게 맞는 거 맞지?"

"예."

"그래. 이제야 말이 좀 통하네. 처음부터 그렇게 상식적
이면 좋잖아. 왜 남의 물건으로 억지를 부리고 장난질을
해? 아 2500억으로 입금해라. 20억은 너한테 받는 개인적
인 위자료야."

"……."

"자 그러면 이제 협회장님과 애기하면 되려나?"

"나에 대한 정보유출에 대한 손해배상으로 이천억 가져
와."

"아… 아까는 천억이라면서요!"

"두 시간이나 지났어. 이자야. 그리고 나 아직 말 안 끝
났어. 너네가 나 범죄자 취급해서 굉장히 정신적으로 피해
를 봤어. 그거에 대한 정신적 피해보상 천억."

다들 지후의 요구에 입만 벌리고 있었다.

강도도 저런 강도가 없었다. 물론 자신들이 잘못한건 있
지만 이건 해도 해도 너무했다. 하지만 차마 나서서 뭐라고
할 용기는 없었다.

"그게 무…."

"나 아직 안 끝났거든? 기다려봐 생각 좀 하고."

'미… 미친놈… 저 새끼 지금 그냥 되는 대로 지껄이고 있는 거다.'

협회장은 입 밖으로는 차마 말을 못하고 속으로 삭히고 있었다.

'내가 오늘 1조원 채워서 간다. 아 더 뭐를 요구하지?'

"내 물건으로 장난질 쳤으니까 그거에 대한 피해보상으로 3천억. 그리고 아침부터 저 새끼 번데기 봐서 기분 안 좋으니까 천오백억. 합이 1조원이네? 빨리 입금시켜."

"마… 말도 안 됩니다… 저희 협회에 그만한 자금은 없습니다."

"없긴 왜 없어. 헌터협회만큼 예산이 넘치는 곳이 어디에 있다고. 너네도 뭐 뒷돈챙기느라 없고 그런 거야?"

"아닙니다. 예산은 다 사용할 곳이 있습니다. 갑작스럽게 웨이브가 일어나거나 그럴 때 피해복구 예산으로 사용도 해야 하기에 언제나 예산은 빠듯합니다."

"나한테도 웨이브가 일어났고 지금 피해보상을 받겠다는 거거든? 난 정당한 권리를 요구하는 건데? 주기 싫으면 주지 마. 다 죽이고 미국갈래. 안 그래도 미국에서 지금 아주 문자를 많이 보내고 있어. 제발 일단 한번만 만나달라고. 나 꼭 외국가게 되면 협회 때문에 간다고 하면서 너네 이름 한 명 한 명 다 말하고 가줄게. 연대책임 알지?"

다들 얼굴이 사색이 되었다. 이 자리에서 죽나 국민들에게 돌을 맞아 죽나 똑같은 죽으란 소리였다.

"너희랑 나는 첫 단추를 잘못 끼웠어. 첫 단추를 잘못 끼우면 마지막에 단추가 하나 남아. 그럼 풀고 다시 맞춰 끼우면 된다는 안이한 생각은 버려. 현실은 셔츠랑 달라. 내가 물건도 아니고 감정이라는 게 존재하는데. 내가 왜 그런 귀찮은 짓을 해? 난 좋고 싫은 게 확실한 사람이야. 앞으로 너희 협회는 나를 대할 때 내 감정이 상하지 않도록 조심해야 할 거야. 원래 싫어하는 애가 싫은 짓 하면 정말 싫은 거 알지? 아 그리고 협회에서 나한테 연락을 할 일이 생긴다면 협회장이 직접 하는 게 좋을 거야. 아까 김이사가 말하는 걸 들어보니까 엄청 등급 강조하더라고. 나도 나보다 등급도 낮은 것들이 나한테 연락하는 거 불쾌하니까 S등급도 안 되는 것들은 연락을 안 하는 게 좋을 거야. 계속 숨 쉬고 싶다면 말이야. 아 그리고 김이사는 혹시라도 다음에 나랑 마주치게 됐을 때 지금처럼 보X 가르마하고 있으면 대가리를 날려 버릴 거야. 내가 개인적으로 너 같은 보X 가르마를 싫어하거든."

김이사한테 말한 건데 협회장은 순간 자신도 오대오 가르마를 하고 있다는 생각에 지후가 간다면 미용실에 가서 헤어스타일부터 바꿔야겠다는 생각을 하고 있었다.

'너처럼 칼같이 보X가르마를 하는 새끼들은 대부분 성격이 좀 그래. 뭐 넌 가르마로라도 한을 풀려는 건지는 모르겠지만 말이야.'

지후는 마지막 말은 굳이 하지는 않았다.

"나 담배하나 더 필 테니까 이거 다 피기 전까지 결정하자? 어이 거기 너. 의자 좀 갖고 와."

지후는 태연하게 의자에 다리를 꼬고 앉아서 담배를 피우고 있었다.

지후는 생각보다 담배를 정말 빨리 폈다. 왜냐면 중학생 때부터 지후는 담배를 폈다.

어린나이부터 담배를 피던 사람들은 담배를 빨리 피는 사람들이 많았고 지후는 그 중 한사람이었다.

"아직도 결정 못했어?"

"죄송합니다."

"그럼 한 가지만 물어볼게. 그런 예산 집행은 너희들이 다 같이 하는 건가?"

"예. 이정도의 큰 예산을 사용할 때는 과반수 이상의 동의를 얻어야만 승인이 가능합니다."

"그럼 쉽네."

지후는 입 꼬리를 올리며 주위를 둘러보았고 박수를 치며 말했다.

"자~ 지금부터 거수를 하겠습니다. 나는 1조원은커녕 백원도 줄 수 없다는 손을 들어주세요."

아무도 손을 드는 사람은 없었다.

"투표 끝났네. 입금 하시죠, 협회장님."

"이건… 억지…."

"장난해? 과반수이상 이잖아. 하다못해 당신도 손을 들지 않았잖아."

–나랑 밥 먹기 싫어? 난 짜증나게 하는 여자랑 절대로 다시 안 만나는데.

지후의 전음이 아영의 머릿속에 울리고 있었다.

"현실적으로 1조원은 무리입니다. 현금 오천억에 협회의 창고에 보관중인 아이템 5개로 대체하게 해주셨으면 합니다."

머리를 쓴다 이거구만.

"아이템 5개가 5천억의 가치가 있다고 생각해? 10개로 해."

"10개는 현실적으로 무리입니다."

"확실히 하자고. 7개로 하지. 그리고 아이템을 고르는 건 내 자유야."

"그렇게 하겠습니다."

–밥은 먹고 싶나 보네? 그런데 아이템으로 장난질 하지마. 그럼 나랑 밥 못 먹어.

다시 아영의 머릿속에는 지후의 전음이 들리고 있었고 아영은 주먹을 꽉 쥐고 있었다.

"그럼 지금 바로 당신은 나랑 창고로 가자고. 그래야 좋은 거 못 빼돌리지. 그리고 내가 창고에서 나오기 전까지 입금시켜. 안 그러면 이자 붙는다."

'미친 새끼….'

분열되어 있던 대한민국헌터협회가 한마음 한뜻으로 대동단결이 되는 순간이었다.

지후의 마지막 전음이 아영의 머릿속에 울리고 있었다.

-모레 저녁 6시. 장소랑 메뉴는 너 좋은 곳으로 정해서 문자해.

지후와 박과장, 전아영은 협회의 아이템 창고로 향하고 있었다.

"박과장님. 궁금한 게 하나 있는데."

"어떤…?"

또 뭐가! 나름 평탄하게 협회장라인을 타면서 평범하게 협회생활을 했다고 생각했는데 왜 내 인생에 핵탄두가 터져가지고.

"대체 왜 던전이 터진 겁니까?"

지후는 왜 그런 던전이 터져서 자신이 이 귀찮은 짓을 하게 된 건지 내심 짜증이 났다.

물론 게임 외에도 재밌는 걸 찾았다는 건 내심 그를 기쁘게 했지만 자의가 아닌 타의에 의해서 자신이 헌터가 됐다는 사실에 짜증이 나는 건 어쩔 수 없었다.

"그… 그게…."

박과장은 말을 흐리며 협회장을 바라보았고 협회장은 한숨을 쉬며 어차피 S급 헌터에게 비밀로 할 일도 아니라며 박과장에게 말해도 된다고 하였다.

147

"사실 사람들이 착각하는 게 한 가지가 있는데 저희 협회는 대한민국의 소속은 아닙니다. 엄연히 따지면 W.H.S (World Hunter Society) 소속입니다. 그렇기에 각 국가에 협회지부가 있지만 그렇다고 정부소속은 아닙니다."

"그래서 그게 어떻다는 건데?"

"협회가 헌터와 던전을 관리하지만 제한된 인력으로는 모두 통제가 어려웠습니다. 그래서 시행된 정책이 협회는 일정 부분의 수익금을 분배받으며 던전을 길드나 정부에 관리를 위임하고 있습니다. 다른 나라에 비해서 대한민국은 유독 이권다툼이 심합니다. 다른 나라는 적정선에서 유지가 비교적 잘 되고 있지만 대한민국은 요즘 많이 삐걱 거리고 있습니다. 협회의 힘이 많이 약해졌죠. 협회 내부에서도 한참 파벌싸움이 진행되다 보니… 그러다 보니 점점 길드와 정부는 협회를 무시하고 던전의 소유권을 주장하는 일이 많아지고 있습니다. 그래서 대한민국은 던전의 소유권에 대해서 유난히 시비가 많습니다. 지후씨가 있던 곳에 있었던 오크 던전은 그 지역의 길드와 10대 길드 중 한곳 그리고 정부와 저희가 이권다툼을 벌이던 곳입니다."

"설마… 아닐 거야…. 내가 생각하는 게 아니지?"

"……."

"잘난 너희들의 이익을 위해서 나와 일반인들이 피해를 봤다는 건가? 그럼 왜 그 인간들은 수습을 하러 나타나지 않은 거지?"

"미라클 길드가… 출동했다는 말에 다들 발을 뺐습니다. 아무래도 대한민국의 3대 길드이다 보니 불필요한 마찰은 피하고 싶었고 괜히 나서면 자신들의 싸움으로 인해서 던전이 방치되어 웨이브가 터졌다는 사실이 알려질 까봐…."

"그런데… 너희들은 태연하게 내 앞에서 큰 소리를 쳤다?"

"죄송합니다."

"뭐 박과장님이 나한테 사과를 할 문제는 아니지만… 솔직히 불쾌하네요. 박과장님한테 부탁하나만 드리죠. 대한민국의 모든 길드에 대한 보고서를 제 핸드폰으로 보내주세요."

"그… 그건 안 됩니다."

"왜죠?"

"대한민국의 모든 헌터들에 대한 개인정보입니다. 그걸 제 손으로 유출할 수는 없습니다."

"내 개인정보는 잘도 유출하더니? 그리고 일일이 길드원들까지 다 알려달라는 게 아니에요. 그 길드의 성향과 중요 인물정도만 알려줘요. 알려고 하면 인터넷으로도 다 알 수 있겠지만 난 그런 번거로운 과정은 건너뛰고 싶으니까요. 그 정도면 될 것 같네요."

"그 정도라면 문제없을 것 같습니다."

"네. 박과장님과는 밖에서 소주라도 한잔 하면서 얘기하고 싶네요. 제가 협회에 와서 유일하게 마음에 든 사람이 박과장님이거든요. 나중에 술 생각이 나거나 협회를 때려치고 싶은 생각이 든다면 저한테 연락하세요. 박과장님이라면 언제라도 환영이니까요."

'그럼 나는?!'

아영의 생각이었지만 이런 헛소리를 뱉을 만큼 생각이 없는 여자는 아니었다.

지후를 만나기 전까지만 해도 철의 여인이라고 불리던 위엄있는 협회장이었기에.

"그리고 협회장님. 이번 던전에 관련이 있었던 인간들. 난 이대로는 못 참아요."

"그게 무슨…?"

"난 협회랑은 합의를 했지만 나머지들과는 아니에요. 그러니 협회장님이 그들을 벌하든 알아서 나한테 뜯어… 아니 보상금을 받아오든 하시라고요. 내가 직접 나서면 일이 커질 텐데 그걸 협회장님도 원하시진 않으실 테니 말이에요."

사실 별 기대는 없어. 걔네한테 뭐라도 얻어 올만큼 지금 협회의 힘이 대단해 보이지도 않고. 이미 돈은 충분히 만족할 만큼 너희한테 뜯었고.

"네…."

'개새끼… 아직도 더 뜯어먹을 생각을 하고 있나?'

속으로 삼킬 수밖에 없었지만 전아영의 머릿속은 지후에 대한 욕으로 가득 찼다.

이 인간은 아무리 겪어도 적응이 안 될 것 같다는 생각만 들었다.

4. 내가 갑이다

4. 내가 갑이다

"어디보자. 아영아 제일 좋은 게 뭐야?"

"왜 갑자기 말을 놓으십니까?"

"싫어? 알겠습니다. 협회장님."

"그건 아닙니다만…"

"난 앞으로도 너랑 잘 지내보고 싶어서 편하게 말한 건데 싫으면 어쩔 수 없지."

"저 그런데 제가 나이가 4살이나 많은 거로 알고 있는데…"

"진짜? 난 네가 워낙 어려 보여서 동생이거나 동갑으로 생각했었는데…"

여자 중에 동안이라는 소리를 싫어하는 여자를 본 적이

없지. 특히 나이가 차기 시작하는 여자에게 동안이라는 말은 그 어떤 말보다 달콤하지.

"아… 괜찮습니다."

아영의 얼굴을 터질 것처럼 빨갛게 달아올라 있었다.

"내가 말을 편하게 하는 게 싫어? 내가 누나라고 불러줘? 그런데 난 누나라고 부르는 순간 여자로 별로 못 느끼거든. 친누나가 있어서 누나라는 말은 그냥 가족이나 그런 느낌이 강해서."

"그… 그냥 편하신 대로 하시면 됩니다."

"그래? 알았어. 너도 편한 대로해."

"네."

"그럼 좋은 아이템이 있는 곳으로 좀 안내해줄래? 지금 있는 곳에는 딱히 쓸 만한 게 없어 보이네?"

"네 이쪽으로 가시죠."

'이 여자 왜 이렇게 단순하지? 생각 이상으로 쉬운 여자네… 괜히 미안해지게….'

지후의 안목은 생각보다 높다. 이미 오성이 발달할 대로 발달했고 예전엔 신안도 개안했었던 지후였기 때문이다. 그렇기에 좋은 게 어떤 건지는 그냥 대충 보면 감이 온다.

지금 있는 곳에는 지후의 눈에 찰만한 아이템이 보이지 않았기에 지후는 아영에게 부드럽게 대하며 괜찮은 곳이 있을 만한 곳으로 안내를 받고 있었다.

걸음을 걷던 지후는 걸음을 멈췄다.

하얀 천 같아 보이기도 한데 망토 같아 보였다.

지후가 걸음을 멈추고 그것을 빤히 바라보자 아영은 다급하게 입을 열었다.

"그 아이템은 힐러 전용 아이템이라서 지후씨에게는 필요가 없을 겁니다."

겉으로 보기에는 차분하고 아무렇지도 않게 말하는 것처럼 보였지만 지후에겐 다 티가 났다.

굳이 저 아이템에 대해서 설명을 하고 있다는 것 자체가 저 아이템이 좋은 물건이라는 뜻일 테니까. 뭐 일단은 보류다. 난 힐러가 아니니까.

지후는 걸음을 옮기다 악세사리가 모여 있는 곳에서 멈춰 섰다.

300가지가 넘는 악세사리가 있었지만 지후는 그 중 5개의 악세사리를 집었고 아영은 그것을 보고 경악했다.

하나하나가 범상치 않은 악세사리다.

지후가 고른 아이템은 모두 A급이었다.

[아공간 반지 – 1000평의 아공간을 사용 가능]

[증폭의 팔찌 – 마력증폭 50%]

[회복의 팔찌 – 마력회복 초당 0.1%]

[회복의 팔찌 – 체력회복 5초당 1%]

[워프 반지 – 마력을 주입하면 생각한 좌표로 이동 가능]

'미… 미친…, 하나같이 A급 중에서도 최상급으로….'

혹시 다른 걸 고를 수도 있다는 생각에 말은 뱉지 않고 있었지만 지후의 입가에는 만족스러운 미소가 그려지고 있었다.

그 모습을 보고 아영은 결국은 입을 열었다.

"저 악세사리보다는 무기나 방어구를 고르시는 게…."

"에이 내 몸이 무기고 방어군데 무슨 그런 비효율적인 짓을 해요."

아… 얄밉다 너무….

"일단 이것들 설명 좀 부탁드려요. 제가 아이템을 잘 몰라서."

아영은 주먹을 부들부들 떨었지만 약속은 약속. 더 이상 믿음을 주지 못해선 안 된다는 생각에 체념을 하고 입을 열었다.

"일단 아공간 반지는 1000평 정도의 수납이 가능해요. 거의 아공간 아이템 중에서는 상위 1%에 드는 물건이에요. 그리고 증폭의 팔찌는… 마력증폭의 팔찐데… 현존하는 마력증폭 악세사리 중에서 가장 증폭률이 높은 게 60%이니 이것 또한 최상급이네요… 대한민국에서는 아마 이 팔찌가 가장 증폭률이 높을 거예요. 그리고 두 쌍의 회복의 팔찌는 하나는 체력회복 하나는 마력회복 이네요… 이것도 최상이네요. 마력회복은 초당 0.1% 체력은 5초당 1%를 올려주네요."

"그럼 500초면 체력이 100%가 된다는 소린가? 와 나는 이런 아이템이 있는 지도 몰랐는데."

"아이템이 없었다면 헌터들이 몬스터와의 전쟁에서 이만큼 살아남지도 못했겠죠."

"하긴… 그런데 왜 이 반지에 대해선 말이 없어?"

지후는 아직 설명을 안 한 반지하나를 들면서 웃으며 말했고 아영은 정말 얼굴에 주먹을 날리고 싶었지만 겨우겨우 억눌렀다.

"그건 워프반지에요. 그런데 웬만하면 두고 가시는 게…."

"왜?"

"어차피 안전좌표가 없다면 사용하시기 힘듭니다."

"에이 그런 게 무슨 필요가 있어. 요즘 고글에 검색하면 좌표정도는 다 나오는데."

"그렇지만 그런 식으로 좌표를 입력했다간 사고를 당할 수도 있습니다. 만약 워프를 했는데 도로 한복판이라면 아무리 헌터라도 큰 부상을 당할 수 있습니다."

"아 내 걱정해준 거였어? 걱정 마. 나 몸 튼튼하니까."

아영은 정말 미치고 팔짝 뛸 것 같았다.

지금 집은 다섯 가지 아이템만 하더라도 5천억을 가볍게 넘어서고 있었다.

그냥 현금으로 줘버릴 걸 대체 왜 아이템을 준다고 했는지 자책을 하고 있었지만 이미 되돌릴 수는 없는 일이었다.

그 순간 조용했던 창고에 아영의 핸드폰 벨소리가 울리고 있었다.

액정을 확인 한 아영은 지후에게 양해를 구하고 뒤돌아서 통화를 받았다.

멀리 가서 통화를 받고 싶었지만 아이템 창고다 보니까 지후에게서 눈길을 뗄 수는 없었다.

통화를 하는 아영의 모습은 가관이었다.

목소리만 들리는 상대와의 통화에 계속 고개를 숙이며 쩔쩔 매면서 통화를 하고 있었지만 자연스러운 외국어에 지후는 그녀를 달리 보고 있었다.

지후는 통화를 받기 전 순간 아영에게서 미약한 마력의 흐름을 느꼈고 그 마력의 흐름은 아영의 손가락에 있는 반지에서 흘러나오고 있었다.

'저게 통역 반진가? 안 그래도 통역 아이템도 하나 갖고 싶었는데 오늘 하나 챙겨야 겠네.'

아영은 90도로 고개와 허리를 숙이며 전화를 끊었다.

"무슨 보이지도 않는 사람이랑 통화를 하면서 그렇게 고개를 숙여?"

"그게… 저희 헌터 협회의 협회장님의 전화라서…."

"협회장은 너잖아?"

"아 대한민국에서나 제가 협회장이지. 사실 따지고 보면 저는 대한민국 헌터협회 지부장이죠. 지금 통화하신 분이 총 협회장님이십니다."

"그러니까 대충 넌 지사장 같은 거고 그 사람이 회장이다?"

"뭐 그렇게 표현하셔도 됩니다. 그런데 혹시 미국에 가실 생각이 있으십니까?"

"왜? 나 이민이라도 가라고?"

"그게 아니고… 세계헌터협회에서 일을…."

"그런 얘기는 하지 말자. 더러운 정치관계에 발을 들일 생각은 없거든. 협회장인가 회장인가한테 확실하게 전해. 귀찮게 하면 참지 않는다고."

"저에겐 그렇게 무례하셔도 되지만 협회장님께는 그런 무례한 발언을 삼가 주시기 바랍니다. 지후씨가 그렇게 막 부를만한 분이 아니십니다."

"어떤 인간인데? 나보다 강해? 그럼 생각해 볼게."

"강함만이 다가 아닙니다. 협회장님은 재앙이 일어났을 때 초기에 헌터로서…."

"됐어. 그딴 거 하나도 안 궁금해. 그리고 날 끌어들일 생각은 일찌감치 접어달라고 전해."

"……."

"진심으로 하는 소리야. 너희가 믿던 이곳에서 내가 어떻게 행동했지? 내가 거기에 가면 어떻게 행동 할 것 같아? 난 건들지만 않는다면 얌전해. 근데 건들면 미친 듯이 날뛰어 줄 용의가 있어. 인간은 대부분 겪어봐야 알거든. 말로 해서는 안 되는 사람이 많아. 한번쯤 그래야 사람을 우습게 보지 않거든. 이건 너희 협회만이 아니라 모두에게 해당되는 얘기야. 앞으로 내 얘기를 잘 해야 할 거야. 너희 때문에 내가 많이 귀찮아 졌으니까."

지후는 조용했던 창고 안에서 아무 감정도 느껴지지 않고 목소리의 고저도 없는 음성으로 말을 하고 있었고 아영은 너무나 섬뜩했다. 지후의 말이 진심이라는 게 너무나 잘 느껴졌기 때문이다.

지후에게 섬뜩함을 느끼던 아영은 갑자기 지후의 분위기가 바뀌는 걸 느꼈다.

아영은 갑작스럽게 다정한 말투로 자신에게 말을 하는 지후를 보며 뭐 이런 인간이 다 있나 싶었다. 이게 말로만 듣던 다중인격이란 건가 싶었지만 그 생각은 오래가지 않았고 아영은 지후에게 다시 한 번 농락당했다.

"아영아."

"네?"

"그 반지 예쁘네."

"아… 예."

"혹시 커플링이야?"

커플링일 리가 없지. 너 모태솔로인 건 아까 알았는데.

"아 아니요, 그냥 통역 아이템일 뿐이에요."

아영은 당황했다. 혹시 이 반지 때문에 지후가 자신에게 애인이 있다고 오해하는 건가?

"진짜? 정말 다행이다. 난 네가 남자친구가 있나 했거든."

"어… 없어요…."

"그럼 혹시 그 반지랑 같은 게 어디 있을까? 우리 커플링할까?"

"네? 커플링 말입니까?"

말을 하는 아영은 얼굴을 붉히고 있었고 엄청 당황하고 있는 중이라는 티를 팍팍 내고 있었다.

고지가 코앞인데 멈출 지후가 아니었다.

"응. 커플링. 부담스러우면 뭐 그냥 우리가 처음 만난 증표랄까? 너와 나의 연결고리이자 이건 우리 둘만의 표식이랄까? 어때?"

지후는 머릿속으로 콧노래를 부르고 있었다. 너와 나의 연결고리~ 이건 우리 안의 소리~ 너와 나의 연결고리~

지후는 아영에 대해 완벽하게 파악했다.

아영이 모태솔로인 것을 떠나서 다른 남자에게 호감을 보일 일조차 없었을 것이다.

하지만 자신은 다르다. 생각을 읽을 수 없는 남자. 그리고 보여 준 생각에 음심 따위는 없다. 물론 지후가 보여주고 싶은 것만 조절해서 보여준 것이지만. 지후는 진짜로 아영에게 음심 따위는 갖지 않았다.

처음으로 관심이 생긴 남자에게 연애를 모르는 여자는 그저 맹목적이고 쉬울 뿐이었다.

"저 쪽으로 따라 오세요."

아영은 지후를 데리고 자신과 같은 통역반지가 있는 곳으로 향했다.

"이거야?"

"네. 이게 A급 통역반지라서 마력을 주입하면 전 세계 모든 언어가 통역돼요. 협회에서도 중요한 외국인이 올 때만 사용하는 용도로 하나를 가지고 있는 거예요."

"그럼 이제 우리 둘만 끼는 건가?"

화악. 아영의 얼굴은 잘 익은 홍시마냥 빨갛게 물들어 있었다.

'커… 커플링….'

"네에…."

"좋네. 이제 뭐 딱히 필요한 게 없네."

"아직 하나 남으셨는데…?"

"아 맞다. 그러네. 그럼 아무거나 하나 집어가야겠다."

그렇게 말하고 지후는 처음 왔던 길로 걸어가고 있었고 아영은 이제 지후가 그냥 아무거나 집어서 나간다는 의미로 안심하고 있었다.

하지만 아영이 소리를 지르기 까지는 몇 초 걸리지 않았다.

지후는 창고에 들어와서 처음 봤던 힐러 전용 아이템 앞에 서있었다.

그 모습을 보자 아영은 소리를 지르고 말았다.

붙어 있는 옵션만 보면 사실 S급 아이템이라고 해도 누구나 믿을 정도지만 등급은 A등급이었다. 저 아이템이 겉으로 봐서는 좋아 보이지 않지만 사실 협회에서 보유하고 있는 5대 아이템 중 하나였다.

[광휘의 망토 - 사용자와 아군의 사기와 체력 및 마력, 이동속도 20% 증가. 광역 힐 사용 가능. 광역 실드 사용 가능. 언데드나 어둠의 힘을 사용하는 적에게 20%의 능력 하향. 파손 시 자체복구.]

"야!"

"야?"

"그래! 사람이 양심이 있어야지! 어떻게 저걸 골라! 어차피 힐러 전용이라서 너한텐 거적대기 일 뿐인데!"

"야?!"

"아…."

아영은 지후에게 실수를 했다는 것을 느낄 수 있었다. 그가 협회의 5대 아이템이자 힐러 전용아이템을 집어 들자 이성을 잃고 흥분을 했기 때문이다.

"나랑 이제 야 하고 싶은가봐?"

"그… 그게…."

"이제 나랑 야 할 거야? 야 하게?"

"아… 아니…."

그 순간 지후는 아영에게 다가가서 한 손으로 허리를 감고 아영의 얼굴에 자신의 얼굴을 다가가며 밀착했다. 아영과 눈을 마주치며 지후는 아영에게 말을 이었다.

"왜… 왜 이러 세…."

"나랑 야하고 싶다며? 이 정도는 돼야 좀 야하게 느껴지지 않아?"

꿀꺽.

순간 아영의 침 넘어가는 소리가 들렸고 그 순간 아영은
지후가 자신을 가지고 장난을 치고 있다는 것을 눈치 챘다.

"이게 무슨! 무슨 말장난이에요!"

"싫은가 보네. 뭐 너라면 야 해도 되는데."

"그… 그만해요…."

지후는 허리에 감았던 손은 놓아 주며 웃고 있었고 아영
은 또 당했다는 생각에 조금 화가 났지만 방금 그 밀착했던
순간이 싫지는 않았다.

사실 머릿속에는 방금 그 순간이 영상처럼 계속 재생되
고 있었지만.

지후는 만족한 웃음을 짓고 협회의 밖으로 나오고 있었
다.

지후의 뒤에 함께 걸어오는 협회장의 얼굴은 잔뜩 굳어
져 있었다.

지후에게 오늘 창고뿐만이 아니라 영혼까지 탈탈 털렸기
때문이다.

박과장은 애초에 눈치껏 지후가 부탁한 일을 하러간다며
창고입구에서 자리를 떴다.

박과장도 속으로 앞으로 지후와 트러블이 있지 않기 위해 그리고 이왕이면 좋은 인상을 이어나가기 위해서 필사적이었다.

괜히 이 협회 내부에 있는 폭탄들의 곁에서 함께 터지고 싶은 마음은 없었기에 아이템 창고에 들어갈 때 발을 빼서 자신의 책상으로 돌아갔다.

이미 협회 안에는 웬만한 길드의 사람들과 타국의 대사관 직원들도 나와 있었다.

지후의 누나 또한 대한민국 3대 길드에서 일하고 있기에 이곳에 와있었고 지후는 누나의 차에 올라타서 집으로 가고 있었다.

지후가 협회의 밖으로 나가자 협회장은 자신의 사무실의 의자에 앉아서 축 늘어 졌다. 대체 오늘 하루 동안 얼마나 많은 감정변화를 느낀 건가….

곰곰이 오늘 하루에 있었던 일들을 생각하며 얼굴을 찌뿌렸다가 붉혔다가를 반복하던 아영은 결론이 나왔다. 그의 왔다 갔다 하던 말투와 빈정대는 성격을 생각했을 때 자신을 그냥 가지고 논 것이었다.

자신을 가지고 놀았다는 생각에 화가 났지만 아닐지도 모른다는 1%의 가능성을 생각하며 모레 있을 식사자리를 어디로 정할지 검색하고 있는 아영이었다.

한편 지후가 집으로 돌아가는 차안에서는 한바탕 설전이 오가고 있었다.

"야 우리 길드 들어올 거지?"

"내가 왜?"

"그럼 네가 어디가게? 가족인 누나가 있는 길드가 아니면 어딜 들어가려고?"

"가 족같은 소리하고 있네."

"너 뭔가 억양이 좀 이상하다?"

"제대로 들었네."

"야! 지금 옆에 누나 남자친구도 있는데 말을 그렇게 밖에 못해?!"

"그럼 뭐라고 해? 상식적으로 말이 되는 소리를 해. 다짜고짜 누나가 있는 길드로 들어오라니. 하다못해 뭐 조건이라도 말하던가 해야지."

"미… 미안…"

"그리고 남자친구? 막말로 둘이 결혼이라도 했어? 님 이라는 글자에 점하나만 찍으면 남이 된다는 거 몰라? 애도 아니고 말이야."

"야! 너 말이 너무 심한 거 아니야!"

"내가 틀린 말 했어? 내가 누나네 길드에 들어갔다고 쳐. 그런데 만약에 둘이 헤어지면? 그러면 뭐 길드 탈퇴하고 그럴 거야? 아니면 나도 막 눈치 보면서 길드에서 눈칫밥 먹고 그래?"

가만히 듣고 있던 수혁은 입을 열었지만 지후에게 먹히지는 않았다.

"저… 처남. 우리는 결혼을 전제로 진지하게 만나…."

"처남은 무슨 처남? 초면에 말을 이상하게 하시네."

"너 그게 무슨 말버릇이야! 그리고 나만 좋자고 너한테 우리 길드에 들어오라는 거야? 다 내가 너 생각해서 그러는 거지. 우리 길드정도면 대한민국에서도 알아주는데 이 정도 간판이면 너한테 충분한 거 아니야? 그동안 내가 너한테 해준 게 얼마나 많은데!"

"누나야 누나가 있는 길드니까 애착이 있는 건 알겠는데 내가 세 살 먹은 애도 아니고 머리가 나쁜 것도 아니고 말이야. 조건을 제시하는 것도 아니고 정으로 호소를 해? 누나는 내가 내 가치를 모를 것 같아? 그럼 정말 실망인데. 가족인데 나에 대해서 아무것도 모르고 있다는 소리니까. 그리고 말이 나와서 하는 말인데 누나가 대체 나한테 뭘 해 줬지?"

"그… 그게…."

"작년 추석 기억나? 가족들이 다 같이 백화점을 갔을 때. 내가 지갑을 차에 두고 와서 누나한테 집에 가서 바로 갚는다고 잠깐 카드 좀 빌려달라고 했더니 누나가 뭐라고 했더라? 가족 간에도 돈거래는 하는 게 아니라고? 나를 뭘 믿고 빌려 주냐고? 그래서 내가 차에서 지갑을 들고 왔더니 내가 사려던 한정판 신발은 이미 팔렸지. 지갑을 가지고 가는 사이에 잠깐만 물건을 맡아 달라고 그렇게 부탁을 했건만 누나는 귀찮다고 자기 원피스를 사고 있었고 말이야."

"......"

"......"

지후의 그 말을 끝으로 집에 도착할 때까지 차 안은 침묵이 흘렀다.

수혁도 지현도 딱히 할 말이 없었기 때문이다.

이 둘도 지후에게 아무런 제안도 안하고 정에 호소할 생각은 없었지만 협회에서 봤던 사람들이 지후에게 제시할 조건들을 들어보니 자신들이 생각해서 온 게 너무나 초라했기에 말을 꺼내지 못했기 때문이다.

집에 도착한 지후에겐 부모님이 달려와 어디 다친 곳은 없냐고 괜찮냐며 걱정을 했지만 지후의 기분은 영 좋지 않았다.

자기는 누나를 생각해 협회장에게 욕을 먹어가면서 힘들게? 망토를 구해 왔는데 차 안에 타자마자 다짜고짜 자신의 길드에 들어오라며 정에 호소하는 소리를 들었기 때문이다.

지후는 바로 2층에 있는 자신의 방에 들어가서 문을 걸어 잠궜다.

그리고 한 시간 후에 내려와서 평소처럼 저녁식사를 준비했다.

식탁에서 다들 지후에게 할 말이 있다는 표정을 짓고 있었지만 지후의 표정을 보고는 다들 쉽게 입을 열지는 못하고 있었다.

지후가 저런 표정을 짓고 있는 모습을 본 적이 없었기 때문이다.

하지만 이건 다 지후의 연기였다.

'여러분 이게 최후의 만찬입니다. 여기서 웃는 모습을 보여서 밥돌이 생활을 할 수는 없죠.'

지후는 속으로 이런 생각을 하고 있었다. 이제 더 이상 집에서 요리를 할 생각이 없었기에 지금은 무게를 잡고 있어줘야 할 필요성이 있다고 생각했기 때문이다.

"지후야."

참고 있던 엄마의 입이 열렸지만 지후는 빠르게 응수했다.

"오늘이 제가 요리하는 마지막 날이니까 많이 드세요. 그리고 지금 궁금한 게 많은 건 알고 있는데 내일 저녁 8시에 다 같이 모여서 얘기하기로 하죠."

"그… 그래…."

지후의 포스에 눌려서 다들 더 이상 말을 꺼낼 수가 없었다.

그 한마디를 끝으로 지후는 방으로 올라갔고 오늘만큼은 지후의 맛있는 요리도 많이 남았다.

아직은 어린 쌍둥이들만 제대로 된 식사를 즐겼을 뿐이다.

지후가 올라가자 지현은 엄마와 아빠를 설득시키는데 계속 시간을 투자했고 그 설득은 충분히 먹혔다.

방으로 들어온 지후는 잠시 핸드폰의 네트워크를 꺼버린 후 연락이 온 곳들을 확인했다.

"많이도 왔네. 뭐 안 온 곳이 없네."

대한민국의 10대 길드는 물론이고 20여 개 국가와 50여 개의 외국길드들에서 제발 연락 좀 달라는 문자가 와있었다.

지후는 빠르게 고구려 호텔의 대강당을 예약하고 단체문자를 보냈다.

[내일 오후 6시 고구려호텔 대강당. 협상은 내일 단 한 번. 결정은 추후에 할 예정이지만 조건은 내일 하루만 받을 예정. 개인적으로 귀찮고 번거로운 걸 매우 싫어하니 혹시라도 내일 이후에 새로운 조건을 제시하거나 협상을 하려하거나 연락을 하는 곳은 앞으로 나와 어떤 협상의 여지도 없으며 앞으로 관계개선의 여지도 없음.]

지후는 전송 버튼을 눌렀고 그것을 받은 각 국가와 길드들은 그저 황당하다는 반응이었다.

대체 어느 누가 이런 말도 안 되는 문자를 보낸단 말인가? 자신들이 어디 가서 무시 받는 사람이었던가? 하지만 새로운 S급 헌터는 상식 밖이었다.

다들 정보라인을 총동원해서 대한민국 헌터 협회에서 어떤 일이 있었는지는 대충 들었기에 지금 이 문자가 마냥 오만하지는 않다는 생각에 소름이 돋았다.

정말 무지한 천둥벌거숭이거나 자신감을 기반으로 한

당당함이거나 둘 중 하나지만 전자보단 후자일 가능성이 컸다.

세계에는 16명의 S급 헌터가 있다. 하지만 이번에 나타난 17번째 S급 헌터는 규격 외라는 S급 헌터들 중에서도 규격 외였던 것이다.

동영상으로 봤던 그 움직임은 S급 헌터들도 쉽지 않았는데 영상에서 보이는 움직임에는 여유가 느껴졌었기 때문이다. 그리고 따지고 보면 솔로잉이었는데 어떠한 상처도 입지 않았다.

그건 앞으로 이 헌터를 잡는 자가 레이드 시장을 선도한다는 뜻이었다. 다들 위에서 어떻게든 지후를 잡으라는 명령을 들었기에 지금 대한민국에 와 있는 길드나 국가의 관계자들은 대체 어떤 조건을 내세워야 할지 밤새 머리를 쥐어뜯고 있었다.

지후가 집으로 들어갔을 무렵 뉴스와 실검 순위는 아주 난리가 나있었다.

점심때는 연예인들의 인터뷰와 동영상 공개로 인해서 난리가 났다면 저녁엔 지후가 대한민국의 두 번째 S급 헌터라는 사실이 언론에 알려져서 난리가 났었다.

그랬기에 안 그래도 수시로 바뀌던 핸드폰 액정은 발광을 하다가 방전을 하고 꺼졌다.

지후는 귀찮아서 충전을 시키지 않았다.

어차피 계속 화면이 바뀌는 바람에 핸드폰으론 아무것도

할 수가 없기 때문이다.

지후가 S급 헌터라는 사실을 알게 된 연예인들 또한 난리가 났다.

S급 헌터라는 사실을 모르기 전까지는 지후와 연애를 하고 싶었다면 지금은 연예계를 은퇴하는 일이 있더라도 결혼을 하고 싶은 1등 신랑감이 되어 있었기 때문이다.

다들 지후에게 어떻게든 연락을 하려고 시도했지만 지후의 핸드폰은 꺼져있을 뿐이었고 지후는 그 사실을 모르고 편안한 숙면을 취하고 있었다.

그 때 지수는 잘난 오빠새끼 때문에 일면식도 없는 여자 연예인들의 전화와 문자를 받으며 이미지 관리까지 신경 쓰느라 친절하게 대답해 주고 있었기에 지수의 속은 새까맣게 타고 있었다.

다음 날 지후는 아침 일찍 집에서 나와서 쇼핑을 즐겼다.

집은 잘 살았지만 용돈은 한정적이었고 부모님의 허락 없이 큰돈을 쓸 만큼 양심이 없지는 않았기 때문이다.

하지만 지금 통장에 있는 5000억은 스스로의 노력? 으로 얻은 돈이었기에 그동안 마음속으로 생각만 하던 것들을 사기로 마음먹고 행동으로 옮겼다.

지후는 점심도 햄버거로 가볍게 때우고 쇼핑에 열을 올렸다.

성격상 잘 움직이지 않기에 한 번 움직이기로 마음먹었을 때 다 해결하려는 스타일이었기 때문이다.

대충 한 달 내로 지후의 집에는 수많은 차량이 배송되어 올 것이다.

지후는 자신의 앞으로 람보르기니 아벤타르도와 우라칸, 벤틀리 벤타이가를 주문했다.

그리고 폴라리스사의 ATV를 종류별로 5대, 마지막으로 퇴계로에 들려 고가의 오토바이를 5대 구입했다.

지후는 게임 다음으로 바퀴달린 것을 좋아했다. 하지만 눈치가 보여서 그동안 마음속으로만 스피드를 즐겼지만 이제는 아니었다.

자신이 어제 뉴스에서 난리가 나고 지금도 난리가 현재 진행형인 S급 헌터라는 걸 알자 인수까지 5개월에서 6개월이 걸린다는 제품들이 모두 늦더라도 1달내로 배송해 주겠다고 하였다.

S급 헌터가 자사의 제품을 이용해주는 것만으로도 엄청난 효과가 있었기 때문이다.

그리고 약속장소인 고구려 호텔로 향했다.

지후와의 미팅은 너무나 허무하게 끝났다. 밤새도록 어떤 말을 할지 생각하고 또 생각했던 사람들의 입장에선 정말 지후를 죽이고 싶다는 생각까지 들었지만 아무도 실행에 옮기지 못했다.

강당에 들어간 지후는 카리스마와 살기로 단숨에 모두를 눌러버렸고 그저 조건이 적힌 서류만을 놓고 나가게 했다.

계획대로라면 말이라도 트면서 자신이 손을 써서 적혀있는 조건보다 더 좋은 대우를 해준다고 협상을 했어야 했지만 지후의 살기로 인해서 1초라도 빨리 강당을 벗어나고 싶었기에 다들 허겁지겁 볼펜으로 조건들을 수정하고는 자리를 떴다.

지후의 살기를 버티고 지후에게 협상의 의지를 드러냈다면 지후 또한 그 점을 높게 사서 한번쯤 대화를 해볼 용의가 있었지만 역시나 지후의 예상대로였다.

훗날 오늘 이 자리에 있었던 사람들 중 대부분이 옷을 벗었다는 소문이 들리긴 했지만.

'많기도 하네. 이걸 다 언제보지? 귀찮은데….'

이게 지후의 솔직한 심정이었다.

사실 별로 관심도 없었다. 그저 자신의 가치를 제대로 알기 위해 그들을 이용한 것뿐이었다.

뭐 이제는 통역반지도 있으니 외국에 나가는 게 마냥 싫지는 않았지만 그렇게 되면 남은 가족들이 욕을 먹을까 싶어서 별로 그런 생각은 안 들었다.

국내에 있는 다른 길드에 들어간다? 그런다면 아마 누나가 평생 자신의 얼굴도 안보고 살 것이다. 그럼 남은 선택지는 직접 길드를 만든다? 물론 S급 헌터인 자신이 하는 일인데 금방 대한민국1위는 물론 세계적인 길드가 될 것이다. 하지만 그렇게 부지런하게 일에 치여서 살고 싶은 마음이 눈곱만큼도 없다는 게 문제였다.

지후는 생각을 접고 서류 봉투들을 아공간에 모조리 넣은 후에 호텔에 있는 레스토랑으로 향했다.

혼자서 4인석의 테이블을 차지하고 한참 스테이크를 썰고 있던 지후에게 한 남자가 접근을 했다.

"안녕하세요. 일본정부에서 온…."

"씨발."

지후는 한 손에는 포크, 다른 한손에는 나이프를 들고 고개를 들고는 낮게 욕을 뱉었다.

"네?"

일본정부에서 나온 직원은 지후의 욕설에 적지 않은 당황을 했다.

"내가 어제 분명히 문자로 다른 접촉을 하지 않는다고 했을 텐데? 내가 우습나?"

료스케는 엘리트 코스를 밟고 일본정부에서 일하게 되었다. 그리고 그는 성공을 위해선 수단과 방법을 가리지 않는 타입이었고 언제나 세상의 중심은 자신과 일본이라는 사상을 가지고 있었기에 지후의 말을 크게 귀담아 듣지 않았던 것이다.

오히려 다른 나라가 눈치만 볼 뿐 지후에게 접촉하지 않는 것을 보고 기회라는 생각을 하였고 지후가 식사를 하고 있는 틈을 노려 접근을 한 것이었다.

그의 눈에는 빨리 와서 협상해봐. 용기를 보여줘 이런 것처럼 보였었다.

그게 엄청난 착각이었고 판단미스였다는 건 몇 초 지나지 않아 알게 되었다.

몇몇 사람들도 료스케와 같은 생각을 하고 있었고 먼저 나선 료스케를 보며 후회를 하고 싶었지만 그 생각이 바뀌는 건 순식간이었다.

"지후상. 오해이십니다. 저는 지후상에게 더 좋은 기회와 조건을…."

지후는 자리에서 일어나 그의 뒷 머리채를 잡고 바로 식탁에 내리 찍었다.

물론 전혀 힘을 안주고 했기에 큰 상처는 없었다.

"밥 먹을 때는 개도 안 건드린다는데. 내가 개만도 못해?"

그렇게 말하고는 일본정부와 일본에서 온 길드의 서류를 아공간에서 찾아서 보는 앞에서 모두 찢어서 던져 버렸다.

"이게 무슨 짓입니까! 지금 저희 일본정부를 무시하는 것입니까?"

"넌 일본인이지. 일본이 아니야. 마치 네가 정부라도 된다는 듯이 얘기하는데? 넌 밥상머리 예의도 안 배웠냐? 그리고 내가 어제 문자로 분명히 말했을 텐데?"

"그건…, 더 좋은 조건을 얻기 위해서 한 소리가…."

"아니야. 난 진짜로 말 한 거야. 착각은 네 자윤데. 더 이상 일본과 일본길드와는 그 어떤 곳과도 협상은 없어."

"그게 무슨…."

"난 내가 뱉은 말은 지켜. 어제 내가 문자로 약속을 했잖아. 사실 내가 약속을 거의 안하거든. 하면 지키는 주의라서. 그러니까 꺼져."

료스케의 순간 자신이 잘못된 판단을 했다는 사실에 머리가 하얘졌지만 이대로 돌아갈 수는 없다는 생각에 더욱 강하게 나가기로 마음먹었다.

"이런 식으로 나오면 외교적 문제로 발전할 수 있습니다. 그리고 지후상은 일본을 적으로 돌리는 것입니다."

"네가 일본도 아니고 그냥 일본인 아니야? 아까부터 말을 이상하게 하네. 그리고 외교적 문제라고 했나? 그건 내 알바가 아니지. 잘난 나라님들이 알아서 할 문젠데 왜 나를 끌어들여."

"지후상 때문에 일어나는 일인데 지후상이 알바가 아니라뇨?"

"내가 정치인도 아니고 외교적으로 문제가 나던 말던 뭔 상관이야. 그건 외교부가 해결 할 문제지. 그리고 일본은 자신있나봐? 나랑 적으로 돌아서겠다고? 웰컴이라고 전해라 씹새야."

"무… 무슨… 말이 너무 심하십니다."

"넌 왜 네 행동은 생각도 안하지? 무슨 자기중심적인 생각이야?"

사실 료스케나 지후나 둘 다 자기중심적인 인간이다. 하지만 료스케는 약간의 권력을 갖고 있었고 지후는 압도적인 힘을 가지고 있다는 차이가 있었다.

"사… 사과하십시오. 더는 참지 않겠습니다."

짜악!

지후는 가볍게 손바닥을 휘둘러서 료스케의 뺨을 때렸고 료스케는 바닥에 쓰러져 있었다.

물론 지후 입장에서야 그냥 툭 건드린 정도였지만 료스케의 뺨은 빨갛게 부풀어 올랐고 바닥엔 하얀 이가 여럿 떨어져 있었다.

"살살 친다고 힘도 뺐는데 옥수수가 나갔네? 뭐 내가 선빵 쳤으니까 참지 마. 네가 할 수 있는 모든 걸 해서 덤벼 봐. 세상엔 꼭 겪어봐야 아는 사람들이 있으니까."

지후는 바로 뒤돌아서 계산을 하고 나갔고 이 장면을 보고 있던 사람들은 가슴을 쓸어내렸다.

몇 초만 빨랐다면 자신이 바닥에 쓰러져 있는 건 료스케가 아니라 자신이었을지도 모른다는 생각에 등줄기 축축해졌다.

그 후 일본은 난리가 났고 일본대사관과 일본정부는 정식으로 대한민국에 항의를 했다.

일본도 처음엔 조용히 덮고 싶었지만 도저히 그럴 수가 없었다.

모든 게 촬영된 동영상이 수습이 불가능 할 정도로 순식간에 퍼졌기 때문이다.

레스토랑에서 식사를 하던 다른 손님들이 SNS와 유토

브 같은 사이트에 동영상을 올렸고 그게 새로운 S급 헌터라는 사실이 알려지자 빛의 속도로 전 세계로 퍼져버렸기 때문이다.

❖

 - 동영상 봤냐? 새로운 S급 헌터 얼굴 완전 장난 아님.
 → 네 얼굴이 더 장난 아님.
 - 와 쪽바리 새끼 테이블에 대가리 찍을 때 봤음? 속이 다 시원하더라.
 - 그런데 너무 폭력적임.
 - 에이 말 들어보니까 그 분이 접근하지 말라고 했는데 밥 먹는 것 까지 방해해서 그렇다던데
 → 솔직히 밥 먹을 때 와서 건들면 나 같아도 열 받음. 한참 칼질하고 있는데 건들면 어떤 사람도 짜증남. 그런데 그게 일본인이면 더 짜증남.
 - 근데 일본인이 외교문제니 막 그런 말 하던데 진짜로 무슨 일 나는 거 아님?
 → 이 기회에 일본한테 확실히 보여줘야 함. 그동안 일본이 했던 만행을 잊은 거?
 → → 맨날 독도가 다케시마니 어쩌고 하면서 시비 거는데 이 기회에 우리나라가 쉽지 않다는 걸 보여줄 기회다. 만약 일본이 우리나라에 시비를 건다면 참지 않아야 한다

고 봄.

→ → → 맞다. 그동안 너무 참고 살았다. 이제 더 이상 쪽바리들 눈치 보는 정치는 그만해야 함.

→ → → → 동영상 제대로 못 봤음? 어차피 정치는 나라 님들이 하는 거라는 말 못 들었음? 헬조선이 왜 헬조선인 지 여태 살았으면서 모름? 정치인들 중에 친일이 쫙 깔렸 는데 참도 안 참겠다.

– 결국은 일본에 사과한다.

→ 너 이 새끼 쪽바리지?

→ → 쪽바리라니? 말이 심하네. 난 틀린 소리 안했다.

– 어차피 이 새끼는 우리나라에 살 생각도 없음. 오늘 호 텔에서 전 세계 사람들 모아놓고 자기 데려가는 조건 들었 다고 함.

→ 나도 데려가.

→ → 님아. 그 강을 건너지 마시오.

→ → → 근데 나 같아도 능력되는데 이 나라에서 살고 싶지는 않다. 어차피 돈 좀 있는 사람들은 몬스터 피해서 안전한 나라로 가는데

→ → → → 그 분 원래 금 수저라는.

– 소문에 그 분 누님 되시는 분이 미라클 길드의 성녀라 고 함.

→ 성녀? ㄷㄷㄷㄷ

→ → 그럼 미라클 길드에 들어가려나?

→→→ 그럼 매형이 미라클 길드 마스터?

- 내가 쟤 친군데 쟤는 모든 걸 갖고 있음. 집안은 마정석과 사체처리 회사하는데 이젠 아이템까지 확장했다고 함. 그런데 누나는 성녀. 동생은 에스걸스의 지수. ㅇㅈ?

→ ㅇㅈ

- 난 같은 대학교 다니는데 저 새끼 그냥 폐인임. 게임에 미쳐서 이번에 학사경고 받음.

→ 이젠 현실에서도 게임하겠네.

- 전 1학년 때 잠깐 같은 동아리였는데 저 사람이 수능 만점 받고 4년 장학생으로 학교 입학함. 그래서 처음에 다들 불편해 했는데 성격도 엄청 좋아서 금방 친해짐. 조금 친해졌었는데 내가 군대 감. 아⋯ 너는 헌터라서 군대 안 가겠구나. 지후야 난 전역한지 한 달 됐다. 나 재호다. 기억하냐? 연락 좀 줘라.

→ 군대 안 갔으면 계속 친했을 텐데 아쉽겠네요.

→→ 이미 버스 떠남. 원래 대학친구가 다 그런 거임. 연락 안 온다에 내 손목을 건다.

→→→ 난 발목을 건다.

- 난 고등학교 동창인데 저 새끼는 부족한 게 없음. 쟤네 부모님 사업하시기 전에도 아빠가 대기업 임원이었음. 근데 저 새끼는 돈도 많은데 얼굴까지 잘생김. 그나마 저새끼가 전교에서 공부 못 하는 거로 뒤에서 10위권에 있었는데 갑자기 수능 몇 달 전부터 공부하더니 수능 만점 받음. 못

하는 게 아니고 안 하는 거였음. 소문에 대한민국 교육수준
이 너무 낮아서 공부를 안했다고 함.

→ 욕을 하고 싶은데 못하겠다.

→→ 개부럽.

- 저 얼굴로 하루만 살아보고 싶다.

→ 누나가 성녀라니… 동생이 지수라니….

- 부러우면 지는 거다.

→ 이 글을 쓴 것 자체가 부럽다는 거다. ㅇㅈ?

- 그렇게 다 가진 사람이 이젠 S급? 세상이 너무 불공평
함.

→ 세상이 원래 불공평함.

→→ 원래 있는 놈이 다 해먹는 거임.

- 지후야 나 수연이야. 보고 있니?

→ 수연아 나 지훈데 연락하지 마.

한참 인터넷은 뜨거운 실랑이를 벌이고 있었지만 지후는
태연한 모습으로 집으로 들어갔다.

가족들과의 약속 시간은 8시였지만 지후는 9시가 되어
서야 집에 도착했다.

식사도중에 료스케와 시비가 있었기에 배가 고파서 집에
가다가 햄버거를 사먹고 들어왔기 때문이다.

다행히 집 앞은 헌터협회에서 보내준 인원들이 경계를
서고 있었기에 기자들이 접근하지 못했고 편히 집에 들어

갔다.

'아영이가 일을 생각보다 잘하네? 뭐 앞으로 협회에 조금 힘을 실어줄까? 계속 저렇게 경호원으로 쓰는 것도 나쁘진 않을 텐데 말이야.'

"오빠 8시에 얘기하자며? 지금 시간이 몇 시야! 1시간이나 늦었거든?"

가족들은 모두 지후를 째려보고 있었고 지후는 덤덤히 넘겼다. 뭐라고 한 마디 하고 싶었지만 누나의 남자친구까지 자리를 차지하고 앉아있는 모습을 보자 괜한 모습은 보여주고 싶지 않았기 때문이다.

"내가 뭐 일부러 늦었냐?"

"그러시겠지. 아주 인터넷에 난리가 났더만."

"응?"

"오빠가 일본 정부에서 나온 사람 싸대기 날린 동영상 인터넷에 다 떴거든?"

"크흠…."

빠르기도 하네… 역시 인터넷 강국인가….

"뭐 아무튼. 자 이제 묻고 싶은 걸 물어봐. 엄마 아빠 무엇이든 물어 보세요~ 친절한 지후씨가 다 대답해 드릴게요."

"넌 앞으로 큰일을 할 텐데 그렇게 가벼운 말투 좀 고치면 안 되니? 말투만 조금 고치면 완벽할 텐데."

"엄마. 엄마 아들 지금도 완벽하거든? 솔직히 내가 지금

185

도 얼마나 피곤한데 더 완벽해지면 어떡하라고?"

"그렇긴 하지. 네가 나 닮아서 얼굴 하나는 정말 조각이
지."

"크흠. 나를 더 많이 닮았지."

"당신보다는 내가…."

"뭐 제가 두 분을 잘 섞어서 태어난 거죠."

"그래…. 그런데 정말로 뉴스에 나오는 것처럼 네가 S급
헌터가 된 거냐?"

아빠는 그 사실이 정말 너무나 궁금하다는 듯이 물었다.

"응. 사실 내가 저번에 학사경고를 받고 집으로 쫓겨 왔
을 때 나중에 말한다는 게 이거였어. 사실 수련을 하느라
학교를 제대로 못 나갔거든."

미안… 아빠… 사실은 전설대전 했어… 그런데 좋은 게
좋은 거잖아?

"그럼 네가 준비 한다던게?"

"응. 이왕 한다면 제대로 하고 싶었거든. 뭐 믿음이 부족
해서 중간에 수련을 끊고 집으로 와서 밥돌이가 됐지만."

"오빠 지금도 S급이잖아?"

"그건 네가 몰라서 그렇지. 아마 나 말곤 아무도 모를
걸?"

"그게 뭔데?"

"그건 영업 비밀! 저기 하이에나들이 있어서 말이야."

지후는 잠깐 지현과 수혁이 앉아 있는 곳을 쳐다봤다.

"야! 우리가 왜 하이에나야!"

"아님 말고. 어차피 내 영업 비밀은 여기 있는 엄마나 아빠가 알 필요 없잖아. 헌터도 아닌데."

"그렇긴 하지."

"야! 난 헌터거든!"

"근데? 헌터라면 알 텐데? 그런 거 물어보다가 칼부림 난다는 걸?"

"야 넌 그래서 나랑 칼부림이라도 하게? 해봐! 어디 해보라고!"

엄마는 다급하게 누나를 말렸지만 나는 굽히지 않았다.

"가족끼리 칼부림은 좀 그렇고 주먹다짐 어때?"

지훈은 주먹을 쓰다듬으며 수혁을 바라봤고 수혁은 등줄기가 젖어가는 걸 느꼈다.

지훈이 쓰다듬고 있는 주먹을 바라보며 빨리 다른 이야기를 하기만을 바랬다.

"흐음. 지후랑 지현이도 그 쯤 하고 얘기나 마저 하자."

아빠의 말에 수혁은 속으로 장인어른 파이팅을 외쳤다.

"뭐 아무튼. 이제 나 더 이상 밥돌이 안 해. 그리고 엄마 아빠도 아들의 말 못했던 사정을 알았으면 더 이상 밥을 하라는 소리는 안 할 거라고 믿어."

순간 아쉽다는 생각이 모두의 머릿속에 들었지만 세상에 어떤 S급 헌터가 집안에서 식모살이를 하겠는가… 다들 하는 수 없이 고개를 끄덕였다.

"내가 어중간하게 수련하고 헌터생활을 할 생각이 없어서 숨기고 있었는데…, 학사경고 한 번 받았다고 아들한테 금전적 압박을 하고 수련에 지쳐 누울 보금자리를 빼앗아 갔으니까."

"그거야… 네가 말이라도 해줬으면…."

"난 분명히 말 했었거든. 말 못할 사정이 있지만 1년 내로 보여주겠다고. 딱 1년만 더 수련하려고 했는데."

"오빠 근데 그 수련이 뭐길래 S급이 돼서도 계속해?"

전설 대전이란다. 딱 1년만 더 놀고먹고 싶었어….

"비밀이라고. 넌 어차피 말해도 몰라."

"야! 진짜 치사하게 자꾸 비밀 비밀 하지 말고 말 좀 해봐! 누나가 혹시 네 도움이라도 받으면 입 싹 씻겠니?"

"내 인생 23년간 가장 도움이 안됐던 사람이 누난데? 지금 말이야 방구야?"

"……."

지현은 계속 엄마의 옆구리를 찌르며 도와달라는 소리를 했지만 지금은 타이밍이 안 좋다는 눈빛을 보내고 있었다.

"그래서 앞으로 어떻게 할 생각이냐? 헌터로 살게?"

"일단 다시 독립할 거야."

"왜? 오랜만에 집에 다시 들어 왔는데."

엄마… 엄마가 내가 하루 종일 게임 하는 거 보면서 과연 화를 안낼 수 있을까요?

내 등짝에 스매시 안 날릴 거예요? 안 보는 게 나아요.

"수련하려면 혼자 사는 게 편해."

뭐 사실 화경에서 현경으로 넘어가는 게 남기는 했는데… 이건 어차피 단기간에 수련으로 될 문제는 아니라서… 한동안 다시 전설대전에 집중해야 해요. 그건 저에게 수많은 영감? 을 주거든요….

"그럼 오빠는 헌터 안하게? 이미 전 세계에 오빠가 17번째 S급이라고 알려졌는데?"

"해야지. 하긴 할 거야. 그런데 매일 사냥을 하는 것도 아니고 사냥을 안 할 때는 수련해야지. 노력 없이 얻는 건 없다. 지수야 너는 무대에 서기 전에 연습 안 해? 매일 연습하지? 실수하면 안 되니까? 나도 똑같아. 내가 실수를 하면 주변의 누군가가 다칠 수도 있고 내가 다칠 수도 있어. 내가 다친다면 엄마 아빠가 슬퍼하겠지. 난 그런 불효를 저지르고 싶지는 않다."

좋았어. 내가 봐도 괜찮은 대사였어.

"와… 난 오빠가 그렇게 열심히 노력하는지 몰랐어. 맨날 언니는 쇼핑만 하고 잠만 자고 그래서 헌터하면 되게 돈은 잘 벌고 널널한 줄 알았거든."

지현은 깜짝 놀랐다. 왜 불똥이 자신에게 튄단 말인가!

"그럴 만도 하지. 그러니까 성장도 없고 저 모양이지."

"야 무슨 말을 그따위로 해! 내가 얼마나 노력하는데!"

사실 지현은 노력파도 뭐도 아니다. 지후 덕에 A급으로 각성하고 지금도 제자리에 있다.

사실 성녀라고 불리는 것도 템빨과 미모에 가려져 있어서 그런 거지. 헌터로서의 센스가 뛰어난 편은 아니었다.

"노력? 노오오오려억?"

"그래! 노력!"

"장난이 심하네. 내가 누나 처음에 A급으로 각성 시키고 지금까지 얼마나 후회를 했는데. 그런 소리를 하면 능력을 회수해 가 버리는 수가 있어!"

"무슨 말도 안 되는 소리야! 내가 각성한 게 왜 네 덕이야! 말이 되는 소리를 해야지! 지가 S급 헌터라고 무슨 신이라도 되는 줄 착각이야!"

그 순간 지후는 내공을 개방해서 모든 가족들을 감싸 안았다.

"말이 안 된다고 생각해? 내가 말을 안 하려고 그랬는데 우리 가족이 이렇게 건강하고 예쁜 이유? 엄마 아빠가 동안인 이유? 다 내가 한 거거든!"

다들 무슨 헛소리를 하나 애가 미쳤나 하는 눈빛을 보내고 있었다.

"지금 이 기운이 안 느껴져? 내가 다들 잘 때마다 기운을 불어넣으로고 땀 뻘뻘 흘리면서 얼마나 개고생을 했는데!"

순간 다들 지금 느껴지는 포근함이 지후의 기운이라는 걸 눈치챘다.

"너 그럼 대체 언제 각성했는데?"

"재앙이 일어나자마자 했지."

사실은 10살 때….

"특히 누나는 그러면 안 되지! 내가 누나 인생이 한심해서 헌터로라도 먹고 살으라고 내가 가진 모든 마력을 누나한테 불어넣느라 다시 그 기운을 모으느라 무슨 고생을 했는데! 내가 생색내는 것 같아서 말을 안 하려고 했지만 누나는 좀 알아야 돼! 기껏 A급으로 만들어 놨더니 노력은 안하고 뻘 짓만 하고 다니고 있어."

"오빠 진짜야?"

"그럼 넌 엄마 아빠 나이에 30대 중반으로 보이는 게 말이 된다고 생각하냐?"

"그건 아니지…."

"넌 남들보다 연습을 많이 해도 쉽게 지치지 않을 걸? 목도 쌩쌩할 거고."

"어… 어떻게 알았어?"

"내가 네 잘 때 너 건강하라고 내 기운을 불어넣었으니까 알지."

"근데 난 왜 각성 안 시켰어?"

"내가 누나라는 표본을 봤는데 무슨 꼴을 보려고 널 각성시키겠냐. 그리고 그건 쉬운 일이 아니야. 뭐 사실 누나를 각성 시킨 건 내가 아니야. 아마 누나가 그대로 각성을 했으면 C급 정도로 각성 했을 걸? 아마 우리 가족들 중 아빠, 엄마, 지수 너는 각성을 한다면 C급에서 할거야. 그만큼 몸을 내가 건강하게 만들어 놨으니까. 다른 헌터들이 초

191

기에 잘 나와봐야 D급에서 시작하는 거랑은 출발선이 틀리지. 그런데 쌍둥이는 아마 각성을 하면 B급이나 A급으로 처음부터 각성할 거야. 그리고 참고로 말하면 쌍둥이들은 천재야. 아직 어려서 엄마 아빠가 잘 모를지 모르지만 쟤네는 못해도 아이큐가 160은 넘을 걸."

"왜?"

"내가 엄마 뱃속에 있을 때 기운을 줘서 건강하게 해줬으니까. 그러니까 엄마가 노산인데도 별 힘을 안들이고 나았지. 그리고 어릴수록 몸에 나쁜 게 안 싸여 있어서 좋거든. 그래서 흡수도 제대로 하고."

"그럼 언니는 왜 A급으로 각성한 건데? 말이 안 되잖아."

"그거야 누나가 각성을 할 때 내가 옆에 있었거든. 누나 성격에 각성을 하면 바로 헌터를 한다고 날 뛸게 뻔 하니까 이왕이면 어디 가서 쉽게 뒤지지 말라고 각성의 순간 내가 가진 기운을 막 불어 넣었지. 그러니까 A급으로 각성하더라고."

"그럼 만약 내가 각성한다고 하면 오빠가 옆에 있으면 A급이 될 수 있다는 거야?"

"응. 그런데 그런 생각은 하지 마라. 그냥 연예인 생활하다가 시집이나 가. 나 네 누나 각성할 때 기운 집어넣다가 죽을 뻔했다. 적당히 주려고 했는데 좋다고 아주 쭉쭉 뽑아가더라고. 그러고 나서 내가 몇 년을 다시 기운을 모으느라 개고생 했는데."

사실 하루정도 고생했지. 몇 시간이었나? 기억이 가물가
물 하네.

"와… 오빠가 우리 가족 은인이었네."

내가 이래서 지수를 누나보다 조금 덜 갈군다.

고집이 조금 있기는 해도 눈치는 있는 애라서 나한테 별
로 안 덤비거든.

하지만 누나는 꼴에 A급 헌터라면서 항상 시비를 거는
데 눈치까지 없거든.

그래서 이번 기회에 위아래를 확실히 하고 가야한다는
생각이거든.

가족들은 믿기 힘들었지만 지후의 말을 믿을 수밖에 없
었다.

딱히 지후의 말에 아니라고 할 만한 부분을 찾지 못했기
때문이다.

"야, 그래서 네가 나를 A급으로 만들었다고? 그 말을 나
보고 믿으라고?"

"못 믿겠으면 시험 해봐도 좋아. 누나는 내가 집어넣은
기운이어서 내가 회수를 할 수도 있거든."

난 그렇게 말하고 손바닥을 뻗었고 모두의 눈앞에 금빛
이 펼쳐졌고 누나의 몸에서 빠져 나오는 마력이 보이고 있
었다.

"야… 야! 멈춰! 내가 잘못했으니까 멈추라고!"

"이제 믿어?"

"믿… 어….."

자존심은 더럽게 센 누나지만 어쩌겠는가, 사실이라는
게 모두의 눈앞에서 증명 됐는데.

"아무튼 이 사실은 비밀이야. 알려지면 귀찮아 지겠지.
돈 많은 노인네들이 줄 설거고 난 그럼 곰팡이 냄새나 맡으
면서 살겠지. 만약 이 사실이 알려지면 누나의 기운을 뺏고
저기 있는 형을 죽여버릴 지도 몰라."

"야! 너는 무슨 말을 그렇게 해! 그리고 왜 우리야!"

"누나가 우리 집안에서 입이 제일 가벼우니까."

"엄마도 그 말은 공감한다만 부모 앞에서 누굴 죽인다고
하는 소리를 함부로 하는 거야!"

"엄마 미안. 앞으론 엄마 아빠 없는 곳에서 할게."

엄마는 말문이 막혔지만 진심으로 그런 말을 하는 건 아
닐거라고 생각하며 넘어갔다.

지후는 빈말을 잘 안하는 인간이었는데 말이다.

지현은 엄마를 찌르며 아빠와도 눈빛교환을 한참동안 주
고받고 있었다.

어제 하루 종일 부모님을 꼬시며 설득했다.

아무리 생각해도 아이템을 사느라 길드 재산은 겨우겨우
적자를 면할 정도였기에 지후에게 좋은 조건을 내밀 수가
없었기 때문이다.

지현은 앞으로 매달 자신이 버는 수입의 10%를 부모님

께 10년간 주기로 하면서 합의가 끝났기 때문이다.

그리고 히든카드는 바로 지현 본인이었다.

"저 그런데 지후야. 앞으로 헌터 생활을 할 거라면 길드에도 들어야 하지 않겠니? 이왕이면 너희 누나가 있는 길드에 들어가서 하는 게 좋지 않겠니? 너라면 위험에서 누나도 지켜줄 수 있고 말이다."

엄마의 말에 지후는 아공간 반지에서 준비한 서류들을 꺼냈다.

"위험한 게 두려우면 헌터를 하면 안 되지. 그냥 누나한테 헌터 때려치라 그래. 내가 용돈은 충분히 줄 테니까."

"그래도 가족끼리 굳이 다른 길드에 들어가고 그럴 필요는 없지 않니?"

"이게 오늘 받은 제안들. 뭐 대충 읽어봤는데 우리나라 3대 길드 중 누나네 길드를 제외하곤 나한테 기본 연봉 5천억을 보장해 준다네? 미국정부는 미국 국적을 취득한다면 1년에 10회만 레이드를 하면 되고 기본 월급 6천억에 내가 사냥한건 전부 내 소유로 인정해 준다고 그러고? 이 서류는 세계랭킹 2위 길드가 보낸 건가? 여기는 연봉 3조원이네. 중국도 연봉 70조고. 뭐 대충 아빠가 좀 읽어볼래? 뭐 어차피 어딜 가도 나는 S급이라서 다 세금면제조항은 들어가 있으니까 저게 다 기본 순수입이야."

얘기를 듣던 모든 가족들은 다들 입을 다물지 못하고 있었다. 충분히 잘 살고 있는 집이었지만 조단위의 연봉에 말이 안 나왔기 때문이다.

"오빠가 언니네 길드에 가는 건 재능 낭비네…."

"그래서 지후 넌 외국에 갈 생각이니?"

"딱히. 나 휴학할 생각도 없는데? 오늘 학교에서 연락 왔는데 나한테 장학금도 그대로 주겠대. 그리고 학교 안 나와도 무조건 A학점을 줄 테니까 자퇴만 하지 말아달라고 하던데?"

"정말? 역시 대학교 졸업장은 있는 게 좋지. 네 누나도 자퇴해버리고 지수는 대학문턱도 못 갔는데 너까지 졸업장을 못 딸까봐 내심 속상했는데 정말 잘됐네."

"엄마는 내가 누나랑 같은 줄 알아? 이집 장남을 너무 무시하는 경향이 있어."

"미안 미안. 엄마가 앞으로는 안 그럴게."

지현은 계속 엄마의 옆구리를 찔렀지만 엄마는 모른 척했다.

"그리고 아빠가 항상 나한테 뭐라고 했어? 기브 앤 테이크 라며. 누나랑은 뭐 주고받을 게 있어야지. 아무리 피를 나눈 가족이라지만 최소한의 양심은 있어야 하는 거 아닌가? 그리고 내가 지난 추석 때 배운 게 있어. 누나가 가족끼리도 돈거래는 철저해야 된다고 하더라고. 그런 누나한테 배운 게 있는데 누나네 길드에 들어가라고? 나도 뭐 싫은 건 아니야. 그런데 뭐 조건도 제시하지 않고 그냥 막무가내로 내가 누나니까 우리 길드로 와. 이건 말도 안 되는 거 아니야? 아빠는 설마 사업을 그런 식으로 해? 비즈니스라는 게 서로 이득을 보자는 거 아닌가? 대기업이 하청업체 쥐어짜는 것도 아니고 말이야. 아니다. 걔네도 적당히 쥐어 짤 수 있을 정도의 보상은 하니까. 아빠는 어떻게 생각해?"

"......"

"야! 그래도 내가 네 누난데! 좀 도와줘도 되잖아!"

"아빠 회사를 누나가 물려받지 않는 게 다행이네. 아빠 꼭 회사는 쌍둥이 중에 물려줘. 쟤네는 천재라서 잘 할 거야."

"그리고 이거 받아. 내가 꼭 돈 벌어서 아빠 차 바꿔준다고 했지? 계약서야."

지후는 오늘 자신의 붕붕이들을 쇼핑 하면서 가족들의 차량도 준비했다.

그렇게 말하고 지후는 아빠, 엄마, 동생, 그리고 마지막으로 누나에게 서류를 전해줬다.

"계산은 다 끝냈고 보험도 다 들어놨으니까 잘 타고 다녀. 아마 1달 내로 받을 수 있을 거야."

아빠에겐 롤스로이스 팬텀의 계약서를 엄마에겐 포르쉐 파나메라와 벤틀리 플라잉스퍼의 계약서를 누나에겐 애스턴마틴의 뱅퀴시 볼란테를 동생에겐 페라리 488의 계약서를 쥐어주었다.

"대애박! 오빠 짱! 오빠 완전 고마워! 나 잘 탈게!"

아빠와 엄마의 눈시울은 붉어져 있었고 누나는 나에게 뭐라고 말하고 싶은 표정이 잔뜩 있었지만 자신에게도 선물을 건네 주자 말을 못하고 있었다.

"고마워 아들."

"고맙다. 그런데 너무 무리한 거 아니니?"

"무리는 무슨. 몇 푼이나 한다고. 내가 궁금해서 그러는데 누나는 헌터하면서 엄마 아빠한테 이런 선물 한번 안 한 건 아니지?"

안 한 거로 알고 있지. 자기 명품사기 바쁜 인간이 누나니까.

"크흠…."

"야! 너 돈 좀 벌었다고!"

"설마 아닐 거야. 몇 년간 헌터생활을 했는데 아니라고? 진짜 혹시나 해서 묻는 건데 누나네 길드에서 아빠회사에 마정석이랑 사체 넘길 때 다른 곳보다 수수료 낮게 책정하고 그러는 건 아니지? 나 그러면 진짜 실망인데."

뭐 아빠가 참도 누나한테 제대로 받겠다 싶었지만 혹시나 해서 한 번 찔러보는 거다.

아니나 다를까 당황하는 저 눈동자들을 보니 안 봐도 비디오네.

"와 그런 인간한테 엄마 아빠는 아이템 산다고 기둥 뿌리를 뽑을 뻔 한 거야? 우리 쌍둥이들 대학까지 보낼 돈을?"

"야! 진짜! 그 정도는 아니었거든!"

"아니긴 뭘 아니야. 아이템 산다고 8백억인가 가져갔다며."

"헐… 대박… 언니가 심했네…."

"야 너도 헌터니까 앞으로 그럴 일 많을 거거든!"

지후는 웃으며 양손을 들고 지현의 눈앞에 휘저었다.

"난 가만히 있어도 아이템을 갖다 바치던데?"

"어… 그 아이템들… 다 A급…."

"이게 누나와 나의 클래스 차이지. 협회에서 제발 가지고 가달라고 사정해서 좀 받아왔지."

"……."

"아 맞다. 엄마 계좌번호 좀 알려줘."

"왜? 용돈이라도 주게?"

"돈 벌었다고 그렇게 함부로 쓰면 안 된다. 아껴 써야지."

"그럼 5백억만 보내줄게. 천억 정도 보내줄려고 했는데."

"처… 처… 천어억?"

"지후야 너 대체 얼마를 벌었기에?"

"나 통장에 한 5천억 있었는데 오늘 쇼핑 좀 해서 약간 줄었는데 그래봤자 푼돈이지."

푼돈….

"엄마 아빠 아들이 이정도야. 그냥 혼자 가서 몇 분만 주먹질 몇 번하면 몇 천억을 벌 수 있는데 뭐 하러 길드 같은 곳에 들어가? 정 길드가 필요하면 내가 하나 차리고 말지. 내가 차리기만 해도 대한민국 1위 길드가 되는 거고 세계적인 길드가 되는 건데. 내가 이래 뵈도 1인 레이드가 가능한 사람이라서 몸값이 좀 많이 비싸거든."

"아들 고맙게 잘 쓸게."

"응 엄마. 뭐 아빠도 사업하다가 돈 필요하면 말하고 그리고 나도 레이드 하면 아빠회사로 마정석이랑 사체들 보낼게. 나한테는 그냥 수수료 받을 거 다 받아도 돼."

내 얘기를 듣고 있던 누나의 얼굴은 시뻘게져 있었다.

'아이고 꼬셔라. 그러게 왜 자꾸 엄마아빠를 부추겨?'

지후는 누나가 직접 부탁하고 적당한 성의라도 보인다면 협상에 응할 의지는 있었다.

하지만 엄마 아빠를 설득해서 자신을 이용하려는 모습을 보고 버릇을 고쳐줘야겠다는 생각이 들었기에 일부러 계속 비수를 꽂고 있는 것이었다.

사실 협회의 박과장을 통해서 받은 자료를 통해서 누나가 있는 미라클 길드가 괜찮은 길드라는 것은 알고 있었다.

뭐 불법도 저지르지 않았고 탈세도 하지 않았다.

그리고 직원 복지는 최상이었고 짐꾼들에게조차 4대 보험과 좋은 대우를 해주고 있었다.

그리고 누나의 남자친구이자 길드 마스터인 한수혁은 평판도 좋고 괜찮은 사람 같았다.

업계에서는 신화랄까? 국내에서는 세 손가락 안에 드는

길드를 기업들의 스폰을 받지도 않고 혼자서 만들어 낸 입지적인 인물이었다.

그리고 모두에게 인정받는 A급 탱커였다.

이런 사람이 누나의 남자친구라니 사실 엎드려 절을 해야 하는 게 맞을 정도로 때땡큐다.

하지만 지금 누나의 옆에서 소심하게 고개도 못 들고 눈치만 보는 모습을 보자니 좀 마음에 들지 않았다.

누나에게 휘둘려서 나에게 정으로 호소하고 있던 건 똑같았기 때문이다.

"그래. 고맙다."

"응. 아빠. 나 내일 다시 짐 싸서 나갈 거니까 그렇게 알아."

"어머… 그렇게 빨리?"

지후의 엄마는 들어온 지 며칠 되지도 않은 아들이 다시 나간다는 말에 섭섭함을 느꼈지만 채워질 통장을 생각하며 웃으며 보내주었다.

"근데 너 이제 자리도 잡았으면 결혼도 해야 하는 거 아니니?"

이건 또 뭔 소리야.

"왜? 누가 선이라도 보래?"

"그게… 엄마 친구 딸이…."

엄친딸… 장난하나… 어떻게 얻어서 다시 자유를 찾아가는데.

"싫어. 선 안 봐. 그리고 내 나이가 몇인데 무슨 소리야. 나 결혼 생각 없거든."

"그래도 사람이 안정되려면 결혼만한 게 없다는데."

"노노놉! 나 진짜 결혼은 싫어. 지금도 내가 만나봐야 할 여자가 387명 정도 대기하고 있거든? 그런데 결혼은 무슨 결혼이야? 엄마가 몇 달 전에 나한테 전화해서 뭐라고 그랬어! 나한테 여자는 최대한 많이 만나보고 잘 고르라며. 그런데 무슨 벌써 결혼이야. 나 아직 만나야 할 여자 많아."

그렇게 말하며 쉬지 않고 바뀌는 핸드폰 액정을 보여줬고 그걸 본 가족들은 한숨을 쉬었다.

"너무 그렇게 여자를 많이 만나고 다니면 안 좋은 소문이…."

"그럼 땡큐지. 지금도 너무 많아서 피곤한데 몇 명 떨어져 나가면 나야 좋지. 그런데 내 생각에 대기번호가 더 늘어날 것 같아서 말이야. 그리고 나보단 누나가 먼저 가야지."

"안 그래도 우리 결혼하기로 했어."

"풉!"

내가 마시던 오렌지 주스가 입가로 흐르고 있었다.

"그게 무슨 소리야?"

"말 그대로야. 나 결혼 한다고."

"엄마 아빠가 허락했어?"

"당연하지."

엄마 아빠는 고개를 끄덕이고 있었다.

사실 부모가 모두 돌아가셨다는 사실이 처음에 걸렸지만 둘이 사랑한다고 하니 허락을 할 수 밖에 없었다.

수혁의 집안은 대대로 교육자 집안으로 몬스터 웨이브로 부모를 잃기 전까지는 공부밖에 모르던 남자였고 몬스터 웨이브에 부모를 잃었지만 삐뚤어지지 않고 오히려 혼자 힘으로 대한민국 3대 길드 중 한곳을 만들었다는 사실이 플러스 점수를 얻을 수 있었다.

자신의 딸이 시집살이를 하기를 바라는 부모는 없었으니 말이다.

"난 반대야."

지후의 말에 부모님은 대체 무슨 소리를 하는 거냐는 표정이었다.

"야! 네가 뭔데!"

"맘에 안 들어."

"야! 내가 결혼 하지 네가 하냐? 그리고 수혁씨 어디가 마음에 안 든다는 거야!"

"헌터잖아. 그리고 탱커라며. 누나는 저 형이 언제 죽을 줄 알고 결혼을 하겠다는 거야?"

"그런 부정 타는 소리하지 마! 그리고 네 허락은 필요 없거든! 엄마 아빠도 이미 허락했다고."

"그럼 내가 엄마 아빠를 설득하면 될 문제고."

"야! 네가 어제는 우리가 언제 헤어질지 몰라서 우리 길드에 안 들어온다며! 그래서 헤어질 일 없게 결혼한다니까 이제는 반대라니 넌 왜 말이 그래!"

"형. 설마 결혼하려는 이유가 나를 길드에 끌어들이려고 하는 건 아니죠? 그게 이유라면 형네 길드 내가 해체해 버릴 거예요."

"저 그게… 원래부터 결혼을 전제로 만났고 내가 혼자거든. 가족도 없고 그래서 외로움을 좀 많이 타. 난 지현이 놓치고 싶은 생각도 없거든. 그래서 결혼 하자고 했어. 처남이 우리 길드에 안 들어오는 건 괜찮은데 우리 결혼은 반대하지 말아주면 안될까?"

이 형 진심이네… 진짜 진심이 느껴지니까 뭐라 하기도 뭐하네….

애초에 반대 할 생각은 없었다. 그냥 갑자기 누나가 결혼을 한다는 말을 꺼내니까 투정 좀 부려 본거다.

"우리 누나 라면 하나도 제대로 못 끓이는데?"

"내가 혼자 산지 좀 돼서 요리는 잘해… 그리고 지현이 손에 물 안 묻히기로 약속했어. 결혼하면 가정부 쓰기로."

"그렇게 가정부를 쓸 정도로 돈이 많으면 집에서 아이템 산다고 털어가지는 않게 했어야죠."

"야 그 얘기가 지금 왜 나와!"

누나는 버럭 소리를 질렀지만 나와 수혁이 형의 대화는 멈추지 않았다.

"그럼 형이 한 가지 테스트만 통과하면 저도 반대 안 할

게요."

"뭔데?"

"제 주먹 한 대만 견뎌보세요."

"야! 네 주먹에 맞으면 수혁오빠 즉사거든! 말이 되는 소
리를 해야지! 설령 안 죽어도 반병신 되겠다!"

"그러니까 반대하는 거야. 내 주먹 한방에 죽을 사람이
탱커를 한다는데 누나랑 결혼을 하라고 허락해? 뭐 몇 달
후에 과부 되서 울면서 집에 들어오려고?"

내 말에 엄마와 아빠가 동요를 하는 걸 느끼자 지현은 초
조해졌다.

결혼은 당연히 하는 거였고 이제 매형이 되는 거니 더 이
상 남이 아니라며 길드로 데려올 계획이었다. 하지만 동생
이 이런 식으로 반대를 할 거라는 생각은 못했다.

"처… 처남…."

"못하겠으면 그냥 빨리 우리 누나랑 헤어지세요."

"야! 무슨 말을 그렇게 해! 그리고 나 이미 대한민국에 미
라클 길드장이랑 결혼할 사이라고 소문 다 났거든?!"

"연예인들도 공개 연애하다가 헤어져도 잘만 결혼해. 요
즘은 그런 건 흠도 아니야."

수혁은 자리에서 일어나며 지후에게 말을 했다.

"여기서는 좀 그러니까 마당으로 나가서 하면 될까?"

뭐지 이 형? 내가 싸우는 걸 직접 보기까지 한 사람이 나
한테 한 대 맞겠다고?

시발… 그냥 좀 틱틱 댄 건데… 이러면 내가 악당 같잖아.

"엄마! 아빠! 좀 말려봐! 지후 주먹에 맞으면 즉사야. 오크로드도 즉사한 주먹을 오빠가 어떻게 버텨!"

엄마와 아빠는 그저 눈치만 보며 이 불편한 분위기를 뜨고 싶어 하셨다.

"됐어요. 제가 면책특권이 있어서 형을 죽여도 아무 문제는 없지만 누나랑 안 볼 사이도 아니고. 시달리기는 싫으니까."

"그… 그럼 어떻게 할까?"

"내가 형한테 가장 마음에 안 드는 부분이 뭔지 알아요? 누나가 말도 안 되는 짓을 하면 적당히 말릴 줄도 알아야지. 그저 휘둘려서 가만히 방관하고 있는 게 마음에 안 드는 거예요. 사실 형정도면 누나한테 감지덕지죠. 저런 철없는 여자를 데리고 살겠다는데 감사하다고 절이라도 해야 하는 게 맞는 거겠죠. 그런데 남자가 여자한테 꽉 잡혀가지고 기도 못 피고 결혼해서 살면 참도 행복하게 잘 돌아가겠어요. 뭐 잡혀 사는 거야 형 취향일수도 있으니까 존중해 드리더라도. 누나가 나한테 그저 말로만 길드에 들어오라고 하는 건 말렸어야죠. 형은 형이 아는 지인을 길드에 영입할 때도 그런 식으로 하나요? 그저 와서 몸으로 때워라. 이게 다 널 위한 거다. 이러면서?"

"사실 그럴 생각은 없었는데… 우리 길드가 요즘 아이템을 많이 사느라 너한테 제시할 조건이 너무 초라해서⋯."

"저 그렇게 정 없는 놈은 아니거든요. 누나가 진지하게
부탁하고 설명을 했더라면 저도 진지하게 들어볼 생각이었
어요. 계약금? 그런 거 필요도 없어요. 어차피 혼자 레이드
뛰면 다 쓰지도 못할 돈을 버는데 그런 게 뭐가 중요해요.
누나야 철이 없으니까 엄마나 아빠를 꼬드길 수도 있다고
생각해요. 그런데 철없는 누나한테 휘어 잡혀서 한 단체를
이끄는 길드 마스터라는 사람이 잘못된 걸 가만히 보고 있
으면 어떻게 하자는 거예요? 레이드 도중에도 혹시나 누나
가 저런 철없는 짓을 한다면 지켜보기만 할 거에요? 그랬
다간 전멸인데. 길드 마스터라면 제대로 된 선택을 하세
요."

"내가 앞으로는⋯."

누나는 이제야 자신으로 인해서 내가 반대를 하고 있고
길드에 들어오지 않으려 했다는 것을 알고는 고개를 숙이
고 있었다.

생각해 보니 한 번도 동생에게 진지하게 부탁을 하거나
상황을 설명하려고 했던 적이 없었기 때문이다. 그런 자
신으로 인해서 오빠마저 잘못된 판단을 하는 사람으로 인
식이 되고 있다는 게 너무나 슬펐다. 일을 망친 건 자신이
었다. 동생은 틱틱 대고 계산적이긴 하지만 정이 없지는
않았다. 오늘만 해도 가족들에게 자동차를 선물해 준 동
생이다.

그리고 알고 보니 우리 가족의 건강을 챙긴 것도 자신을 A급 헌터로 만들어 준 것도 다 동생이었다.

말을 좀 막 뱉지만 동생이 속으로 얼마나 자신과 가족들을 생각하는지 알게 되자 자신만 너무 철이 없었다는 생각에 스스로가 초라해지고 미안해서 눈물이 나왔다.

"흑… 흑… 내가 미안해… 내가 잘못했어."

"그만 울어. 그래서 결혼은 언제 할 건데? 할 거면 질질 끌지 말고 빨리 해치우지?"

"흐… 흑… 응?"

"할 거면 빨리 하라고."

"처, 처남… 허락 해주는 거야?"

"애초에 제 허락이 필요했나요? 어차피 부모님도 허락했고. 둘이 사는 건데. 그냥 너무 철없는 누나가 결혼을 한다니까 틱틱 거린 거예요."

"고… 고마워, 처남."

"그럼 누나한테 잘 해줘요. 누나 울리면 내 주먹에 맞을지도 모르니까. 그리고 저 철없는 인간한테 너무 휘둘리지 좀 말고요."

"지후야 고마워. 그리고 미안해. 누나가 너무 철이 없었어."

"이제라도 알면 됐고. 누나도 결혼하면 아이도 낳고 할 텐데 이제는 철 좀 들어야지."

"엄마랑 아빠도 못 고친 걸 오빠가 고치네. 오빠 짱!"

"야! 이지수!"

"헤헤헤."

"축의금은 내가 미라클 길드와 협상테이블에 앉는 거로 퉁쳐. 물론 들어보고 별로면 협상은 결렬이지만."

"응?"

"일단 제대로 제안이라는 걸 해보라고. 계약금은 필요 없으니까. 그 외의 사항 같은 걸 협의하잔 말이지. 싫으면 말어. 난 어차피 프리랜서를 하던 내가 길드를 차리든 들어 가든 돈은 잘 벌 테니까."

"처남 내가 당장 준비할게."

"뭐 일단 내일 낮에 형네 길드로 갈게요. 저녁엔 약속이 있으니까 2시 정도에 갈게요."

"그, 그래."

"그리고 누나랑 형은 나한테 훈련 좀 받아요. 내가 어디 가서 쉽게 죽지 않게 만들어 줄테니까."

"응? 그게 무슨 소리야?"

"아까 말했던 비밀 수련시켜준다고."

"지, 진짜?"

"응. 그런데 그렇게 좋아할 일은 아닐 걸? 죽을 만큼 힘 들 수도 있거든."

"괜찮아. 너한테 배워서 강해지면 그만큼 오빠한테 좋은 거니까."

"누나는 꼭 안 배울 것처럼 말하네?"

"그… 그게 아니고…."

"예외는 없어."

엄마와 아빠, 지수는 웃는 모습으로 지후를 바라보고 있었고 쌍둥이는 엄마와 아빠의 품에서 잠들어 있었다.

"그런데 오빠 혹시 내가 결혼할 때도 그런 식으로 반대할건 아니지?"

"넌 헌터가 아니잖아. 네가 남편으로 헌터를 데려오지만 않는다면 인성만 멀쩡하면 괜찮아."

"뭐… 딱히 헌터를 만날 생각은 없지만… 엄마 아빠보다 오빠 허락이 더 어렵네…."

◇

지후는 아침 일찍 일어나서 집을 알아봤다.

원래는 다른 동네에 집을 구할 계획이었지만 그냥 부모님과 같은 동네에 집을 얻기로 생각했다.

세상은 많이 안정되었지만 몬스터 웨이브라는게 지난 번 자신이 겪은 것처럼 관리부주의로 일어날 수도 있기 때문이다. 그래서 지후는 청담동에 있는 단독주택을 매매하고 부동산 업자가 소개해준 인테리어 업체에 전체적인 리모델링을 의뢰했다.

5주 정도의 기간이 걸린다고 했지만 역시 돈의 힘은 대단했다.

돈을 많이 낸다고 하니 사람을 2배로 써서 20일 내로 마무리 해주기로 약속을 받고 지후는 미라클 길드를 찾았다.

주차장까지 안내를 나와 있는 사람을 보고 지후는 생각보다 자신에게 신경을 써주고 있다는 생각에 기분이 나쁘지 않았다.

그리고 안내를 받아 도착 한 길드장의 사무실에는 매형과 누나, 그리고 길드의 법무팀 팀장이 자리하고 있었다.

다들 짧게 인사를 나눈 후에 바로 협상을 시작하였다.

협상은 법무팀 팀장인 선우현이 주도하고 있었다. 법적인 문제나 헌터들의 계약서는 대부분 그 사람이 관리한다고 한다. 물론 보통은 팀원들이 하지만 나는 아무래도 급이 급이다 보니 자신이 직접 나왔다고 한다.

"우선 이지후님이 계약금이 필요 없다고 하셔서 오히려 뭘 드려야 하나 난감했습니다. 그렇다고 어중간하게 뭘 드린다고 하면 기분만 상할 테니까요. 그래서 제 생각엔 지후님께서 제안을 하시고 저희가 수용을 하는 게 맞는 것 같습니다."

당신 혹시… 그냥 생각 없이 나왔다고 하는 거니? 아닌가? 오히려 내 입맛대로 할 수 있다는 건가? 어떻게 보면 저 사람이 생각을 정말 많이 하고 나온 건가?

"일단 계약기간 같은 건 없습니다. 종신계약이나 뭐 그런 건 아니고 서로 안 맞으면 언제든 헤어질 수 있는 그런 사이를 원합니다. 뭐 내가 나중에 나가더라도 매형이랑 누

나가 이혼을 하지 않는 한 미라클 길드와 사이가 안 좋을
이유는 없겠지만 말입니다."

"그건 문제없습니다. 그리고 저희 길드가 탈퇴율이 5%
도 안 됩니다. 그 5%도 은퇴를 하거나 부상으로 다른 일을
하려는 경우니까요. 다른 길드와 다르게 저희 길드는 한 번
들어오면 나가는 경우가 거의 없습니다. 혹시 부상을 당해
서 레이드를 하는데 무리라고 판단된다면 사무직으로 배치
해드려서 길드에서 일하게 도와드리니까요."

그건 마음에 드네. 쓸모가 없어졌다고 전우를 버리지 않
는 다라.

"그리고 완전한 자유."

"그게 무슨 소리신지?"

"말 그대로입니다. 저에게 어떤 것도 강요하지 마세요.
레이드도 뭐든 제가 하고 싶을 때 할 것입니다. 길드에 소
속은 되지만 팀에 소속되어 길드원들과 레이드를 할 생각
은 없다는 뜻입니다. 뭐 제가 레이드를 하고 싶을 때 솔로
잉을 해도 되고 시간이 맞는다면 길드원들과 함께 할 수는
있지만 강요를 받고 싶지는 않습니다."

"일단 다른 조건도 더 들어보겠습니다."

"어렵게 생각 할 필요는 없습니다. 그냥 그저 미라클 길
드에 제가 소속만 되어 있다고만 생각하면 됩니다."

"이름만 빌려주신다는 것입니까?"

"그렇게 생각하셔도 되고요. S급이 있는 길드라는 것 하

나만으로도 충분히 이익일 텐데요?"

"그렇게 된다면 형평성이…."

"그럼 그 사람들한테 S급이 되라고 하세요. 그리고 사람마다 성격, 생각, 사상, 가치가 다른데 어떻게 똑같이 대우를 하죠? 친한 친구를 대할 때와 그냥 아는 사람을 대할 때도 사람은 다르게 대하는데 말입니다. S급 중에서도 누구도 저처럼 솔로잉은 불가능 합니다."

"알겠습니다."

"그럼 다음 조건들을 말하죠. 뭐 출퇴근의 자유. 내가 오고 싶으면 오고 가고 싶으면 갑니다. 뭐 적당히 나오긴 할게요. 그리고 제 초상권은 100% 제가 소유합니다. 제 이름을 길드에 올려서 이득을 취하는 건 상관없는데 초상권 이익은 다른 문제니까요. 그리고 제가 잡은 몬스터에 대한 권리도 제가 100% 갖겠습니다. 물론 팀으로서 던전에 갈 때는 제가 잡은 것과 함께 잡은 걸 구별해서 함께 잡은 건 길드의 룰에 따르겠습니다. 대신 월급은 안 받겠습니다. 어차피 다른 길드들처럼 저에게 연봉으로 몇 조씩 줄 수 있는 상황은 아니지 않습니까?"

"네. 이건 저희도 생각했던 문제라 충분히 수용이 가능합니다. 그런데 출, 퇴근 문제는…."

"어차피 출근해도 월급도 안 나올 텐데 뭐하러 매일 출근합니까? 팀장님은 월급 안 받고 출근하고 싶어요?"

"아닙니다."

"저도 그래요. 음… 또 뭐가 있었더라… 일단 길드에 제 개인사무실도 만들어 주세요. 컴퓨터는 최신형 사양으로 맞춰주시고 사무실 내부는 30평대 개인 가정집처럼 꾸며 주세요."

"네? 가정집 처럼요?"

"네. 전 그래야 일의 능률이 높아서요."

그래야 가끔이라도 출근을 하면 전설대전하면서 시간이라도 때우지.

"비서도 뽑아주시고요. 그리고 가끔 내가 보내는 낙하산들은 길드에 받아주세요. 대우는 내가 보낸 것과 상관없이 능력껏 알아서 해주시면 됩니다."

"네. 그런데 낙하산이라면…? 혹시 지후씨만의 팀을 만드실 생각이십니까?"

"아니요. 그냥 가끔 돌아다니다가 싹수 보이는 놈들 있으면 보낸다는 것뿐인데요? 그러다 보면 언젠가 걔네가 길드에 도움이 될 겁니다. 뭐 대충 그 정도면 됩니다."

"저 그런데… 지후씨께서 길드장님과 부길드장님을 훈련시켜 주실 거라고 들었습니다."

뭐? 벌써 소문을 냈다고 이 양반들이 돌았나?

순간 내가 째려보자 누나는 당황하며 다급하게 말을 했다.

"지… 지후야 그건 오해야. 나랑 오빠랑 훈련 시간을 만드느라 스케줄을 조정하다보니까 팀장님이 물어보셔서…

어떤 훈련이라거나 그런 건 말하지 않았어."

뭐 자세한 얘기는 없었다는 거네.

"그래서 지후씨에게 부탁을 드리고 싶은 게 있습니다. 마스터나 부길드장님 외에도 길드원들의 훈련을 도와주셨으면 합니다. 자주는 아니고 1주일에 한 번이라도…"

"거절합니다. 팀장님은 뭔가 잘못된 생각을 하고 계시는 것 같네요. 저는 매형과 누나가 제 가족이기에 귀찮음을 감수하며 가끔 훈련을 봐 줄 생각이지만 다른 사람들은 아닙니다. 혹시 내 눈에 들어서 그런 경우가 생길수도 있지만 그 가능성은 1% 미만입니다. 매형이 길드원들을 가족처럼 아낀다는 말은 들었지만 저는 아니거든요. 제 가족도 아닌 사람들에게 낭비할 시간은 없습니다. 그리고 제가 길드에 들어오려는 결정적인 이유는 귀찮은 일을 피하고자 함입니다. 그런데 여기에 와서 귀찮은 일을 맡아야 한다면 차라리 제가 1인 길드를 만들지 뭐하러 그럽니까? 그리고 돈도 안 되는데. 차라리 내가 학원을 하나 차리지."

어라? 헌터 전문 양성소를 차려볼까? 지금 있는 곳들이랑 내가 가르치는 거랑은 차원이 다른데? 아니지… 그런 귀찮은 일을 벌일 거였으면 길드에 가입할 생각도 안했지.

"제가 미라클 길드에 가입하는 근본적인 이유는 하나입니다. 이것을 위해 다른 협상을 할 수 있었던 것입니다. 뭐 예를 들면 요즘 제가 검색어 1위잖아요? 그런 걸 수습하면 된다는 뜻입니다. 물론 내가 항상 사고를 치는 것은 아니지만요. 그러기 위해서 길드에 가입 할 생각이지. 물론 1년에 2회는 길드에서 제가 필요하다고 하는 레이드에 참여하지요. 그럼 저는 저기 테라스에 나가서 담배하나 피고 올 테니까 말씀들 나누세요. 그리고 저도 이런 테라스 참 좋아해요."

지후가 담배를 피러 나가자 남아있는 세 사람은 토의를 했고 받아드리기로 결론을 내렸다.

허울뿐인 길드가입이지만 그것만으로도 얻을 수 있는 이익은 천문학적이었기 때문이다.

지현은 내심 지후의 레이드를 촬영해서 길드차원의 수입을 올릴 계획이었는데 아쉽다는 생각에 입맛을 다셨다.

그래도 어쩌겠는가? 월급 한 푼 안주는데… 어제 한바탕 눈물을 흘리고 깨달은 게 조금은 있었기에 더는 욕심을 부리지 않기로 마음을 먹는 지현이었다.

"다들 생각은 잘 해봤어?"

"처남 미라클 길드의 가입을 축하하네."

"잘 부탁해."

"잘 부탁드립니다. 지후씨. 그런데 앞으로 어떻게 불러드려야 할지?"

어? 나도 감투하나 생기나?

"그러고 보니 그것도 그러네. S급 헌터를 다른 길드원들이 막 부를 수도 없으니까."

"뭐 대충 대충해. 어차피 나는 솔로잉이 대부분인데."

"그래도 너도 사무실도 생길 거고 오다가다 다른 사람들도 마주칠 텐데."

"그럼 팀하나 만들어줘. 팀명은 S팀. 뭐 설명은 대충 스페셜 팀이라고 하고. 대충 S팀 팀장이라고 명패는 만들면 되겠네. 뭐 팀장이라고 해서 나한테 누가 뭘 시킬 생각은 하지 말라고 해. 누나는 내 성격 알지? 그러니까 어깨에 힘 좀 들어간 사람들한테는 미리 잘 말해두는 게 좋을거야. 나한테 명령도 부탁도 하지 말라고 해."

그렇게 미라클 길드에는 길드 마스터조차 어떻게 할 수 없는 팀이 만들어 졌다.

"그리고 혹시 길드에 훈련 같은 걸 할 수 있는 시설이 있어?"

"당연하지. 우리 길드의 훈련시설이나 개인 훈련 실은 세계적인 시스템이라고."

"그래? 그럼 당장 시작하자."

"뭘?"

"훈련."

"응?"

"나 시간 없거든? 약속 가기 전에 훈련방향을 정해주고 갈게. 설마 내가 하나부터 열까지 알려줄 거라고 생각한 건

아니지? 큰 틀만 잡아 줄 테니까 훈련은 알아서해. 매주 테
스트하면서 한 번씩 수정해 줄 테니까."

그리고 훈련 시설에서는 한바탕 곡소리가 들리고 있었
다.

"아니 대체 어떻게 레이드를 한 거지? 여태까지 살아남
은 게 기적이네."

"누나는 정말 아무것도 못하네. 그동안 후방에서 숨어서
힐만 하느라 고생 했어."

"야! 원래 힐러들은 다 그렇거든?"

"만약 어그로가 튀어서 몬스터가 누나를 공격한다면? 그
동안은 누나를 보호하던 길드원들이 막아줬겠지. 그런데
누나를 보호해주던 사람들조차 죽었다면? 그럼 반항도 해
보지 못하고 씹어 먹힐거야?"

"그… 그게…."

"내가 보여 주는 발걸음과 동작을 2시간 이상 따라해. 내
가 알려주는 발걸음이 일상에서도 자연스러워 질 때까지
연습해. 그리고 오늘부터 무조건 오래달리기 10km, 윗몸
일으키기 50개, 턱걸이 50개, 10미터씩 왕복달리기 30회,
그리고 요가1시간. 이렇게 해. 훈련 중에 마력사용은 금지
야."

"야! 이걸 내가 어떻게 해!"

"할 수 있어. 누나보다 내가 누나 몸을 더 잘 알거든. 안
해서 그렇지. 충분히 할 수 있어."

"그리고 매형은 무슨 로봇이에요? 원래는 전문적인 탱컨데 가끔 딜탱도 하신다면서요? 그런데 공격은 정직하고 방어는 힘만 잔뜩 들어가서 완전 뻣뻣하네."

"하하… 미안…."

"뭐 저한테 미안할 건 없어요. 지금 상태라면 누나가 과부 되서 미안하겠지만. 제가 시키는 대로만 해요. 형도 지금부터 제가 보여주는 발걸음을 따라 해요. 그리고 아까 누나한테 말한 훈련들 전부 2배로 해요. 마력사용하지 마시고. 그리고 매형은 기본적으로 움직임이 너무 잘못 됐어요. 제가 매형이 레이드를 하던 동영상을 찾아 봤는데 무조건 힘으로만 다 막아내려고 하시는데 그러면 정말 오래 못살아요. 피하기도 하고 흘리기도 해야죠. 매형은 유도수업도 1시간 낙법위주로 그리고 요가는 2시간 배워요. 일단 그 뻣뻣한 몸과 근육을 부드럽게 만들어 줘야 되요. 그래야 회피와 흘리기를 제대로 배울 수 있어요."

"그런데 처남. 그 발걸음이 대체 뭐야? 나랑 지현이랑은 조금 다른 것 같은데?"

"누나랑 형이랑은 서로 전혀 다른 발걸음이니까 각자 연습해요. 요가는 커플요가로 해도 상관없고요. 무협지 읽어보신 적 있어요? 뭐 그런 곳에 나오는 보법이라는 건데. 어떻게 내가 이런걸 아는지 궁금하다고 해도 안 알려 줄 거고 만약 이걸 누군가에게 전수해준다면 난 그걸 배운 사람을 폐인으로 만들어 버리고 길드도 탈퇴할 거예요."

"야 너는 무슨 말을 그렇게 살벌하게 하냐."

"누나는 내가 말로만 그러는 게 아니라는 걸 알 텐데? 뭐 아무튼 선택은 본인들 몫이니까. 아무튼 누나는 빠르게 도망칠 수 있는 보법이야. 그리고 매형은 회피와 흘리기에 최적화된 보법이고."

"대박. 그럼 이걸 익히면 무협지에 나오는 것처럼 막 하늘도 날고 그러는 거야?"

"아이템으로 나는 게 배우는 것보다 빠르겠지? 이건 누나한테는 비장의 한수겠지. 매형한테는 생존이고. 일단 누나가 익힐 건 무영보라고 하고 매형이 익힐 건 환영보라고 하는 거야. 완성형이 되면 어떻게 되는지 보여줄 테니까 잘 봐."

무영보는 경공으로는 누구도 쫓을 자가 없었던 도둑인 무영신투의 독문무공이었다.

무영보를 극성까지 익힌 무영신투는 황실조차도 털었고 너무 빨라서 결국 못 잡았다고 전해지니 누나가 이걸 익힌다면 몬스터에게서 도망치는 데는 문제가 없을 것이다.

환영보는 뭐 멸문한 문파의 무공인데 내가 저잣거리에서 금1냥에 구입했던 서책에 있었던 내용이다. 호기심에 익혀보니 다른 그 어떤 문파의 보법이나 경공보다 훨씬 좋았다.

무수한 잔상을 남기며 이동하는데 내가 이걸 극한까지 익혔을 때 적들은 허와 실을 구별하기조차 쉽지 않았다.

내 시범을 본 두 사람은 입을 다물지 못하고 있었다.

"물론 나정도의 수준까지 익히려면 몇 년이 걸릴 걸? 그래도 익혀. 다 도움이 되는 거니까."

몇 년이 뭐야. 내공의 운용도 모르는데… 뭐 어느 정도 기본이 잡히면 기운의 운용을 알려줘야겠지. 따지고 보면 둘 다 절정정도의 내공은 몸에 품고 있으니까. 그 컨트롤만 잘 되도 지금보다 2배는 강해질 테고.

◇

지후는 전아영 협회장이 보낸 문자에 적힌 레스토랑에 들어서고 있었다.

"안녕하세요. 지후씨."

"응."

뭐야 이 자식? 무슨 인사가….

며칠 동안 지후의 생각에 제대로 잠도 못자고 어제는 거의 뜬눈으로 밤을 새웠다. 그리고 오늘 오전에는 피부 관리도 받고 미용실에 들려서 머리까지 하고 왔다. 그랬는데… 그랬는데… 성의 없게 '응' 이라니….

"표정이 왜 그래? 뭐 맘에 안 들어?"

"아니에요."

"그래."

둘 다 말없이 물잔 만을 바라보고 있을 때 웨이터가 와서 물었고 둘은 코스요리와 와인1병을 주문했다.

"오늘 예쁘게 하고 왔네."

어머 갑자기 뭐야. 갑자기 그렇게 들이대면 어떻게 하라고 히히히

"지후씨도 멋있으세요."

"나야 뭘 해도 멋있지."

"지후씨는 가만 보면 자신감이 대단하신 것 같아요."

"그거 좋은 말이야 나쁜 말이야? 뭐 아무튼 나정도 생긴 사람이 나를 낮추거나 겸손하면 오히려 잘난척한다 겸손한 척 한다 이러면서 욕먹는다고."

"그것도 그렇긴 하겠네요."

"아 그리고 아이템은 고마워. 오늘 식사는 내가 살게."

"고마우시면 식사는 제가 살 테니까 식사 후에 영화라도…."

내가 지금 대체 무슨 말을 하는 거지? 어떡하지 힝….

"뭐 그게 어렵겠어? 보고 싶은 영화라도 있어? 요즘 재밌는 거 없는 거로 아는데."

"저도 딱히 보고 싶은 영화는…."

"그럼 2차로 영화관 말고 술 어때?"

좋죠! 완전 좋아요!

"그렇게 해요."

주문한 음식이 나오고 나쁘지 않은 분위기에서 식사가 끝났고 둘은 분위기가 좋은 BAR로 자리를 옮겼다.

"저 그런데 지후씨는 저를 어떻게 생각하세요?"

'뭐야 갑자기 이런 돌직구 라니? 오늘따라 이 여자가 왜 이러지…?'

지후는 생각을 거듭하다가 아영이 만지작거리고 있는 반지가 눈에 들어왔다.

'설마… 내가 진심으로 커플링을 했다고 생각한 건가?'

사실 아영은 며칠 동안 지후에 대해 많은 생각을 했다.

그리고 자신의 최측근인 박민아비서와 채아영 이사와 어제는 출근해서 하루 종일 이 문제에 대해 얘기를 했고 자신이 어떤 상황인지 확실하게 알게 되었다.

두 사람은 아영이 사랑에 빠진 것이라고 했고 처음엔 인정하지 않으려고 했지만 인정할 수밖에 없었다. 계속 지후의 생각만이 아영의 머릿속에 있었기 때문이다.

그리고 두 사람의 얘기가 거듭될수록 지후만한 남자도 없고 지후가 아니면 자신의 인생에 남자가 없을지도 모른다는 불안한 생각이 들었다.

젊고 아름다운 여자가 모태솔로로 평생을 살았다. 그 흔한 썸 조차 타지 못하고. 그리고 앞으로도 그렇게 살아야 할지도 몰랐는데 기회가 왔다. 아영이라고 연애를 하고 결혼을 하고 싶지 않았겠는가? 번번히 자신의 능력으로 인해 불가능 했을 뿐이다. 자신이 생각을 읽을 수 없는 사람. 그리고 자신에게 음욕도 품지 않은 사람. 사실 지후는 관심이 없었기에 음욕을 품지 않았던 것이지만 해석은 아영의 마음이었고 다시는 이런 조건을 충족시키는 남자를 만날지도 모른다는 생각에 앞으로 적극적으로 대시하기로 마음을 먹었다.

또한 지후는 키도 훤칠하고 잘생겼다. 거기다가 좋은 집안에 수능도 만점을 받았던 천재였고 이제는 S급 헌터였다.

지후에게 단점이라면 꼬이는 여자가 너무 많다는 점이었지만 두 사람이 그런 건 여자하기 나름이라며 말했고 아영 또한 자신이 있었다.

"호의는 가지고 있지. 네가 우리 집에 기자들 안 깔리게 협회 직원들도 보내줬잖아. 고맙게 생각하고 있어."

'민아의 말대로 하기를 잘했네. 남자는 이런 세심한 배려를 좋아한다더니.'

"전 지후씨한테 이성적으로 호감이 있어요."

호의와 호감은 다른 건데. 이 여자가 정말 착각을 하고 있네… 원인은 내가 제공하긴 했지만… 딱히 이 이상 관계 발전은 싫은데… 특히 모태솔로의 첫사랑은 무서운데… 하긴 나처럼 속마음을 안 들키는 사람은 처음 이었을 테니까… 이해를 아주 못 하는 건 아니지만….

"아영아. 너는 멋지다와 잘생겼다가 같은 말이라고 생각해?"

"뭐가 다른데요?"

"잘생겼다는 외모에 대한 평가지만 멋있다는 건 종합적

인 평가지. 나는 너에게 호의적인 감정은 있지만 그게 네가
느끼는 호감이랑은 달라."

"그래도 저는 지후씨 포기 못해요. 평생 남자를 못 만나
고 살 거라고 생각했어요. 그런데 갑자기 지후씨가 나타났
죠. 만약 지후씨가 제 입장이었다면 어떻게 하셨을 것 같아
요?"

"나도 너와 같았겠지… 하지만 사람 마음이란 게 같을
수는 없잖아. 난 너를 이성적으로 좋아하지 않아."

"당장 저랑 연애를 해달라거나 결혼을 하자는 게 아니잖
아요."

"나를 좋아하는 게 단지 그것 때문이야? 그렇다면 내가
능력을 컨트롤 할 수 있게 도와줄 수도 있어."

"능력을 어떻게 컨트롤 하는 거죠? 저도… 가능한가요?"

"아마도. 그 나이에 S급에 협회장이라… 너처럼 독한여
자라면 가능할 거야."

"혹시 알려주실 수 있나요?"

"네가 나를 포기한다면 알려줄게. 아니라면 거절. 그거
생각보다 귀찮거든. 하루 이틀로 가능한 것도 아니고. 내가
왜 시간을 들여가면서 너한테 그런걸 알려줘야 하지? 무리
야."

"그럼 저는 포기하겠어요."

"뭘?"

"당신에게 능력을 컨트롤 하는 방법을 배우지 않겠어요.

그런 게 가능하다는 것을 알았으니 그건 제가 어떻게든 해 보겠어요. 하지만 지후씨를 포기하진 않아요."

"대체 왜? 능력을 배우면 속마음을 안 읽어도 되잖아."

"그것 뿐만이 아니에요. 능력을 배운다고 해서 속마음을 알지 않아도 되는 것과 알 수 없는 건 달라요. 그리고 지후씨는 저에게 음욕을 품지 않았어요. 그런 사람은 지후씨가 처음이었어요."

"찾아보면 많을 거야."

"그렇게 한가하지 않아요. 그리고 확실한 건 제가 지후씨를 좋아한다는 사실이에요. 제가 어떤 이유를 통해 처음 지후씨에게 관심을 갖게 된 건 맞지만 지금은 지후씨를 순수하게 좋아해요."

"아니 우리 이제 딱 2번 봤는데? 그리고 너무 스트레이트 아니야? 뭐 커브도 던지고 변화구도 던지면서 밀당도 하고 그러는 게 여자 아닌가? 너 이래봬도 대한민국 헌터 협회의 협회장이잖아. 자존심도 없어?"

"좋아서 좋다고 하지. 왜냐고 물어보면 그냥 너무 좋아서 좋다고 밖에. 좋아하는데 밀당 자존심 그게 왜 중요해요? 난 그런 것 때문에 표현조차 못해보고 후회하고 싶지 않아요. 지후씨가 받아 줄 때까지 계속 표현할 거예요."

사실 아영은 지금 겨우 눈물을 참고 있을 정도로 자존심이 상했다. 사실 아영도 밀당이나 그런 걸 하고 싶었다. 하지만 그것도 상대방이 어느 정도 받아줘야 가능하다. 그러다 보니 아영의 자존심은 반대로 작용하게 되어서 일방적인 들이댐으로 나타나고 있었다.

"내가 끝까지 안 받아 준다면? 그리고 나 여자관계도 엄청 복잡한데?"

"남자는 여자하기 나름이라고 했어요."

"그거야 둘이 만났을 때 얘기지. 난 너랑 만날 생각은 없다니까?"

"괜찮아요. 기다릴게요. 저도 어디 가서 부족하다 싶을 정도는 아니거든요! 충분히 예쁘고 몸매도 좋아요!"

뭐 그건 인정. 그런데 난 너가 아니어도 누군가와 관계를 지속할 생각이 없거든. 다른 여자들처럼 가볍게 잠깐 만날 만한 상대가 아니란 말이지. 당신은 협회장이고 S급이니까… 막대하긴 나로서도 불편하거든.

"나 다른 여자들 만날 건데?"

"마음껏 만나세요. 물론 피임은 꼭 하시고요."

지후는 마시던 술을 입에서 뿜을 뻔 했다.

'이 여자 뭐지? 뭐 이리 관대해? 지가 달마야? 부처야?'

"에휴. 맘대로 해라. 난 네가 상처받는다고 해서 챙겨줄 정도로 착하지 못해."

"어차피 결혼은 전아영! 이런 말도 있어요. 두고 봐요."

어차피 우승은 xxx!

"지금 대기번호 387번 정도까지 밀려있으니까 388번이 될 생각이면 되던지."

"뭐 동료애로 순번 좀 당길 수 없을까요?"

"너랑 나랑 동료애가 어디 있어."

"왜요? 같은 헌터라는 동질감? S급이라는 공감대? 그런 거 있잖아요."

"새치기는 없어. 인생에 지름길이 어디 있어! 나 그런 거 싫어해."

"알겠어요. 388번 대기자 하죠 뭐."

5. 승급전

5. 승급전

   그 날 저녁 미라클 길드는 기자회견을 통해서 지후의 길드가입 사실을 알렸고 지후가 길드에 가입했다는 사실만으로도 미라클 길드의 명성은 대한민국의 독보적인 1위 길드가 되어있었고 세계에서도 조금씩 관심을 갖게 되었다.

   지후가 아들이라는 사실이 알려지자 아버지의 회사인 이지기업은 줄을 대려는 길드나 기업들의 밀려오는 부산물과 마정석, 아이템으로 인해 행복한 비명을 질렀다.

   이지기업은 마정석을 다루는 이지에너지, 몬스터의 사체를 다루는 이지부산물, 그리고 아이템을 만들거나 판매하는 이지마켓으로 이루어져 있었다.

부산물과 마정석 시장에서는 그래도 자리를 잡았지만 아이템 시장에서는 고전을 면치 못하고 있었는데 지후가 이지기업의 장남이라는 사실이 밝혀지자 이지마켓의 상품들은 날개 돋친 듯 판매되고 있었다.

미라클 길드가 대체 어떤 제안을 했기에 지후가 미라클 길드에 가버린 것인지 알아내서 더 좋은 제안을 하기 위해 길드들과 국가들이 미라클 길드에 끊임없이 문의를 했지만 미라클 길드는 묵묵부답이었다.

결국 정부에까지 다른 국가들의 항의가 들어갔고 정부가 나서서 미라클 길드에 물었지만 돌아온 대답은 그냥 가족이 길드에 있기 때문이라는 대답이었고 그 대답을 들은 미국과 중국, 러시아는 아예 길드전체를 사겠다며 문의를 했지만 수혁은 그저 그 대답에 어이없다는 웃음을 흘릴 뿐 단호하게 거절을 했다.

수혁은 애국심이 많은 인물은 아니지만 유서 깊은 교육자 집안에서 배우고 자랐다.

돈에 팔려서 나라를 떠날 생각은 없었기 때문이다.

2주의 시간이 흘렀다.

그동안 지후는 정말 바쁘게 지냈다.

고구려 호텔의 스위트룸에서 잠을 자고 일어나면 언제나

PC방으로 출근을 했고 그곳에서 전설대전에 열중했다.

지후는 PC방에 가기위해 역용술까지 사용할 정도로 열심히 였다.

내일이면 시즌이 끝나기 때문이다.

그렇기에 그전에 최대한 올라가야 한다는 생각뿐인 지후는 그 어떤 연락도 받지 않고 게임에 몰입했다.

물론 아무리 연락을 해도 받지 않는 지후로 인해서 속이 타들어 가는 건 미라클 길드와 정부였고 말이다.

PC방 사용시간 56시간. 지후는 2틀이 넘도록 지금 PC방에서 숙식을 해결하고 있었다.

이제 승급이 코앞으로 다가 왔다.

잘못해서 미끄러 질수도 있다는 생각에 오늘은 호텔에 돌아가서 목욕도 하고 푹 잘 생각이었다.

그렇게 맑은 정신으로 내일 깔끔하게 승급을 할 생각인 지후였고 떡진 머리와 쩐내가 나는 옷을 입고는 호텔로 향하는 지후였다.

이상하게도 지후의 호텔 방문을 막고 있는 남자들이 있었다.

"누구시죠? 거긴 제 방인데?"

"이지후씨 입니까? 저희는 국정원에서 나온…."

퍽 퍼퍼 퍽퍽퍽 퍽퍽.

"개나 소나 국정원이래. 어디서 약을 팔아? 이 호텔은 무슨 보안이 이따위야. 잡상인이나 출입 시키고."

지후는 순식간에 4명의 사내를 제압하고는 방으로 들어 갔다.

국정원 요원들은 신음을 흘리며 쓰러져 있었지만 정신을 잃은 건 아니었다.

지후는 그저 잡상인을 돌려보낸 다는 생각으로 5분 정도 만 움직이기 쉽지 않도록 제압을 했다. 물론 잡상인이 자신 의 방문을 막고 있었다는 짜증으로 5분간은 고통에 시달려 야 하겠지만. 국정원 요원들은 죽을 만큼 고통스러웠지 만… 자신들을 잡상인 취급하는 지후의 말이 들리자 이가 갈렸다. 당장 달려들고 싶은 마음은 굴뚝같았지만 움직이 려 할수록 고통이 몰려와서 움직일 수 없었다.

"야 이 새끼야! 언제부터 국정원 요원이 잡상인 소리를 들었어!"

"죄송합니다. 국장님. 그게 말을 꺼내는 도중에 이지후 헌터가 공격을 해서…."

"그게 말이 돼? 넌 B급이고 나머지는 C급인데 아무리 S 급 헌터라지만 그게 말이 된다고 생각해?"

"국장님도 그 동영상 보지 않았습니까! 저라고 맞고 싶 어서 맞았겠습니까?"

"내가 오냐오냐 해줬더니 아주 말대답을 잘 한다? 지금 일본에서 오는 항의 전화 때문에 대통령님까지 곤란하게 된 거 알아 몰라? 그리고 외교부에서는 빨리 해결하라고 하는데! 3팀장이라는 놈은 잡상인 취급을 받고 맞아서 말도 못했다고?! 어! 네가 지금 상황의 심각성을 몰라서 그래!"

"죄송합니다."

"그럼 어떻게 해서든 방법을 찾아야 할 것 아니야!"

"호텔에 요청을 해서 호텔직원이 전화를 걸었지만 욕만 먹었답니다. 잡상인 쫓아내라고. 그래서 저희도 호텔에 다시 국정원 요원이라는 걸 확인시켜 줬는데 더 이상은 자기들도 곤란하다고 합니다. 그렇다고 그냥 진입했다가 그 자가 호텔에 신고라도 하거나 그러면 저희도 곤란해 지는 거 아시지 않습니까? 여기 호텔 회장도 지난번에 세금 사건 이후로 정부에 호의적이지 않습니다."

"끄응…. 그래서 방법이 없다고?"

"일단 저희가 계속 방 문 앞을 지키고 있다가 외출을 할 때 얘기를 해볼 계획입니다."

"그러다가 또 맞으면?"

"1팀장님한테 지원 요청했습니다. 1팀장님이라면 어떻게 되지 않겠습니까?"

"뭐 1팀장이라면 A급 탱커니까 어떻게든 되겠지. 그런데 중간에서 그 성격 잘 컨트롤해야 할 거야. 요즘 좀 잠잠한데 그 또라이가 언제 사고칠지 모르니까. 그럼 내일까지 일 마무리 해. 나 내일모레 청와대 들어간다. 제발 웃으면서 나오는 건 바라지도 않으니까 욕이나 안 먹게 해줘라. 나 이번 일 잘못되면 모가지다. 너도 아마 팀장에서 해임될 거고. 내 자식 이제 대학교1학년이다. 졸업은 해야 되지 않겠냐? 네 딸도 이제 초등학교 올라간다며. 제발 잘하자."

"네 알겠습니다."

"이민호 팀장 이 자식 왜 이렇게 안 나와?"

"혹시 어디로 튄 거 아니야?"

"그럴 틈이 없었습니다. 어제 방에 들어간 이후로 저희가 빠짐없이 문 앞을 지키고 있었습니다."

'아 어제는 다급해서 저 또라이를 부르긴 했는데 괜히 불렀나? 저 인간 성격에 이만큼 기다렸으면 많이 기다리긴 한 건데….'

"저 시간도 시간인데 그냥 벨을 눌러보면 되지 않겠습니까? 설마 오후 7신데 아직까지 자고 있겠습니까?"

"그럼 그럴까?"

"야 빨리 눌러! 이만큼 기다려줬으면 된 거지. 지가 S급이면 다야? 내가 한가해서 여기 와있는 줄 알아?"

3팀장 이민호는 벨을 눌렀지만 아무 응답도 없었다.

설마라는 마음을 억누르며 계속 벨을 눌렀지만 안에선 어떠한 소리도 들리지 않았다.

지후는 오랜만에 푹 잔 뒤. 4시경 다시 전설 대전을 위해 PC방으로 향했기 때문이다.

그런데 왜 국정원 요원들이 저러고 있냐면 지후는 문 밖에 어제 봤던 사내들의 기척이 느껴지자 창문을 통해 호텔을 빠져 나갔기 때문이다.

"설마 이새끼 튄 거야?"

A급 팀장은 소리를 지르며 방문을 부시겠다는 듯이 주먹을 말아쥐고 있었다.

"아 안 됩니다. 1팀장님! 시말서를 떠나서 여기 문 부시면 저희가 물어주는 거로 끝나는게 아닙니다. 여기 호텔회장이랑 지금 정부랑 불편해서 이런 사소한 트집이라도 조심해야 합니다."

"내가 알게 뭐야!"

"야 너희들은 빨리 호텔 직원한테 마스터키로 문 따라고 해! 안 된다 그러면 되게 만들어!"

결국 호텔 지배인까지 몰려오는 소동이 있었지만 설득 끝에 문을 열어주었고 방에는 사람의 온기가 느껴지지 않았다.

"씨발. 튀었잖아! 내가 그래서 아침부터 그냥 문 부시고 들어가자고 했잖아! 언제부터 국정원이 이렇게 여기저기 눈치를 봤다고!"

'당신 말곤 다들 여기저기 눈치 보거든요⋯.'

"씨발. 나 퇴근한다."

"안됩니다. 1팀장님."

"그럼 나보고 계속 여기서 죽치고 있으라고?"

"지금 직원들이 이지후씨를 추적 중입니다."

"에이 샹. 빨리 해!"

지후는 승급전을 위해 핸드폰이나 자신을 방해할만한 물

건들은 모조리 아공간에 집어 넣어 둔 상태였다.

"저 팀장님…."

"왜?"

"저 그게… 핸드폰 위치추적에 실패했습니다."

"그게 무슨 소리야!"

"그게 기지국 말로는 2시간 전에 호텔 주변에서 잡혔던
게 마지막이라고."

"무슨 말도 안 되는 소리야!"

"던전에 들어간 게 아닐까요?"

"빨리 협회에 연락해서 던전 입출입자 명단에 이지후 있
나 확인하라고 해!"

협회에 전화를 했지만 다들 이지후의 이름이 나오자 바
쁘다는 핑계를 대면서 전화를 끊었고 3팀장의 부하중 하나
가 직접 협회를 찾아가 두 시간이 지나서야 이지후가 던전
을 간 적이 없다는 사실을 알게 되었다.

"이런 샹! 내가 지금 뭐하고 있는 거야! 장난하는 것도 아
니고! 그따위 애송이가 S급이면 다야? 나타나기만 해봐. 일
단 몇 대 때려야 겠으니까! 말리면 네들도 맞을 줄 알아!"

A급 팀장의 성격을 아는 직원들은 다들 입을 닫고 있었
다.

"저 혹시 그럼 아공간에… 넣은 게 아닐까요?"

"아공간?"

"네. 아공간에 넣어두면 전자장비 다 먹통 됩니다. 던전

에 간 것도 아니면 그게 아니고서야 핸드폰 위치 추적이 안될 리가 없습니다."

"그걸 왜 지금말해?"

"그게…. 지금 생각났습니다."

현재 시각 11시 20분.

1팀장은 열이 받을 대로 받아서 눈에 핏대가 서있었고 3팀장과 직원들은 안절부절 못하고 있었다. 그 때 3팀장의 전화가 울렸고 액정을 확인하니 지원팀 요원의 전화였다.

"급한 거 아니면 나중에 통화해."

[찾았습니다. 팀장님.]

"뭐? 설마 내가 생각하는 놈을 찾았다는 거냐?"

[네 이지후를 찾았습니다.]

"아이고 예쁜 새끼. 넌 내가 돌아가면 꼭 삼겹살 쏜다. 그래서 그 새끼 대체 어디에 있는데?"

[전설 대전에 접속 중이었습니다.]

"전설 대전? 그게 뭔데?"

[모르십니까? A.O.S 게임으로 현재 업계 1위…,]

"그런 건 됐고. 어디에 있는 지만 말해."

[지금 아이피 추적 중에 있어서 5분 내로 나옵니다.]

"그래? 근데 이지후가 여태 게임을 하고 있었다고?"

[네 그렇습니다. 저도 혹시나 하고 댓글을 살피다가 이지후가 게임 폐인이라는 사실을 알게 돼서…, 알아봤는데 접속 중이었습니다.]

"하… 누구는 여기서 좆뺑이 치고 있는데 누구는 한가하게 게임을 하고 있어? 위치나오면 바로 문자로 쏴."

3팀장의 통화내용을 듣던 1팀장은 게임을 하고 있다는 말에 호텔 복도가 떠나가라 쌍욕을 하며 소리를 지르고 있었다.

그리고 지원팀의 직원에게 온 문자는 호텔에서 10분 거리에 있는 PC방을 가리키고 있었다.

"씨발. 그 개새끼가 여기에 있다고?"

"그렇습니다. 1팀장님. 마주치게 되면 말씀을 좀 가려하시는 게."

"이만큼 사람을 엿 먹였는데. 가리긴 뭘 가려! 내가 그 새끼 보이면 아주 요절을 내 줄 거야!"

이민호 팀장은 1팀장을 보며 한숨을 쉬고 있었다. 아무리 열 받는 상황인건 이해는 가지만 어차피 A급인 1팀장이 S급인 이지후와 싸워서 이기지 못하리란 건 뻔한 사실이다. 하지만 1팀장이라면 못 이기더라도 분명히 싸운다. 열 대를 맞더라도 한 대를 때려야 직성이 풀릴 사람이란 걸 알기에…, 자신으로서는 말리질 못 한다는 걸 알기에… 제발 수습이 가능한 정도로만 일을 벌이길 마음속으로 기도하는 이민호 팀장이었다.

그들이 PC방에 진입하는 순간 지후도 한창 게임에 집중하고 있었다.

12시가 되면 시즌이 마감된다. 그리고 이 막판에 걸린 게 너무나 많았다. 지금 하고 있는 마지막 판만 이긴다면 승급이었기 때문이다.

'상대가 끈질기지만 못 이길 게임은 아니다.'

지후는 혼잣말을 중얼거리며 키보드를 한번 누를 때마다 마우스를 한번 클릭할 때마다 온 신경을 몰두하며 혼을 불태우고 있었다.

순간 지후의 모니터에 그림자가 생기고 폭탄이 터지는 듯한 소리가 PC방에 울려퍼졌다.

쾅!

지후는 이 상황이 어이가 없어서 부서진 모니터와 연기를 내고 있는 컴퓨터를 바라보며 허탈한 웃음을 짓고 있었다.

"하…, 하하… 하하하하…."

"야 이 새끼야! 너 때문에 내가 오늘 하루 종일 얼마나 고생을 한지 알아?!"

지후의 머릿속에 그동안 있었던 수많은 협곡을 누볐던 기억과 전투가 파노라마처럼 재생이 되고 있었다.

팀에 발컨이 들어와서 패배를 했을 때도 이렇게 화가 나지는 않았었다.

학사경고를 받으며 달렸던 전장이다.

전설 대전을 하기 위해 헌터가 되어 집을 나왔다.

자신과 함께했던 전장의 동료들은 자신으로 인해 한타 싸움에서 밀려서 죽었을 것이다.

자신이 젊음을 불태우며 다녔던 전장의 기억이 그를 너무나 슬프고 화나게 했다.

지후는 지금 세상이 무너지는 기분이었다.

몬스터 웨이브가 터져서 지인들이 다치면 이런 기분일까?

"하하하… 하하… 하하하하….'"

"이 새끼가 미쳤나? 사람이 열 받아 죽겠는데 어디서 웃고 지랄이야? 내가 한가한줄 알아? 바쁜 사람을 이렇게 고생시켰으면 최소한 일어나서 죄송하다고 해야지 말이야! 의자에 앉아서 처 웃고 있어?!"

"넌 그동안의 내 노오력을…. 이 순간을 위해 내가 얼마나 많은 피와 땀을 흘렸는데… 내가 얼마나 많은 시간을 투자했는데…. 고지가 코앞이었다. 마지막 한타 싸움이었다. 승급이…. 스킨이…. 시즌마감이…… 10분을 남겨두고 있었단 말이다!"

엄청난 소리에 PC방에 있던 사람들로 순식간에 주목을 받게 됐다.

"찍으시면 안 됩니다. 이건 정부의…."

그 순간 허탈함에 헛웃음만을 짓고 있던 지후가 의자에서 일어났다.

오늘은 집중에 집중을 하기 위해. 지후는 내공의 낭비를 막기 위해 역용술조차 하지 않고 PC방의 구석자리에서 조용히 게임을 했다. 그동안의 결실을 보기 위해서.

"10분만… 아니…. 5분만 늦게 오지 그랬냐?"

"뭐라고? 이자식이 돌았…."

말을 끝맺기도 전에 1팀장의 얼굴을 잡고 창문을 향해 집어 던졌다.

3층의 창문에서 떨어진다고 탱커인 그가 크게 다치진 않는다.

하지만 너무 순식간이라서 모두가 상황파악을 할 수가 없었다.

"저 사람 이지훈데?"

"이지후가 누군데?"

"요즘 난리난 사람 있잖아. 새로운 S급 헌터."

"대박! 그 사람이 지금 우리랑 같이 PC방에 있었다고? 사진이라도 찍어서 올렸어야 되는데…."

사람들의 웅성대는 소리는 점점 커져갔지만 이미 지후는 1팀장을 창밖으로 집어 던졌고 3팀장과 팀원들은 너무 당황해서 수습을 해야 한다는 생각조차 하지 못하고 있었다.

"뭐해! 빨리 막아!"

"네? 네!"

지후는 3팀장을 집어던진 창밖으로 뛰어내렸고 순식간에 벌어진 일에 1팀장은 아직 제대로 정신을 못 차리고 있었다.

지후는 1팀장의 목을 지그시 발로 밟고 있었다.

"바쁜 사람? 너만 바빠? 내가 한가해 보여? 지금이 얼마나 중요한 순간이었는지 알아?"

"윽… 무슨…."

"어제부터 국정원이라면서 쫑알쫑알 아주 거슬리게 하는데. 내가 내 방 앞에 있는 것도 쿨하게 모른 척 해줬건만. 나랏일하면 너희가 세상에서 제일 바쁜 줄 알아? 게임하면 안 바빠 보여! 내가 그동안 얼마나 많은 시간을 투자했는데! 그 결실을 맺는 순간이었어! 마지막 한 타에 얼마나 많은 게 걸려있었는데…. 그걸 너희가… 너희가… 모두 망쳤어…. 너 따위의 하찮은 목숨으로 끝날 거라고 생각하지 마."

3팀장과 팀원들이 지후와 1팀장의 곁으로 달려 왔지만 이미 지후의 손이 움직이고 있었다.

순간 3팀장의 눈에는 지후의 주먹이 수십 개로 보였고 지후는 분노를 폭발시켰다.

퍽 퍼퍼퍼 퍼퍽 퍽퍽 퍽퍽퍼퍽!

그저 엄청난 폭행소리만이 들렸고 1팀장은 물먹은 솜처럼 축 늘어져 있었다.

지후는 눈앞의 인간에겐 죽음도 사치라는 생각에 전신의 뼈를 조각조각 냈다.

아마 1팀장은 후유증으로 인해 다시는 헌터를 못할 것이다.

보기에는 찰나의 순간이지만 1팀장의 몸에 새겨진 지후의 한방 한방은 1팀장의 조각난 전신의 뼈에 새겨졌다.

3팀장과 팀원들은 1팀장의 모습에 지후에게 접근조차 못하고 있었다.

지후와 눈을 마주칠 수가 없었다.

실제로 악마를 본다면 지금 지후의 눈일까?

지금 지후의 눈빛은 말 그대로 악마의 눈빛처럼 섬뜩했기에 이러지도 저러지도 못하는 상황이 연출되었다.

'1팀장… 이 미친 새끼를 내가 왜 데려왔지…. 난 이제 어떡하지? 돌아가면 옷 벗어야 하나….'

속으로 이런 생각을 하고 있던 3팀장의 귓가에 살기가 느껴지는 음성이 들렸다.

"누가 시켰어? 어떤 새끼야?"

"네…?"

"나 지금 기분 굉장히 안 좋거든. 그러니까 한 번 말하면 대답 잘해라. 나한테 왜 왔어? 어제부터 왜 자꾸 귀찮게 한 거야?"

"지후님께서 전화를 안 받으셔서…."

"전화를 받고 안 받고는 내 자유고. 이 나라는 요즘 그렇게 한가한가? 전화를 받고 안 받는 것까지 신경 쓰게? 그리고 전화 좀 못 받을 수도 있지. 그렇다고 찾아올 정도로 일이 없어?"

"그게… 일본에서 항의가 와서… 국정원장님과 대통령님께서 대화를 한 번 해보…."

"그러니까 국정원장이랑 대통령이 시켰다고? 그럼 국정

원장은 패스. 어차피 대통령이 대빵이잖아. 원래 전장에서 에이스나 우두머리만 치면 알아서 무너지니까. 대통령 멱만 따버리면 되겠네."

"그게 무슨 말도 안 되는…."

지후는 더 이상 할 얘기가 없다는 듯 아공간에 있던 오토바이를 꺼내서 청와대를 향해 액셀을 당겼다.

"잠시만! 기다…."

3팀장은 다급히 국정원장에게 전화를 걸었고 국정원장은 대통령에게 전화를 걸었다.

잠자리에 들려던 대통령은 이게 무슨 소린가 싶었지만 이미 엎질러진 일이라는 생각에 그를 맞이할 준비를 하였다.

'아 씨바… 딱히 나라 전체와 싸우거나 그럴 생각은 없었는데… 좀 참을 걸 그랬나…. 귀찮게 됐네. 승급하려면 집중해야 되는데….'

지후의 오토바이가 청와대의 정문에 도착했다.

하지만 이상하게도 막아서는 사람은 없었다.

정문에는 경호원으로 보이는 사람이 지후를 맞이했다.

"이지후 헌터 되십니까?"

"그런데?"

"대통령님께서 기다리십니다. 제가 안내해 드리겠습니다."

"하… 법안 하나 통과시키는 건 그렇게 질질 끄는 양반들이 이럴 땐 빠르네."

"그건 대통령님의 뜻이 아닙니다."

"내 알 바 아니고. 국회의원이나 대통령이나 정치하는
건 마찬가지고 그 나물에 그 밥 아닌가?"

"너무 무례한 언사는 삼가주십시오. 이 나라의 대통령님
이십니다."

"시끄러. 지금 기분 안 좋으니까 토 달지 마."

'나는 대통령님의 경호원이다. 과연 이 남자를 대통령님
께 데려가는 게 맞는 건가….'

지후는 안내를 받아 대통령 집무실에 들어섰다.

환하게 웃으며 악수를 건네 오는 대통령의 모습이 보였다.

"안녕하세요. 대통령 심주학입니다."

"이지후."

"저는 대통령님의 경호 실장을 맡고 있는 최철환입니
다."

"어."

'실제로 보니까 TV보다 인상이 더 좋네. 그런데 대체 나
한테 왜 그랬냐?'

지후의 생각처럼 심주학 대통령은 인상이 정말 좋았다.

서글서글한 인상에 인자한 미소가 잘 어울리는 사람이었
다.

"일단 오늘 있었던 불미스러웠던 일은 사과드리겠습니
다."

"사과할 짓을 왜 했지?"

"그야 이지후씨가 연락이 안 되셔서…."

지후는 방안에 들어서자마자 조금씩 살기를 풍기고 있었다.

"당신이 대통령인 건 알겠는데 지금 내가 예의를 차릴 기분이 아니어서. 그냥 편하게 말할게. 겨우 겨우 욕을 참고 있으니까 말이야."

"일본에서 항의를 해왔습니다."

"그게 나랑 무슨 상관이야?"

"이지후씨가 호텔에서 때린 사람이 일본정부의 사람이었습니다."

"잘못은 그 사람이 먼저 했고. 나는 사과할 생각이 없으니까. 정 사과 받고 싶거나 따지고 싶으면 직접 오라고 해. 그럼 또 때려줄 테니까."

"듣던 대로 이지후씨는 정말 화통하십니다. 물론 저도 일본에 사과를 할 생각이 없습니다. 다만 드리고 싶었던 얘기가 있어서 만나고 싶었습니다."

"얘기? 얘기라고? 정말 어이가 없네. 장난하나. 내가 전화를 안 받으면 그만한 이유가 있을 거라는 생각은 안하나 봐?"

"정말 중요한 얘기입니다. 그래서 어쩔 수 없이 이렇게 모시게 되었습니다."

"중요한 얘기? 그게 나한테도 중요할 거라고 생각해?

당신이 중요하게 생각하는 일과 내가 중요하게 생각하는 게 다를 수도 있다는 생각은 안 해봤어? 내가 얼마나 중요한 일을 하고 있었는데."

"게임 중이셨다고 들었는데 아닙니까?"

"게임은 하찮다고 생각해? 내가 그 게임에 몇 년의 시간을 투자했는데. 그리고 그 한판에 얼마나 많은 게 걸려있는데 그걸 망쳐놓고 별거 아닌 일인데 왜 그러냐는 식으로 말하네? 입장차이라는 게 있어. 내 입장에선 그것보다 중요한 일은 없었다는 거야."

"다시 하시면 되시지 않습니까?"

"시즌 끝났어! 스킨 날아갔고 승급도 날아갔는데 무슨! 그래 다시 하면 되겠지…. 그럼 내가 네 목을 잘라버릴 테니까 다시 붙여 볼래?"

"말이 너무 심하십니다! 이 이상 대통령님을 모욕하지 말아 주십시오."

"모욕? 시발. 진짜 자기들 멋대로만 생각하네?"

"그러지 말고 제 얘기도 좀 들어주셨으면 합니다. 제가 오죽했으면 이지후씨를 그렇게까지 데려오려고 했는지 들어는 보셔도 되는 것 아닙니까?"

"듣기 싫어."

"지금 대한민국은 엄청난 위기에 놓였….."

지후는 순간 대통령의 멱살을 잡아 자신의 눈앞으로 얼굴을 끌어왔다.

"듣기 싫다니까 자기 할 말만 하네. 내가 선거 때 당신 찍었거든. 그래서 지금 많이 봐주고 있거든. 소문이 아주 좆같은 거야. 그래서 내가 지금 소문날까봐 당신을 살려두고 있는 거고. 쿠데타니 뭐니 귀찮은 일은 딱 질색이거든. 그런데 당신이 날 귀찮은 일에 발을 담그게 하려고 하고 있어. 내가 인내심이 굉장히 짧거든?"

"이게 무슨 짓입니까! 당장 그 손을 놓…."

지후는 자신에게 달려드는 경호 실장의 목울대를 손날로 살짝 쳤고 경호 실장은 숨을 쉬기가 힘든지 바닥에서 켁켁 소리만 내며 뒹굴 거리고 있었다.

"놨어. 그런데 놓으니까 네가 처 맞잖아. 뭐 그게 네 일인가?"

"어이 대통령각하. 그냥 나는 없는 인간이라고 생각하고 사세요. 괜히 가만히 있는 사람 건들지 마시고."

"나라의 운명이 걸린 일입."

"지랄하고 자빠졌네. 그 운명이 걸린 일을 나한테 왜 말해? 정말 나라를 위했으면 당신이 일을 똑바로 했어야지. 제대로 일은 안하면서 말이야. 나한테 이 더러운 구정물에 뛰어들기라도 하라는 거야? 딱 질색이거든."

"이지후씨는 그만한 힘을 가지고 아무것도 안 하실 생각입니까? 큰 힘에는 큰 책임이 따르는 법입니다."

"큰 힘이고 책임이고 나발이고 난 내가 알아서 해. 그걸 당신이 정할 건 아니지. 그리고 오늘 당신은 해선 안 될 짓을 저질렀어. 당신이 직접 한 게 아니라거나 요원들의 실수라는 핑계는 집어 치워. 어차피 당신이 나를 데려오라고 지시를 했고 그 과정에서 일어난 일이니까. 그러므로 난 당신과 함께 할 수는 없다는 거야. 어떤 대화도 하고 싶지 않고 말이야."

"하지만…."

"하지만은 무슨 하지만이야. 솔직히 까놓고 말해서 당신이 나를 이용 좀 해보겠다는 거잖아? 나를 이용해서 바닥까지 떨어진 지지율도 좀 끌어올려 보고 말이지. 그런데 난 이용을 하는 쪽이지. 당하는 쪽은 아니어서 말이야."

"하지만 대한민국은 이대로라면 큰…."

"거 참 대화가 안 통하네. 왜 이렇게 말을 못 알아들어요? 벌써 노망이라도 났어요? 거 참 노인네한테 막말은 안 하려고 했는데… 지금 내가 많이 참고 있는데 왜 이렇게 건들지? 내가 만만해? 당신이 이용하려면 이용할 수 있는 자유이용권으로 보여? 솔직히 대한민국에 큰 일이 나던 말든 내 알바야? 가족 데리고 뜨면 그만인데. 어차피 너희도 무슨 일 생기면 다 외국으로 뜨잖아."

승급하려면 다시 집중해도 모자랄 판에 말이야.

성질 같아선 그냥 다 죽여 버리는 건데. 나도 참 많이 착해졌단 말이지.

6. 미라클 길드

"야! 넌 내가 뭐라고 해야 오냐?"

"그것도 감사하게 여겨. 난 출퇴근의 자유가 있는 몸이야."

"말을 말아야지. 따라와. 네 방으로 안내해 줄 테니까."

"응."

지현과 수혁의 안내를 받아 지후는 정면에 있는 방으로 향했다.

방문을 열자 인사를 하는 여자를 보고 지후는 깜짝 놀랄 수밖에 없었다.

"안녕하십니까. 오늘부터 팀장님의 비서로 일하게 된 박소영입니다."

지후는 입을 벌린 채로 그저 넋을 놓고 박소영이라는 여자를 바라만 보고 있었다.

"야. 뭐해. 인사하는데 인사도 안 받고. 무슨 문제 있어?"

"어? 아니. 안녕하세요. 이지후입니다. 앞으로 잘 부탁드립니다."

"와 너도 나이를 먹긴 하냐? 아니면 자리가 사람을 만든다 뭐 이런 거야? 네가 존댓말로 인사도 하고."

"이따가 훈련 진행상황 테스트한다."

"야! 내가 좀 놀렸다고! 어떻게!"

"무슨 헛소리야. 그럼 훈련 상황을 내가 살피고 수정해줘야지. 나 말고 누가 해준다고 그래? 제발 생각을 좀 해. 내가 매일 나오는 것도 아니고 이렇게 왔을 때 보고 가는 거지."

"응… 미안….'

"누나야 말로 제발 그 경솔함 좀! 이제 결혼하는 인간이 말이야. 이제 철 좀 드나 했더니만."

방을 한 바퀴 둘러본 지후는 정말 제대로 꾸며진 집을… 사무실을 보고 깜짝 놀랐다.

겉으로는 그냥 사무실이다. 하지만 책상에 있는 버튼을 누르면 책장이 옆으로 열리며 새로운 공간이 나온다. 그곳은 그냥 가정집이었다.

'이정도면 자주 출근해도 괜찮겠는데? 생각 좀 해봐야겠네. 딱 내가 꿈꾸던 사무실 라이프야. 여기라면 전설대전 좀 하는 헌터들 불러서 팀랭 좀 돌아도 되겠는데? 그래서 내가 계약할 때 낙하산 꽂겠다고 한 거거든.'

지현과 수혁은 훈련실에서 미리 준비하고 있겠다며 사무실을 나갔고 사무실에는 지후와 비서만이 남아있게 되었다.

"이름이 박소영 비서라고?"

"예 그렇습니다. 책상 위에 제 인사기록 카드가 있으니 한번 읽어보시기 바랍니다."

뭐 저리 인상을 팍팍 쓰고 얘기를 하냐.

'나이는 21살, 키 167에 몸무게 50, 말라 보이는데 근육질인가? 부모님은 다 살아있고 아버지는 검도장을 운영하신다라. 내가 지금 뭐 하는 거지? 선 자리도 아니고… 괜히 이름까지 닮아가지고 사람 싱숭생숭해지게. 그런데 도플갱어 뭐 그런 건 아니겠지?'

박소영은 지후가 아는 사람과 닮았다. 지후가 아는 사람은 바로 무림에서 죽었던 부인이었다.

정말 얼굴은 도플갱어라고 생각할 정도로 닮았고 이름마저 같았다. 무림에서 죽었던 부인의 이름이 주소영이었기에… 그랬기에 처음 박소영이 비서라며 자신을 소개했을 때 말하는 것도 잊고 쳐다봤던 것이다.

'뭐 그저 좀 닮은 거지….'

"혹시 도플갱어? 아니면 주변에 닮았다는 사람 없어요?

아니면 뭐 다른 세상에 다녀왔다거나?"

"무슨 말씀이신지 모르겠습니다. 제가 드린 인사기록 카드를 보시면 제가 외동딸이라는 사실을 아실 수 있습니다."

"크흠. 뭐 아무튼 알겠어. 그런데 원래 그렇게 말투가 딱딱해? 난 편하게 한다?"

"이미 편하게 하고 계십니다."

"그런데 언제부터 헌터 했어?"

"인사기록 카드에 나와 있습니다."

"보기 귀찮아. 말로 하자 말로."

"고등학교 1학년 때부터 했습니다."

"등급은?"

"현재 B급입니다."

"주 무기는?"

"도를 사용합니다."

집안이 검도장을 운영해서 그런가?

대강 눈에 그려지네.

"그런데 갑자기 왜 비서를 해?"

지후의 말에 박소영은 주먹을 말아 쥐었다.

"팀장님께서 길드마스터와 부길드장님에게 시킨 훈련으로 인해 두 분의 레이드 일정이 대부분 캔슬 되셨습니다. 저는 그 두 분과 레이드 팀으로 움직이고 있었는데 덕분에 할 일이 없어졌습니다."

'대답이 다르네. 누나가 나한테 어제 문자로 엄청 아끼

는 앤데 던전만 가면 달려들어서 결국 큰 부상을 입어서 한동안 쉬게 하려고 내 비서로 넣었다던데….'

"그래? 누나 말로는 네가 큰 부상을 당했다던데. 이제 좀 괜찮아?"

"다 나았습니다."

"근데 넌 내 비서를 하는 게 싫은가봐? 아까부터 주먹을 말아 쥐고 그렇게 딱딱하게 말해?"

"솔직히 좋지는 않습니다. 저는 사무직에 어울리지 않습니다."

"뭐 괜찮아. 어차피 일도 없을 텐데. 한가할 거야. 나 거의 출근 안 할 거니까. 그리고 딱딱하게 말하지 마. 나랑 딱딱한 관계가 돼서 좋을 것도 없을 텐데."

"그럼 저를 현장직으로 발령 내 주십시오. 팀장님이라면 그 정도 권한은 있지 않습니까?"

"권한은 있는데 사용하긴 귀찮아. 듣기론 죽다 살아났다는데 겁이 없네? 뭔가 착각하는 거 아니야? 아니면 던전이 만만해?"

"아닙니다."

"그럼 내가 누나랑 매형 테스트 좀 하는 동안 옆에서 몸 좀 풀어. 네가 현장에 있어도 괜찮은 실력인지는 봐야 판단을 하지."

"알겠습니다."

거 참…. 딱딱하게 말하네.

하긴 무림에 있던 소영이도 친해지기 전에는 참 딱딱했지. 뭐 나도 밤에 딱딱해져 버려서 결혼을 했지만.

◇

"형. 저게 요즘 한참 뜨고 있다는 가상현실 연습 장치야?"

"응. 나도 요즘은 네가 준 훈련스케줄 끝내면 저거로 연습하는데 아주 좋아. 지금은 10대밖에 없는데 30대 더 주문했어."

"그럼 일단 누나랑 형은 저거로 해봐요. 난 모니터로 보고 있을게. 근데 혹시 상황설정도 가능해?"

"응. 왜?"

"그럼. 누나는 몬스터에게 쫓기는 상황. 형은 몬스터랑 일대일 상황으로 해봐요. 그리고 내가 아직 존댓말이 형한테 존댓말이 익숙하지 않아서 좀 섞여있어도 이해해줘. 특히 훈련 때는."

"그래. 뭐 그런 거 가지고."

누나의 화면을 보던 지후는 누나의 훈련은 딱히 지적할 게 없었다.

그저 앞만 보고 도망치는 누나에게 해줄 만한 말이 딱히 많지는 않았다. 아직 보법을 밟는 게 엉성하긴 했지만 이건 숙련도의 문제이기에 시간이 필요하다.

"누나. 누나는 앞으로 보법을 밟을 때 이상한 버릇이 안 들도록 신경 써. 아직 나쁜 버릇은 없는데 크게 잘 하고 있는 것도 아니니까. 그리고 도망칠 때 앞만 보지 말고 주위도 좀 봐. 지형지물도 살피고. 실제 상황에는 변수가 많아. 달리고 있는데 친한 길드원이 쓰러져 있을 수도 있고. 충분히 구할 수 있는데 앞 만보고 달리다가 놓칠 거야? 시야를 키워. 아 맞다. 앞으로 누나는 형이 가상으로 연습할 때 같이 해. 그러니까 가상연습시간을 누나는 2배로 늘려야 할 거야. 내가 미라클 길드 레이드 영상을 몇 개 봤는데. 누나는 힐센스가…. 거의… 발컨이던데? 누나는 마력이 많아서 A급이지. 내가 볼 땐 실력은 전혀 못 미쳐. 힐이 들어가야 할 타이밍을 번번이 놓치던데? 힐이 안 들어갈 타이밍에 들어가고. 들어가야 할 타이밍보다 한 박자 늦게 들어가고. 다행히 압도적인 힐량 덕에 아직은 괜찮지만 나중에 문제가 될 수도 있어. 그러니까 계속 헌터질 할 거면 제대로 된 타이밍에 힐을 넣는 것부터 연습해. 그 타이밍은 탱커인 매형이 제대로 알거야."

그리고 지후는 수혁의 탱킹을 말없이 지켜보고 있었다.

'생각 이상으로 잘 하네. 배운지 얼마 안 됐는데 포인트가 뭔지는 알고 있다. 불필요한 움직임이 많이 보이긴 하지만 점점 나아질 것이고. 그런데 어떻게 초반보다 후반으로 갈수록 움직임이 좋아지지? 아이템인가?'

"형. 스톱."

"어? 응…."

"형이 못해서 스톱 시킨 거 아니야. 궁금한 게 있어서 멈춘 거야."

"아…. 하하하 괜히 긴장했네. 그래서 궁금한 게 뭔데?"

"형이 지금 착용하고 있는 아이템 좀 보여줘 봐. 누나는 아이템이 전부 마력세팅이던데 형은 어때?"

"일단 갑옷은 시중에 있는 것 중에서 쓸 만한 A급 갑옷. 사실 엄청 좋은 거야."

딱 봐도 좋아 보여. 아주 갑옷에서 광이 나는 게 '나 비싸요' 라고 써져있네.

"뭐 보니까 이건 금속이 비싼 거네. 그럼 그 도끼 좀 줘봐."

"그래. 보고 놀라지 마라. 하하하. 내가 이 녀석을 사느라 전 재산을 털고 집까지 팔았지. 남은 건 차 한 대가 전부라고. 하하하."

'뭐야? 자기 아이템에 대한 애정이 도를 넘으려고 하네? 형도 저런 면이 있었네. 그런데 이제 결혼을 한다는 사람이…. 재산이 차 한 대가 전부라고? 누나는 어쩌려고…?'

그리고 지후는 수혁의 베틀엑스를 보고는 경악을 금치 못했다.

이런 스킬이 붙어 있는데 그동안 그랬다면 오히려 문제가 있는 거다.

- 그라비티 베틀엑스 (등급 A) - 아다만티움 50%가 고

르게 섞여 있다.

공격력 50% 상승.

20% 추가 데미지.

스킬 – 중력. (공격에 적중 된 상대는 자신이 느끼는 중
력의 2배를 받는다. 중첩가능.)

'중력… 그것도 중첩… 그래서 갈수록 형의 움직임이 좋
아지는 것처럼 보였던 거네. 몬스터가 중력의 영향으로 활
동이 힘들어 지니까…. 그래서 그동안 탱커면서 딜탱처럼
행동했던 거였고….'

"좋긴 진짜 좋네."

"그렇지? 하하하."

"응. 형은 일단 무기부터 제대로 써야겠네. 지금은 형이
무기에 휘둘리는 것뿐이야. 좋은 무기가 있으면 제대로 써
야지. 그래야 실력이 늘어난다고."

"휘둘린다고?"

"응. 솔직히 형 탱커랑 안 맞아."

"왜? 지금까지 잘 해왔는데? 나 그래도 제법 알려진 탱
커야."

"그건 걔네들 기준에서고. 무슨 도토리 키재기도 아니고
고만고만한 사람들끼리 서로 띄워주기야. 일단 그 무기를
사용하면 맞은 상대가 몸이 무겁게 느껴지겠지. 그리고 형
에게는 느려져 보일 테고. 그런데 형은 도끼로 공격을 해야
할 때 방어를 하고 있잖아. 제일 최적의 결과는 형이 탱커

를 그만 두는 거야. 그렇다고 근접 딜러로 완전히 빠지라는 건 아니야."

"그럼?"

"제대로 된 딜탱이 되면 돼. 지금처럼 어중간하게 말고. 탱커가 막고 있을 때 형이 부담을 덜어주는 거지. 그리고 레이드가 길어질 땐 메인탱커의 부담을 형이 덜어주면서 탱킹을 하기도 하고. 일단 형은 다른 근접딜러랑은 달라. 아마 보법이 제대로 자리 잡히면 근딜이든 탱킹이든 형이 다른 사람들보다 압도적일 걸? 내가 S급 무기를 안 봐서 모르겠는데. 아무튼 형이 들고 있는 무기는 사용하기에 따라서 무한한 가능성이 있다고 해야 하나? 그러니까 차라리 형은 당분간 메인탱커 자리를 다른 길드원한테 넘기는 게 형의 성장에도 좋고 길드에도 도움이 될 거야."

"지후 네 말을 들어보니까 그동안 난 탱커라는 고정관념 때문에 무기를 제대로 사용조차 못하고 있었네."

"그렇지. 아무리 좋은 무기도 주인을 잘못만나면 고철이 거든. 형은 그 좋은 무기를 간간히 쓰면서 방패로만 쓰고 있었으니…."

"그럼 지후야. 내일 2시에 길드 레이드 있는데 같이 가지 않을래?"

"계약할 때 내가 말했던 거에 포함되는 레이드야?"

"그건 아니고… 이왕 내가 메인탱커를 내려놓는다면 새로 뽑을 메인탱커는 네가 제대로 뽑아줬으면 해서. 나보단

네 안목이 정확하니까."

"……."

귀찮은데…. 정말 귀찮은데…. 이번에 길드원들 수준 좀 봐볼까? 영상으로 보는 것과 실제상황은 천지차이니까….

"기다려봐. 생각 좀 해보고."

간다, 가. 그런데 바로 승낙하면 쉬워 보여서 앞으로 부탁을 쉽게 할 수도 있으니까… 뜸 좀 들이고.

"야, 박비서. 몸 다 풀었으면 전력으로 덤벼봐! 처음 본 사람한테 현장으로 보내달라고 할 정도로 실력이 대단한지 보여줘 봐. 만약 날 한 대라도 친다면 바로 비서에서 탈출시켜주지."

구석에서 몸을 풀며 지후와 길드마스터가 하는 얘기를 듣고 있던 박소영은 지후가 생각이상으로 대단해 보이기는 했지만 거기까지였다. 그로 인해 자신이 비서를 하고 있다고 오해를 하고 있는 박소영은 지후에게 앙금이 있었기 때문이다.

"진검으로 가도 됩니까?"

"그럼 날 상대로 목검 들게?"

"베이거나 잘못하면 어디 한군데 잘릴 수도 있습니다. 물론 지금 부길드장님께서 자리에 계셔서 바로 치료는 가능하지만 순간의 고통은 느낄 수밖에 없습니다."

"너 무슨 착각이 그렇게 심하냐? 고작 B급 딜러주제에. 난 네가 빨리 포기하기를 바래서 기회를 주는 것뿐이야. 주

제 파악을 할 수 있는 기회. 네 실력으론 내 옷깃도 스치지
못하니까 덤벼."

뭐 누나가 고집 좀 꺾어 달라고 부탁했으니까 이 정도 막
말은 상관없겠지. 뭐 이 정도는 막말 축에도 못 끼지만.

지후의 말에 박비서는 이를 꽉 깨물고 자신의 도신을 꽉
말아 쥐었다.

하압!

'운동한 티가 나네. 운동은 생각보다 제대로 했는데? 칼
끝이 살아있는 게 생각이상이야. 하지만 단점이 너무 심하
네. 눈감고도 피하겠어. 지금 속으로 머리! 허리! 이러면서
휘두르는 거 같은데.'

소영의 수직으로 베어 내려오는 도를 옆으로 한걸음 옮
기며 지후는 가볍게 피해냈다.

계속해서 소영은 도를 휘둘렀지만 1분이 지나도록 지후
의 옷깃조차 스치지 못했다.

소영의 도는 지후에게 닿을 듯 닿지 않았다. 소영은 일평
생 검도를 수련했기에 느낄 수 있었다.

정말 최소한의 움직임으로 자신의 도를 가볍게 피하고
있음을.

저렇게 아슬아슬하게 피하는 건 한 두수 위의 실력으론
불가능하다는 것을.

자신의 공격이 모두 읽히고 있다는 것을.

"계속 할 거야? 첫날부터 비서를 때리긴 싫었는데. 계속

하자고 하면 내가 끝내주고. 땀 흘리기 전에 집에 가고 싶거든."

지후의 말에 소영은 지후의 얼굴을 바라보았고 어디에도 땀이 흐른 흔적은 없었다.

자신은 지금 호흡조차 힘든데 지후의 호흡엔 어떠한 변화도 없었다.

인정하기는 싫지만 압도적인 패배였다.

"졌습니다."

"깔끔하니 좋네."

생각보다 잘 인정하는데? 이런 애가 던전에만 가면 몬스터랑 지랄을 한다고?

"혹시 저에게 지적 해주실만한 내용은 없습니까?"

"왜 없겠어. 넘치지. 너무 많아서 3박4일도 얘기할 수 있을걸."

1분 봤는데 어떻게 3박4일을 얘기하겠니. 입 아파서 못하지. 그냥 말이 그렇다고.

"너 운전 할 줄 알아?"

"네. 20살 때부터 직접 운전했습니다."

"그럼 내일 점심 먹고 1시까지 집 앞으로 와."

"집 앞 이라뇨? 잘 못 알아듣겠습니다."

"나 말 두 번 하는 거 싫어하니까 생각 좀 하고 앞으로는 두 번 말하게 하지 마. 오늘은 처음이니까 해주는 거야. 마이 스위트 홈으로 1시까지 오라고. 내일 길드 레이드 갈 거니까. 와서 운전해."

"운전기사 말씀이십니까?"

"응. 싫으면 말고. 난 차 안에서 너의 문제점에 대해 진지하게 대화를 나눠볼까 했는데."

"1시까지 모시러 가겠습니다."

"그래. 난 갈 테니까 퇴근을 하던지 뭘 하든 알아서 해. 내가 뭔가 지시를 내리기 전까진 앞으로도 나 없을 땐 알아서 해."

"네."

"그리고 너도 내일 던전에 간다."

"감사합니다."

"그래. 수고."

내일 던전에 들어가면 네가 어떤 미친년이 되는지 한번 지켜보자고.

나도 눈으로 본 게 없고 누나도 자세히 말해주진 않아서 판단이 안서거든.

"형 나 간다. 내일 던전 갈 테니까 웬만하면 팀장급이나 B급 이상은 전원 참석하라고 해. 길드원들 한번 제대로 보게."

"그래 조심히 들어가고 정말 고맙다."

"야 너 내일은 늦지 마!"

"어."

"야! 잠깐만 깜빡하고 말 안한 거 있어."

누나는 집에 가려던 나를 다급하게 멈춰 세우고 있었다.

"뭔데?"

"너 혹시 경매갈래?"

"갑자기 무슨 경매야. 말을 좀 똑바로 해. 앞뒤 다 빼고 말하면 내가 어떻게 알아."

"보통 아이템 경매는 매달 열리지만 좀 더 좋은 아이템이 나오는 경매는 1년에 딱 2번 열리거든. 그것도 괜찮은 물건이 없으면 한번만 열리고. 그런데 이번에 거기에서 너한테도 초청장이 와서 물어 본거야. 너한테 꼭 좀 참가해달라고 부탁하더라."

"나 딱히 아이템 필요 없는데? 그리고 요즘 길드에 돈도 없다며. 나한테 그래서 계약금도 안 줬으면서. 그러니까 누나는 경매에 가서 뭐 살 생각하지 마라. 집에 한번만 아이템 산다고 손 벌리기만 해봐. 그리고 매형도 아까 들어보니까 딸랑 차1대가 전 재산이라며? 둘이 결혼하면 어디서 살게? 살 집은 안 구해?"

"구해… 야지…. 생각중이거든. 그리고 이번에 너한테 필요할 만한 아이템이 나온대서 말해주려고 한 것뿐이거든."

"나 필요한 거 없는데."

"너 전에 나한테 지금 손에 끼고 있는 반지나 팔찌 짜증난다며. 무슨 악세서리를 이렇게 많이 하고 다녀야 되냐고. 그래서 내가 아이템 10개 까지 저장 가능한 팔지 있다고 말해준거 기억하지?"

"응."

"그거 이번에 나온대. 고리의 팔찌가 목록에 있길래 혹시나 해서 말해준 거야."

그거라면 당연히 사야지. 그래야 이 치렁치렁한것들을 하나라도 안하고 다니지. 주먹에 뭔가 있으니까 은근히 거슬려서 짜증났단 말이지. 그런데 그거 지금까지 17개 밖에 없었다던데. 재료비가 장난이 아니어서 만들지도 못한다고 하더니만…. 그리고 기존 주인들한테 팔라고 할 방법도 없지… 개인 귀속 아이템이고 저장한 아이템은 분리가 안 되니까. 근데 어느 세월에 돈을 모으지…. 그거 지난 경매에서 최대 1조원까지 갔다던데….

"경매가 언젠데?"

"2주 뒤."

한동안 빡세게 굴러야겠네.

"알았어."

다음 날 길드원들은 팀장이나 C급 이상의 헌터는 전원 레이드에 참석하라는 공지에 투덜댔지만 영상으로나 보던 S급 헌터가 함께 레이드를 한다고 하자 다들 들떠있었다.

물론 들뜬 사람이 있다면 짜증을 내는 사람들도 있는 법이다.

원래 일정에 없던 일이 잡힌 것이고 헌터들의 레이드는 스케줄대로 진행되는 게 대부분이었기 때문이다.

그렇지 않다면 컨디션 난조나 부상이 올 수도 있기 때문에 보통은 스케줄대로 움직이는데 S급 헌터와 레이드를 함께 하는 게 뭐라고 길드의 주 전력들을 모두 소집한다는 말인가?

물론 지후는 B급 이상부터 부르라고 했지만 수혁은 C급부터 부르도록 연락을 돌렸다.

최대한 많은 사람들에게 기회를 주고 싶었기 때문이다. 마음 같아선 모든 길드원을 부르고 싶었지만 레이드를 하로 갈 던전이 모두를 수용할 정도로 큰 던전은 아니었기에 참았던 것이다.

"나오셨습니까?"

"야…. 넌 왜 30분전부터 벨을 누르고 그래! 내가 1시에 오라고 했잖아."

"부길드장님께서 30분전에는 가야 1시에 나오실 거라고 하셔서요. 정말 그렇게 됐습니다. 지금 1시입니다."

이지현… 가족이라는 게…. 막판 깔끔하게 끝내고 가려고 했는데 계속 벨을 눌러대니까 말렸잖아….

지후는 소영에게 차키를 던져주었다.

"운전해."

"네…."

10분가량 침묵 속에 도로를 달리고 있었을 때 소영은 지후에게 말을 걸었다.

"팀장님. 어제 말씀해 주시기로 한 제 단점은 언제쯤 말씀해 주실 겁니까?"

"아… 단점? 그냥 혼자 극복해."

나 막판 말아먹어서 예민하니까…. 그냥 조용히 가고 싶은데….

"약속하시지 않았습니까?"

"손가락 안 걸었잖아?"

"남아일언중천금이란 말도 모르십니까?"

나 대학생이거든…. 어디 대학도 안 다녀본 녀석이….

"알았어. 말해줄게. 대신 제일 큰 문제만 하나 말해줄게. 어차피 그거 못 고치면 다른 단점은 들을 필요도 없어."

"알겠습니다."

"너 혹시 어제 나한테 공격할 때 속으로 막 기합 넣으면서 머리! 허리! 이랬지?"

"어떻게 아셨습니까? 혹시 속마음도 읽으십니까?"

읽으려면 못 읽을 건 없는데 그런 짓을 왜하냐. 안 봐도 보이는데.

"공격이 인간적으로 너무 정직하잖아. 너 어제 나랑 점수내기하는 시합했어? 혹시 몬스터가 너한테 점수 줘? 공격이 너무 정직하게 들어오니까 딱히 힘들일 필요도 없더라. 어디로 올지 뻔히 예측이 되니까. 패턴도 단순하고. 약한 몬스터야 지능이 거의 없지만 좀만 강한 놈들한테는 그런 공격 안 통할 걸? 매형이랑 누나랑 레이드하는 영상에 네가 나오던 것도 있었던 것 같기는 한데 솔직히 별로 기억이 안나. 그렇다는 건 자주 등장하진 않았다는 건데. 넌 주로 마지막에 등장했거나 마무리를 했을 거야? 맞아?"

"맞습니다."

"넌 그런 자신의 포지션이 마음에 안 드는 것 같은데 지금 너한텐 딱 맞아. 너만 주제파악 못하고 있는 거야. 네 정직한 공격은 높은 등급의 몬스터한테 안 통하거든. 그러니 다른 딜러들이 힘 빼놓은 걸 마무리하는 포지션을 너에게 맡겼을 테고. 길드의 전술분석관이 바보도 아닌데 너를 초반부터 근딜을 시키진 않겠지. 그럼 너만 리타이어해서 한 명을 잃은 상태로 레이드를 해야 하는 거니까. 그럼 그 부담은 팀에서 감당해야 하고."

"그럼 어떻게… 해야 합니까?"

"그걸 왜 나한테 물어?"

"너도 알지 않아?"

"모르겠습니다."

어제 포기가 빠른 걸로 봐서는 분명히 자신의 문제점을 어렴풋하게 알고 있을텐데?

"진짜 모르는 거야? 아니면 내가 말하면 명령이니 그렇게 하겠다는 거야? 고집도 부려도 되는 때가 있고 안 되는 때가 있는 거야. 네 고집으로 레이드에서 모두를 죽일 생각은 아니겠지?"

"다른 방법은 없습니까?"

"어. 없어. 어제 보니까 좋더라. 너희 아버지 검도. 그런데 그건 스포츠였어. 몬스터를 상대로 할 검술은 아니었어. 그러니까 빨리 검도를 버려. 그리고 그 정직함에서 벗어나. 검도의 형까지 버리라는 건 아니야. 다만 틀에 박혀 있지 말고 다양화 하라는 거지. 융통성 있게. 네 검도는 아주 꽉 막혔어. 부드러움도 없고. 고지식하고 정직하고 강직해. 그런데 그러다가 부러지면 회복 못할지도 몰라. 그러니까 잘 생각해봐. 내가 볼 때 넌 던전에 들어갈 때가 아니야. 처음부터 다시 시작해야지. 몸에 베인 습관을 없애는 건 정말 힘들거든."

그냥 비서일이나 하면서 심신수양을 하라고.

냄새나는 몬스터가 뭐가 좋다고 던전에 못가서 난리야.

"……."

둘은 말없이 달려 목적지에 도착했고 이미 모든 길드원들은 준비를 마친 채 지후만을 기다리고 있었다.

"처남! 여기야 여기!"

저 양반…. 갈수록 사람이 가벼워 지냐…. 처음 봤을 땐 그래도 과묵하기라도 했는데… 그냥 기가 죽어서 말을 못했던 거였나…?

"야 둘이 싸웠냐? 소영인 왜 저렇게 표정이 안 좋아?"

"글쎄… 나야 모르지."

지후와 지현이 한참 둘이 속닥거리며 떠들고 있을 때 수혁은 단상에 오르고 있었다.

아니 레이드를 하러 오는데 대체 저런 건 왜 준비해 온 거지?

"아아. 마이크 테스트. 잘 나오네요. 모두 여기 주목 좀 부탁드립니다. 일단 오늘 갑작스러운 레이드에도 불구하고 연락드린 모든 분이 나와 주셔서 저는 정말 기쁩니다. 그리고 오늘 레이드를 시작하기 전 오늘 레이드에 부른 이유를 알려드리겠습니다."

"뭐야. 그냥 레이드 아니었어?"

"길드장님 얘기하시잖아. 조용히 좀 해."

웅성 웅성.

"일단 오늘로서 저는 1팀의 메인탱커의 자리에서 내려오겠습니다. 물론 헌터를 그만둔다는 말은 아닙니다. 저는 앞으로 좀 더 체계적이고 확실한 딜탱이 되어 보려고 합니다. 그렇기 때문에 제가 속한 1팀의 메인탱커 자리가 비었습니다. 그리고 그 메인탱커의 자리는 저기 보이는 S팀의 팀장님께서 선발하십니다. 아 소개부터 했어야 했나요? 뭐 이미 다 알고 있을 테니 개인적인 인사는 생략하기로 하고 모두가 궁금해 하는 선발기준을 팀장님에게 들어보도록 하죠."

"이지후입니다. 등급은 필요 없습니다. 딱 하나. 가능성만 보겠습니다."

"그 가능성이라는 게 뭐죠?"

"여러 가지가 있겠죠. 그리고 그 가능성에 대한 평가는 지극히 개인적인 기준입니다. 여러분은 그저 자신이 할 수 있는 일을 하시면 됩니다."

"지가 S급이면 다야?"

"그러게. 완전 자기 마음대로잖아."

여러 사람들이 귓속말로 속삭이고 있었지만 지후의 귀에는 다 들리고 있었다.

"거기 중얼거리는 분들. 다 들려. 간만에 존댓말 쓰면서 이미지 관리 좀 해보려고 했더니 첫인상 구기게 만드네. 그러니까 나 안 보이는 곳에 가서 욕을 하던가 아니면 닥치고 있어. 내가 마음대로 한다고? 당연하지. 이건 내 권리야. 짜증나면 나보다 강해지면 돼. 그런데 그건 다시 태어나도 힘드니까 너무 꿈을 높게 잡지는 말고. 더 이상 궁시렁 거리지 마. 기회는 모두에게 공평하게 있으니까. 난 가능성이라는 단어로 포장했지만 사실은 딱 하나만 볼 거야. 그런데 그걸 말해주면 너희가 연기를 할지도 모르니까. 그럼 보는 사람도 하는 사람도 피곤하겠지. 한 가지만 확실하게 말해주지. 등급이랑 관계없이 각자 자신 있게 해봐. 결과가 나온다면 내가 뭘 보고 뽑았는지 정도는 알려 줄 테니까. 혹시 1팀에 낮은 등급의 헌터가 들어가더라도 걱정할 필요는 없어. 매형이 탱커를 때려 쳐도 딜탱을 한다고 했잖아. 그 말은 언제고 탱킹도 가능하다는 뜻이지. 그러니까 등급은 아무런 상관이 없어. 난 그저 가능성만 볼 거야. 모두 수고해."

아 말을 너무 많이 했어. 목 타네.

누나는 내 옆구리를 꼬집으며 말 좀 조심할 수 없냐고 했지만 천성이 이런 걸 어쩌겠는가.

내가 입을 열면 어그로를 자주 끌기는 하지만 상관없다.

왜냐고? 내가 어그로를 끌어도 아무도 못 덤비거든.

30분 정도가 흘렀을까?

지후는 지루함을 느꼈다.

다들 고만고만했기 때문이다.

특별히 뛰어나진 않았다.

그나마 1팀은 무난했지만 1팀의 메인탱커 자리를 뽑는 자리이기에 1팀에서 뽑을 이유는 없었다.

다만 가능성이 보이는 사람은 한명 발견했다.

등급은 낮아 보이는데 지후가 원하는 목적에 가장 부합하는 사람이었다.

지후는 일단 그 남자를 마음속에 담아두고 혹시 놓친 부분이 있나 살폈다.

'어라⋯. 낯이 익은데⋯. 한 두 명이 아니야. 쟤네가 우리길드였어?'

그들은 지후의 고등학교 동창들 이었다. 그 중 한명은 2년 전 지후를 전설 대전으로 인도한 사람이었다.

만약 지후의 가족이나 길드에서 그 사실을 알았다면 당

장 제명 시켰을지도 모를 일을 저지른 남자였다. 그리고 동창은 아니지만 그들을 통해서 같이 술자리를 가졌었던 친구들도 보였다.

'생각보다 호흡이 좋은데? 적절한 타이밍에 치고 빠지고 힐도 센스 있게 들어가고. 아직 등급은 낮지만 성장하면 쓸 만하겠네. 근데 저 힐러는 낯이 많이 익기는 한데 도무지 이름이 생각이 안 나네. 다들 6팀에 소속 돼 있네.'

다들 참 오래된 친구들이다. 못 본 지. 그리고 이런 곳에서 만나게 되니 더욱 반가운 기분이 들었다.

'이따가 인사라도 한 번 해야겠네. 그냥 오랜만에 술이나 한 잔 하자고 할까? 저기엔 나에게 전설대전을 알려준 은인도 있으니 앞으로 잘 좀 해줘야겠네.'

이런 생각을 하고 있을 때 지후의 인상을 찡그리게 하는 일이 일어났다.

지후가 이 레이드를 참가한 이유 중 하나인 박소영 때문이었다.

'저래서 레이드를 안 데려오려는 건가? 이제 알겠네. 왜 누나가 그렇게 쟤를 싸고돌았는지.'

왜 다른 팀에 보내지 않았는지 알 것 같다. 실력이 없는 건 아니지만 팀에 도움이 되지 않고 있다.

1팀은 오늘은 부탱커가 메인탱커를 보고 있었고 잠시 부탱커가 자이언트 앤트의 공격을 피하다가 돌부리에 걸려 삐끗했다.

물론 도와줘야 할 정도로 위험한 상황이 아니었다. 어그로를 빼앗긴 것도 아니었고 탱킹이 불가능한 상황이 아니었기에. 그런데 박소영이 그 틈에 뛰어들었다. 갑작스럽게 박소영이 끼어들자 모두가 당황했고 안정적이게 흘러가던 레이드는 잠시지만 흔들렸다. 하루 이틀 일이 아니어서 그런지 몰라도 1팀은 모두 빠르게 안정을 찾았다. 계속 몬스터에게 도를 휘두르는 박소영만을 제외하고는. 팀원들은 안정은 찾았지만 지금 상황을 제대로 보면 그저 박소영을 백업하고 있을 뿐이었다.

'누나가 말한 3번 중에 2번은 사고가 발생 했다는 게 바로 이거였군. 1팀은 다들 서로 오랫동안 알고 있던 사이니까 박소영의 저런 행동들을 받아줬지만 다른 팀은 받아 줄 리가 없으니 다른 팀으로 보내지도 못하고. 아주 암 덩어리네. 암도 생명이란 소리는 안 하겠지? 저런 건 과감하게 도려내야 하는데… 다들 쓸데없이 정만 많네. 전장에서 그런 건 사치지… 저러다가 일이라도 생기면 그제야 자기 포지션으로 돌아간다는 스토린데…. 더는 못 봐주겠네.'

"모두 스톱!"

지후가 내공을 끌어올려 소리치자 당장 탱킹을 하고 있는 길드원들을 제외한 모두는 지후를 바라봤다.

"씨X 다들 장난해? 1팀은 무슨 박소영이 싼 똥만 치우고 앉아 있고. 박소영 너는 저기 구석으로 꺼져. 너 때문에 레이드 엉망 된 거 안보여? 실력이 없으면 눈치라도 있던가.

목숨 걸고 하는 일에 지 감정만 앞서가지고 말이야. 그리고 2팀부터 7팀도 다 똑같아. 지금 무슨 장기 자랑해? 쓸데없이 스킬 낭비해대고 탱커들간의 호흡도 엉망이고 말이야. 그러다 보니까 딜러들이랑 타이밍도 잘 안 맞고 동선만 꼬이고 있잖아!"

사실 팀장들은 오늘 이 자리가 큰 의미는 없었다.

1팀에 가봐야 눈치 볼 사람만 많아 질 뿐이다. 팀장이 메인탱커인 팀은 3팀과 4팀뿐이었다. 3팀이나 4팀 팀장이 1팀의 메인탱커로 갈 일은 없다. 그럼 팀의 체계가 붕괴되니까. 다른 팀의 메인탱커를 보고 있는 탱커들도 그다지 1팀의 메인탱커 자리는 탐나지 않았다.

이미 팀에서 충분히 대우를 해주고 있으니까. 굳이 1팀에 가서 길드마스터와 부길드장의 눈치를 보면서 일을 하고 싶지는 않았으니까.

그럼 1팀의 메인탱커자리를 누가 노릴까?

각 팀의 부탱커들이다. 이미 확고한 팀의 메인탱커 자리를 노리긴 힘들었는데 1팀에 자리가 생겼다.

그런데 새로 들어온 S팀 팀장이라는 자식이 모두에게 기회를 줬다.

대체 기준이 뭘까 생각했지만 그들은 그저 자신들의 실력을 보여주면 된다는 생각을 했기에 주목을 끌만한 화려한 기술을 난사해댔다.

메인탱커가 되려면 일단 지후의 눈에 들어야 했기에 자

신들의 실력을 보여주기 위해서 평소처럼 행동하지 못하고 각 팀의 부탱커들은 메인탱커의 오더를 무시한 채 탱킹을 하곤 했다.

"더 보는 것도 시간낭비니까 다들 짐 싸. 내가 마무리 할 테니까."

수혁과 지현은 울상이 된 얼굴로 고개를 숙이고 있었다.

지현은 자신이 아끼는 동생이 결국 또 일을 만들었다는 생각에 고개를 숙였고 수혁은 자신이 봐도 오늘 길드원들의 레이드는 엉망이었기에 고개를 들 수가 없었다. 지후가 참가하는 첫 레이드였기에 지후에게 좋은 인상을 남기고 싶었던 수혁은 엉망진창이 되어버린 레이드를 보고 고개를 들 수가 없었다.

지후는 더 이상은 끌 생각이 없다는 생각에 전신으로 천왕신공을 끌어 올렸고 지후의 양 주먹에는 금빛 권강이 환하게 빛내고 있었다.

천왕보를 밟아 4팀의 탱커가 붙잡고 있던 자이언트 앤트의 얼굴에 주먹을 내리치는 순간 자이언트 앤트의 얼굴은 으깨진 토마토처럼 터져나갔다.

그리고 2팀과 3팀이 잡고 있던 몬스터에게 양 손을 뻗으며 벽력신장을 날렸고 몬스터들은 비명도 지르지 못한 채 절명했다.

나머지 팀이 잡고 있던 몬스터에게 지후는 정말 딱 한 방의 주먹질을 날려 주었다.

단 한방이지만 몬스터들은 그 한방을 견디지 못했고 신음조차 지르지 못한 채 순식간에 죽어나갔다.

지켜보던 길드원들도 탱킹을 하던 탱커들도 모두 말을 잇지 못하고 지후만을 보고 있었다.

마지막으로 1팀의 부탱커가 막고 있는 몬스터에게로 향했다.

지후는 자이언트 앤트의 팔을 피하며 낚아채더니 박소영에게로 던져버렸다.

그리고 박소영의 바로 눈앞에서 몬스터를 해체해 나가기 시작했다.

마치 살려달라고 발악하는 사람을 억지로 살인이라도 하는 모습이었다.

자이언트 앤트는 도망치기 위해 노력했지만 그건 그저 몸부림으로 끝났다.

팔인지 다리인지 알 수 없는 것들을 하나씩 뜯어서 박소영에게 던져 주었다.

그리고 그 딱딱한 견갑을 하나씩 뜯어내기 시작했다.

'박소영이나 다른 길드원들이나 이번 기회에 기들을 좀 죽여 놔야겠어. 뭐든 직적 본 것만큼 효과적인 건 없는 법이지.'

한 번씩 지후의 손길이 자이언트 앤트에게 닿을 때마다 지후의 손에는 한 움큼의 살점들이 딸려 나왔다.

어느새 주변과 박소영은 몬스터의 체액으로 도배가 되었

지만 지후의 손은 멈출 줄 몰랐다.

누가 저 딱딱한 자이언트 앤트를 저런 식으로 사냥을 하겠는가. 그리고 저건 사냥이 아니다.

그저 살인이고 학대다. 지켜보는 길드원들은 온몸에 소름이 돋아나는 것을 느낄 수 있었다. 헌터생활을 하면서 동료가 죽은 모습도 처참한 시체도 많이 봤지만 저런 잔인한 장면은 처음이었다. 긴장에 등은 축축하게 젖어갔고 지후에게 거슬릴까봐 숨소리조차 제대로 내지 못한 채 지켜볼 뿐이었다.

이미 자이언트 앤트는 죽은 것 같지만 지후의 손은 멈추지 않고 계속 움직였다.

1분정도 계속된 지후의 행동은 자이언트 앤트의 머리를 잡아 뜯는 것으로 끝이 났다.

그리고 머리통을 뽑아 든 지후는 마치 축구공을 차듯이 박소영을 향해 자이언트 앤트의 머리통을 발로 차버렸다.

물론 그게 그대로 박소영에게 날아갔다면 죽었을 것이다.

하지만 머리는 지후가 발로 차자마자 터져나가 박소영에게 뇌수와 체액, 살점들만을 흠뻑 뒤집어쓰게 하고 있었다.

그런 박소영을 보며 다른 길드원들은 위로라도 건네고 싶었지만 지후의 주변으로 가고 싶지 않다는 생각에 차마 발걸음을 옮기지 못했다.

지금 지후의 모습은 너무나 섬뜩했기에. 꿈에서도 보고

싶지 않았기에.

"이게 던전이고 헌터다. 주제도 모르고 까불지 마. 오늘
은 내가 몬스터를 해체했지만 다음엔 너희가 몬스터에게
해체가 될지 너희로 인해 다른 누군가가 해체가 될지는 모
르지."

지후는 박소영을 쳐다보며 말하고 있었지만 모두에게 들
으라는 듯이 목소리는 던전을 울리고 있었고 지후의 말에
누구도 반발을 할 수가 없었다.

박소영은 한마디도 못한 채 그저 고개만 숙이고 있었다.

오늘 지후가 보여준 모습은 너무나 무서웠고 섬뜩했다.

지후의 한마디 한마디가 비수가 되어 박소영의 가슴을
난도질 했고 잊으려고 애써도 잊지 못했었던 예전의 영상
이 박소영의 머릿속에 재생되어 갔다.

◇

"지후야…"

"왜 누나?"

"너무 심한 거 아니야? 다들 보는데…"

"뭐가 심해?"

넌 정말 몰라서 묻니? 눈이 있으면 네가 해놓은 짓을 봐.

"그냥 죽여도 될 걸… 뭘 그렇게까지…"

"그런 식으로는 얼마 못 가. 저런 머저리가 날뛰는 것도

어쩌지 못하면서 무슨 레이드야. 여기 있는 사람들은 목숨을 여벌로 가지고 다니나 보지? 쟤뿐만이 아니라 오늘 다들 쟤랑 하는 짓이 비슷하던데."

"그게… 아니고…."

"어차피 내가 이렇게 함으로서 오늘 이 자리에 왔던 놈들 중에는 더 이상 불만을 표시하지 못 할 거야."

"너 그럼 일부러 무력시위 했다는 거야?"

"없지 않아 있지. 내가 오늘 뽑을 놈은 충분히 논란이 있을 수도 있거든."

"뭐 이미 저지른 일이고 네가 뽑은 사람가지고 난 터치할 생각 없으니까 알아서 해."

"그리고 여긴 내가 클리어하고 나갈 테니까 모두 던전 밖에서 기다리라고 말해. 합격자 발표는 해야지."

"알겠어. 그리고 앞으로는 자제 좀 부탁해. 아까 여자 길드원들 중에는 무서워서 바지에 지린 애들도 있대."

"그 정도 담력도 없는 것들이 무슨 헌터를 한다고. 그리고 앞으로는 이라니? 그런 식으로 은근슬쩍 말장난 하지 마."

"예리하기는. 그리고 다 너처럼 무식한 게 아니거든. 아무튼 네가 내 동생이라는 게 오늘따라 참 다행이라는 생각이 든다."

"알면 됐어."

모두가 던전을 빠져나가자 지후는 10분정도를 더 사냥하고 던전을 클리어 해버렸다.

애초에 C+ 던전은 지후가 눈감고도 클리어 할 수 있는 던전 이었다.

"우선 합격자 발표를 하기 전에 한마디만 하지. 거기 6팀 은 바로 돌아가지 말고 나 좀 잠깐 봅시다. 그럼 발표를 하 지. 1팀의 메인탱커가 될 사람은 현재 7팀에 있는 C급 헌터 박정수씨입니다."

다들 말도 안 된다는 분위기가 형성되면서 소란이 일어 나기 시작했다.

"이게 말이 되?"

"그러니까. 솔직히 B급도 아니고 C급이 어떻게 1팀에서 메인탱커를 해?"

"아무리 기회를 모두에게 준다고 해도 정도가 있는 거 지."

"상식적으로 우리 부탱커들 중에서 뽑아야 하는 거 아니 야? 경험도 그렇고 말이 안 되잖아."

"아니 어떻게 겨우 백업탱커를 뽑을 수가 있는 거야?"

점점 시끄러운 목소리가 들리기 시작하자 수혁은 지후에 게 왜 박정수를 뽑았는지 설명을 부탁했다.

"일단 쉽게 납득을 못 하는 것 같은데… 너희들은 오늘 뭘 했지? 내 앞에서 장기자랑을 하던데. 그리고 탱커라면 몬스터를 두려워하지 말아야 하지. 물론 긴장감은 유지해 야하고. 그런데 긴장감은 없고 몬스터가 공격할 때마다 다들 조금씩 움찔되더군. 뭐 그건 본능이겠지. 나는 그 미세한 차이를 본 거야. 배짱이랄까? 박정수씨는 그런 게 있더군. 몬스터가 공격을 해도 두려움이 없었어. 그리고 묵묵하게 자기 일을 했고. 쓸모없는 불꽃놀이나 하면서 쇼를 하지 않았어. 물론 지금 등급은 낮을지도 모르지만 헌터의 등급은 본인의 노력에 따라 얼마든지 오를 수 있어. 그리고 1팀은 괜찮은 부탱커가 둘이나 있고 언제든 탱커를 할 수 있는 길드마스터가 있지. 뭐가 문제지? 난 오늘 모두에게 기회를 줬어. 그걸 날린 건 너희들이고. 만약 불만이 있다면 잘 생각해봐. 오늘 찍은 영상은 각자의 폰으로 전송해 줄 거야. 어디 한번 그걸 보고도 왜 자신이 뽑히지 못했는지 의문이 든다면 나를 찾아와도 좋아."

너희가 오늘 자이언트 앤트 꼴을 보고도 나를 찾아온다면 그냥 내 팀에 넣어줄게.

박정수는 그저 어안이 벙벙한 채 멍하니 자리에 서있었다.

고등학교 때 탈선을 해서 결국 어두운 세계에 빠지고 말았었다. 그러다 아버지가 병으로 세상을 떠나셨고 가시기 전 마지막 유언이 조직에서 나와서 남에게 피해를 끼치지 않는 삶을 살았으면 한다는 말이었다. 아버지가 떠난 후에야 많은 걸 느낀 박정수는 조직을 탈퇴했다. 다행히도 조직은 그를 붙잡지 않았다. 그들도 심성이 착한 박정수가 조직과 어울리는 인간은 아니라고 생각했었기 때문이다. 그렇게 조직을 나와서 살다가 각성을 하게 됐고 노력 끝에 박정수는 미라클 길드에 들어올 수 있었다.

미라클 길드는 가장 사회적으로 깨끗한 길드였기에 각성을 한 뒤에 이곳에 들어오려고 정말 피나는 노력을 했었고 합격을 했을 때 아버지가 돌아가셨을 때도 참으셨던 어머니가 결국 눈물을 흘리셨다.

그 때의 감동은 박정수가 떳떳하게 헌터생활을 해나가는 원동력이 되었다.

그리고 기대도 안 했었는데 뜻밖에도 자신이 1팀의 메인탱커가 됐다는 것이다.

그동안의 노력을 보상받고 인정받은 것 같아 울컥한 박정수의 눈가에는 계속 눈물이 흐르고 있었다.

"결정적으로 박정수씨는 메인탱커와 부탱커가 호흡을 맞추지 못할 때 제대로 보조했습니다. 그리고 그들이 스킬을 사용할 수 있도록 시간도 벌어주더군요. 틈틈이 제대로 자기 몫을 했습니다. 마지막으로 내가 엔트를 해체할 때 나를 똑바로 보고 있던 유일한 사람이 박정수씨였습니다. 다들 눈길을 돌리려고 애쓰는 반면 박정수씨는 제대로 보고 있더군요. 탱커라면 어떤 상황에서도 두려워하지 않는 모습을 보여야죠. 두렵더라도 마주해야 하는 게 탱커니까. 앞으로 죽어라 구르세요. 1팀엔 좋은 팀원들이 많으니까. 그동안 똥을 치우느라 단련 되서 당신이 실수를 하더라도 잘 보듬어 줄 겁니다."

"감사합니다. 정말 최선을 다해서 꼭 도움이 되도록 하겠습니다!"

지후의 말에 대부분은 납득했지만 몇몇은 아직도 표정이 좋지 않았다.

하지만 아까의 그 무서운 장면들이 떠올라서 직접 나설 용기는 들지 않았다.

그런 불만을 가진 길드원들조차 버스에서 레이드 영상을 받아보고 자신들이 오늘 얼마나 한심한 레이드를 했는지 알게 됐고 오히려 평소와 같은 레이드를 했던 박정식의 탱킹이 빛났던 게 사실이었다는 걸 인정하는 수밖에 없었다.

모든 길드원들이 버스로 올라서고 있었고 6팀은 쭈뼛쭈뼛 지후에게 다가왔다.

자신들이 오늘 어떤 잘못을 했나 생각하면서.

"6팀장 최태훈입니다. 무슨 일로 저희를 보자고 하셨는지…."

"아 저기 뒤쪽에 보이는 팀장님 팀원들이 내 고등학교 동창인데. 쟤네가 말 안 했어요?"

"들은 적이 없어서 몰랐습니다."

그럼 우리가 잘못한 게 있어서 부른 게 아니라는 건가? 쟤네는 왜 이런 엄청난 정보를 숨긴 거야.

돌아가서 보자. 앞으로 내가 엄청 잘 해줄게.

"오랜만이야. 잘들 지냈어?"

"예. 팀장님 오랜만에 뵙습니다."

"지랄하고 있네. 무슨 존댓말이야. 그냥 하던 대로 해. 경호 말고는 다들 엄청 오랜만인 것 같은데. 경호도 마지막으로 본 게 2년 정도 됐지?"

2년 전에 마지막으로 너랑 전설 대전을 했지. 앞으로 바빠서 못 할 거라더니 여기서 있었네.

"경호야 너네 호흡 좋더라."

"당연하지. 우리 여섯 명이서 파티사냥으로 전국을 돌아다녔는데. 그러다가 1년 전에야 여기에 들어왔는데 어떻게 여기서 너를 보냐."

"그러게. 앞으로 자주 보겠네."

사실 자주는 못 볼걸… 내가 출근을 할 계획이 딱히 없어서. 그래도 출근하면 같이 전설을 써보자. 내가 원래 너 낙하산으로 꽂아서 같이 팀렝 돌리려고 했거든.

"그런데 너랑 태우, 명구는 알겠는데 나머지는 누구였지? 보긴 한 것 같은데 이름이 기억이 안 나네."

"너랑 같이 술도 마셨는데 이름도 기억을 못 하냐? 저기 활 들고 있는 애는 태우 여자 친구인 이수아. 그리고 저기 총 들고 있는 친구는 태우 여자 친구의 친구. 태우 여자 친구랑 저 친구가 각성 전까지는 양궁이랑 사격 국가대표 상비군이었거든. 그래서 우리 팀 원거리 딜러진이 빵빵하지. 그리고 저기 통통하신 분은 너도 잘 알 텐데. 너네 나름 친했잖아?"

"낯이 익기는 한데 잘 모르겠는데⋯."

"야! 내가 변하면 얼마나 변했다고 못 알아보냐? 나 김혜지야!"

김혜지⋯? 알 것 같은데⋯ 설마⋯. 체조요정?

김혜지는 한 때 촉망받는 유망주로 어린나이에 국가대표 생활을 하며 지냈다. 하지만 고질적인 부상으로 고등학교 2학년 때 선수생활을 접었고 그 뒤로 자신의 인생에 더 이상의 다이어트는 없다며 맛 집을 돌아다녔었다.

"설마⋯."

"맞아."

"에이⋯."

"야! 나 맞거든!"

"그 성격은 내가 알던 사람이 맞는 것 같은데⋯."

"맞다고! 조금 쪄서 그렇지."

"조금이 아닌데⋯."

"조금이야⋯."

너 지금 오크 같아⋯.

"길드생활 계속하고 싶으면 살 빼라."

"너 아무리 팀장이라지만 그건 권력남용이거든!"

"다 너 위해서 하는 소리다. 길드원들이 사냥하다가 너 오크로 오해하고 공격이라도 하면 어떡하냐."

"살 빼면 나랑 만나기라도 할 거야?"

"미쳤냐?"

"그럼 안 빼."

"레이드 하려면…."

"힐 넣는데 지장 없거든. 내가 무슨 딜러나 탱커도 아니고."

그렇지… 뚱뚱해도 힐 넣는데 지장은 없지. 아까 보니까 힐 센스도 괜찮았고….

"살 빼면 좋은 게 많아."

"오랜만에 만나서 왜 계속 살 얘기야! 우리 부모님도 뭐라고 안 하는데! 네가 내 남자친구도 아닌데 왜 계속 살 얘기야! 그리고 살 빼면 대체 뭐가 좋은데!?"

그야…. 안타까워서 그렇지… 너의 역변이….

"살 빼면… 발톱 깍을 때 편할 걸…?"

"미친 새끼…."

한참이나 동창들과의 대화는 이어졌고 곧 길드원들을 태운 버스가 출발할 예정이라 더 이상의 대화는 할 수가 없었다.

다들 조만간 술자리를 하자는 말만을 하며 아쉬운 작별을 했다.

지후가 출근만 한다면 매일 매일 볼 수도 있는 친구들이지만.

아쉽게도 지후의 출근 일정은 없었다.

모두가 떠나고 박소영비서와 지후만이 남아있었고 어색한

침묵이 돌았다.

"야 너 앞으로 던전 가지 마. 그냥 비서 일이나 열심히
해."

"……"

"넌 대체 뭐가 문젠데 그렇게 물불을 안 가리고 나서
냐?"

"……"

"말하기 싫으면 말고."

지후가 돌아서고 있을 때 박소영의 입이 천천히 열리고
있었다.

"제가 막 헌터가 된지 1달쯤 됐을 때… 제 눈앞에서 한 아
이의 엄마가 죽어가고 있었습니다. 죽어가던 그 아주머니는
제 손을 잡으시고 몬스터에게서 자신의 아이만은 꼭 살려달
라고 부탁을 했었습니다. 그런데 그 당시의 저는 너무 약했
습니다. 저는 몬스터에게 상처를 입었고 결국 아이의 손을
놓쳤습니다. 그리고 아이는 제가 보는 앞에서 몬스터에게 씹
어 먹혔습니다. 몬스터의 입안으로 들어갈 때 아이의 눈이
저와 마주쳤습니다. 지금도 아이의 비명과 그 눈빛이 생생합
니다. 저는 다시는 그런 일을 만들지 않기 위해서 강해져야
만 했습니다. 강해지려면 던전에 가야하고 몬스터를 잡아야
강해지니까. 빨리 강해져서 더는 내 눈앞에서 죽는 사람이
없었으면 좋겠으니까…. 그러다보니 어느 순간부터 레이드
도중에 제대로 된 판단을 못하게 됐습니다. 누군가 다칠 것

293

같거나 제가 몬스터를 잡을 수 있을 것 같은 상황이 오면 저도 모르게 마음만 급해져서 뛰쳐나가게 됐습니다."

"정말 구질구질한 사연이네. 고작 그런 트라우마에 사로잡혀서 네가 누구를 구한다고? 너부터 구하지 그래? 그리고 네가 무슨 지구용사냐? 네 혼자 지구를 지키게? 강해지고 싶다면 동료부터 믿었어야지. 네가 동료들 발목 잡는 건 생각도 못하냐?"

트라우마 때문이네…. 뭐 무림에서도 동료의 원수를 갚는다며 달려들던 불나방들은 많이 봤지. 그런 성격을 가진 인간치고 오래 사는 꼴을 못 봤지… 네가 소영이를 안 닮았다면 모르지만 그렇게 똑같이 생겨가지고 내 눈앞에서 단명하겠다는데…. 가만히 보고 있을 수는 없지.

"죄송합니다. 하지만 던전은…."

"계속 가려고? 너 몬스터만 보면 그렇게 욱하는데? 네가 원하는 건 더 이상 네 눈앞에서 아무도 안 죽는 거 아니야? 그런데 너랑 던전 다니면 곧 누군가 죽을 것 같은데 말이야."

"……."

"고개를 숙이고 있다고 해결되는 건 아니야."

빡!

"으윽. 대체… 무슨… 짓입니…까?"

지후는 순간 소영의 왼쪽 정강이에 차버렸고 정강이가 부러진 소영은 정강이를 잡으며 바닥에 쓰러진 채 어금니를 꽉 깨물고 있었다.

"어차피 힐러가 치료해도 소용없을 거야. 내가 기운을 주입해놔서 치료가 안 될 거거든. 그러니까 병원 가서 깁스해. 그리고 왼발은 운전하는데 아무 필요도 없으니까 당장 마이 스위트 하우스로 운전이나 해. 헌터가 그 정도로 엄살 부리진 않겠지?"

7. 솔로잉(1)

7. 솔로잉(1)

삼일의 시간이 흐르고 지금 지후는 던전의 입구를 향하고 있었다.

경매에 참가하기 위해서는 지금 통장잔고로는 부족했기에 한동안 레이드에 집중하기 위해서였다.

레이드로 벌 수 있는 방법은 마정석과 부산물뿐만이 아니었다.

그렇기에 지후는 삼일간의 준비기간이 있고 나서야 던전을 향할 수 있었다.

삼 일간 뭘 준비했냐고?

일단 길드 홈페이지의 서버증설작업이 이루어졌다.

지후가 길드에 가입했을 때 한번 서버가 터져버린 적이

있었기에 이번엔 IT기업도 혀를 내두를 정도로 서버를 증설했다.

지후는 레이드로 얻을 부가수입으로 라이브방송 시청권을 판매할 생각이었다.

물론 그 후에는 길드의 편집 팀이 하이라이트 영상을 따로 만들어서 판매할 생각이었다.

라이브방송의 시청권은 5만원. 하이라이트 영상 또한 편당 5만원 이었다. 엄청난 금액이었지만 회의 끝에 그 정도의 금액이 맞다는 결론이 나왔다. 지후는 그동안 다른 길드가 하던 방송과는 차원이 다른 1인 레이드 방송을 할 예정이었기에.

"지금 들어가실 A급 던전은 포이즌 샤벨타이거의 던전입니다."

"알겠어. 밖에서 대기하고 있어."

"가만히 있을 테니 지켜보기만 하면 안 됩니까?"

"라이브시청권 사서 봐. 밖에서 기다리고 있어. 너 신경쓰면서 레이드 할 생각 없으니까. 네 한 몸은 지킬 수 있다는 헛소리는 하지 말고. 여기 A급 던전이고 넌 B급 딜러니까. 그리고 깁스한 다리로 던전을 들어가? 넌 내가 정말 왜 다리를 부러뜨렸는지 모르나 보네. 넌 참을성과 인내심을 좀 길러야 돼. 앞으로 내가 던전에 들어가면 넌 밖에서 인내심을 기르는 훈련 좀 하고 있어. 이것도 다 수련이야."

"수련입니까…?"

"응. 이거 잘 하면 다른 수련으로 넘어가줄게. 그래도 네가 내 유일한 비선데 수련시켜서 강해져야지. 그러니까 시키는 대로 해."

네 훈련법은 내가 다 생각해 놨어. 획기적인 방법으로.

"네. 알겠습니다."

지후가 수련을 시켜준다는 말에 소영은 기대감이 부풀어 올랐고 어느새 자신의 다리를 부러뜨린 게 지후라는 사실은 잊고 강해질 수 있다는 기대와 흥분만이 머릿속에 자리잡고 있었다.

지후 정도의 강자라면 자신을 충분히 강하게 만들어 줄 수 있을 것 같았기에.

요즘 지후에게 훈련받는 길드마스터와 부길드장의 실력이 눈에 띄게 느는 게 눈에 보였기 때문이다.

"맞다. 던전 섭외들은 다 끝났지?"

"네. 오늘 가시는 것 외에도 매일 오후 2시에 A급 던전들을 섭외해 놨습니다."

"그래? 누나 말로는 A급 던전은 구하기 쉽지 않다고 뭐라고 했었는데?"

"대부분 길드들이 방치중인 A급 던전입니다."

"A급 던전을 방치한다고? 그게 말이 돼?"

"요즘 들어서 무슨 일이 있는지 길드들이 다른 일에 신경을 쏟는 것 같습니다. 그리고 가실 던전들은 당장 웨이브가 일어날 기미는 없는 던전들 입니다. 어쨌든 팀장님이야 쉽게 던전을 돌아서 좋으신 것 아닙니까?"

"뭐 그건 그렇지. 아무튼 사고치지 말고 가만히 기다리고 있어. 이제 드론 띄워."

10대의 드론이 지후의 주변으로 날아올랐고 4대의 드론은 동서남북의 방향에서 지후만을 찍었고 4대는 지후를 공격하는 몬스터를 촬영하도록 했고 2대는 전체적인 그림을 촬영 하도록 세팅을 마친 후에 지후는 던전을 들어갔다.

'오랜만에 제대로 몸을 풀겠어. 너무 모니터만 보고 살아서 가끔 이런 것도 필요하긴 했지. 가끔. 맞다. 방송 중이었지. 말이라도 해야 되나?'

"안녕하세요. 이지후입니다. 음…. 아마 그동안 보던 방송과는 다르실 겁니다. 1인 레이드! 캬. 저 말고 누가 해보겠습니까? 제 방송을 시청하시는 여러분들은 정말 복 받으신 겁니다. 그동안 지루하고 재미없는 레이드방송을 보시느라 얼마나 힘드셨습니까? 저도 몇 편 본적이 있는데 보다가 암 걸릴 뻔 했습니다. 답답해서 원. 아무튼 그동안 여러분들의 가슴속을 채워주지 못했던 그 갈증! 제가 풀어드리도록 하겠습니다. 보다가 만족스러우면 후원금 좀 팍팍 쏴주세요!"

방송을 보던 지현은 이를 악물고 있었다. 분명히 자신이 지후에게 입을 열지 말라고 신신당부를 했었는데 결국 입을 열었다. 입만 열면 무슨 사고를 칠지 몰라서 그저 입 다물고 레이드만 하라고 그렇게 부탁을 했었는데…. 시작부터 입을 열고 있는 지후였다.

던전안에서 방송중인데도 태연하게 말을 하며 걸어가는 지후를 보며 시청자들은 어이가 없었다. A급 던전에서 그것도 솔로잉을 하겠다기에 호기심으로 방송을 시청중인 사람들도 많았기 때문이다. 무슨 합법적인 자살방송이냐며 말들은 많았지만 지후의 시청권은 엄청난 속도로 팔리고 있었다.

전 날부터 팔기 시작했는데 어제까지 전 세계적으로 20만장의 라이브시청권이 팔려나갔고 지금도 꾸준히 시청권이 팔리고 있었다. 왜 이렇게 시청권이 팔리냐고? 지후가 처음 헌터가 됐을 때도 A급 오크를 단신으로 처리한 영상이 있었기 때문이다. 그리고 여전히 의문에 붙여진 청와대 반파사건으로 인해 국민들의 지후에 대한 호기심이 절정에 달아있었기 때문이다. 거기다가 지후의 조각 같은 얼굴은 레이드에 관심이 없던 여성들을 움직였고 입에서 입으로 퍼져서 시작하자마자 점점 더 접속자 수는 늘어만 갔다.

물론 각 국가와 대부분의 길드들은 숨죽인 채 지후의 방송을 시청 중이었다.

꼭 실패해서 지후가 죽기를 바라며.

왜냐고? 이게 성공하면 그동안 자신들이 누렸던 모든 게 위협받게 된다.

1인 레이드다. 레이드 시장의 주도권이 온전히 한 사람에게 넘어가는 일이 발생할 지도 모르는 일이기 때문이다.

지후도 딱히 더 이상 할 말이 없었는지 말 없이 걷고 있었다.

뚜벅 뚜벅.

조용한 던전 안에 지후의 발자국 소리만이 울리고 그 발걸음 소리는 시청자들의 긴장케 했다.

조용한 던전안에 작지만 점점 가까워지고 있는 부스럭거리는 소리가 들리고 있었다.

바로 던전의 몬스터 들이었다.

"저 정도면 C급 정도 되겠네. 아. 뒤에 아직 모습을 안 보이는 놈 중에 B급도 있네. 무리로 돌아다니나? 그냥 한 번에 모아오는 방법은 없나. 귀찮게 일일이 찾아다니기는 싫은데."

기감을 넓혀서 던전을 훑어본 지후는 250마리 정도의 몬스터가 던전에 있다는 것을 알게 되었고 한 번에 모두 처리 할 수 있을만한 방법을 궁리하기 시작했다.

빨리 돌아가서 전설을 써야 하는데 던전에 오랜 시간을 투자하고 쉽지는 않았기 때문이다.

당장은 생각나는 방법이 없었기에 지금 눈앞에 와서 으르렁 거리고 있는 샤벨타이거에 집중하기로 마음먹었다.

'저 놈들의 이빨에 물리면 독에 중독된다 이거지. 어차피 물릴 일은 없으니까.'

크아악!

흉폭한 샤벨타이거의 흉성이 던전을 가득 울려 퍼졌고 샤벨타이거는 지후를 향해 돌진하고 있었다.

지후를 맛있는 먹이로 인식을 한 건지 샤벨타이거는 달려오며 침을 흘리고 있었고 그 모습이 더럽다는 듯 지후는 인상을 찡그리고 있었다.

지후의 지척에 도착한 샤벨타이거는 앞발을 휘두르고 있었다.

쉬이익.

순간 바람을 가르는 소리가 들렸고 지후는 목만 살짝 비틀며 앞발을 피해내고 있었다.

가벼운 움직임으로 앞발을 피해낸 지후는 젖혀진 허리를 살짝 튕기며 바로 왼주먹을 움켜지며 아직 제대로 착지하지 못한 샤벨타이거의 복부에 주먹을 찔러 넣었다.

퍼어억.

묵직한 지후의 주먹질 한 번에 샤벨타이거는 지후의 주먹에 매달린 채 축 늘어져 있었다.

툭.

매달려 있던 샤벨타이거를 가볍게 던져 버리자 나머지 세 마리의 샤벨타이거들의 으르렁 거림이 심해지고 있었다.

그들도 지후를 더 이상 먹이로만 보고 있지 않았다.

맹수의 본능일까? 지후를 자신들의 생존을 위협하는 포

식자로 인식하며 동료들을 부르는 울부짓는 소리를 내기 시작했다.

지후는 자신이 직접 나서지 않아도 알아서 불러주니 그저 고마울 뿐이었다.

두 무리의 샤벨타이거들이 더 합류하자 B급 셋에 C급 열한마리가 지후를 향해 입을 벌리며 달려오고 있었다.

"냄새나니까 입은 벌리지 말고! 네들 양치는 하냐! 똥내가 여기까지 진동하네!"

지후는 그들이 입을 벌리며 달려오자 냄새가 난다는 듯 한손으론 코를 잡고 다른 손으론 허공을 휘휘 휘젓고 있었다.

지후는 나름 코믹함도 추가하려고 했던 행동이지만 시청자들은 달려오는 샤벨타이거들을 보며 웃을 수가 없었다.

지후는 천왕신공을 끌어 올리며 천왕보를 밟아 자신을 포위한 샤벨타이거의 공격들을 피해내고 있었다.

그리고 자신의 눈앞에 앞발을 든 샤벨타이거들에게 황보세가의 금나수의 수법중 하나인 태산중수를 이용해 앞발을 쳐내며 사냥해 나갔다.

"음… 역시 두발달린 놈들과 네발달린 놈들은 다른가? 그리고 몬스터에겐 몬스터를 상대하는 전투법이 있어야겠어. 무인과는 다르네. 금나수는 제압이 목적이지. 몬스터 사냥이랑은 안 맞으니까."

지후는 쓰러져서 비명을 질러대는 몬스터들에게 벽력신

장을 날려서 14마리의 몬스터의 생을 마감시켰다.

"장법은 아직 쓸 만하긴 한데… 역시 강기가 가장 확실한 답인가? 오늘 확실히 테스트를 해야겠어. 그래야 내일부터 일이 쉬워지지."

몬스터들의 비명을 듣고 몰려 온 것인지 던전에 있던 몬스터의 삼분의 일정도의 몬스터가 지후의 눈앞을 가득 채우고 있었다.

"와우. 많이도 몰려왔네. 그럼 이제 쇼 타임 시작이다!"

"환영보!"

수많은 잔상이 몬스터들의 틈으로 들어갔고 몬스터들은 우왕좌왕 할 수 밖에 없었다.

그리고 지후는 황보세가의 패권을 이용해 몬스터들을 처리해 나갔다.

환영보는 단순히 빠르게 움직여 잔상을 보여주는 보법이 아니다.

보법이자 신법이었고 경공이었다. 그리고 극성까지 익히면 그 환영 하나 하나가 진짜가 되는 무공이었다.

시청자들은 마치 아름다운 한편의 춤을 보는 것 같았다.

몬스터들의 틈에 파고들어서 왈츠를 추는 것만 같았고 그의 손짓 한번 한번은 우아했다.

그의 손길이 닿을 때마다 터져나가는 피분수와 뇌수들은 잘 만든 영화의 CG를 연상케 했고 몬스터들의 비명은 배경음악이 되어 시청자들을 사로잡아 영상에서 시선을 거둘

수 없게 만들었다.

"상처 입은 맹수는 무섭지. 그런데 나한텐 상처 입으면 그대로 끝이야."

이 유치한 한 마디에 시청자들은 열광했다.

지후 스스로도 너무 유치했나 싶은 대사였지만 그건 그 거대로 시청자들을 만족시킬 수 있다고 생각하는 지후였 다.

사실 지후의 영상은 그 어떤 대사도 필요가 없었지만 그 걸 모르고 있는 지후였다.

반절 정도가 남았고 몬스터들은 자신을 핍박하는 포식자 에게서 도망가고 싶었지만 던전에서 갈 곳이 어디란 말인 가. 어차피 도망 가봐야 던전이다.

피할 곳이 없다면 싸워야 했기에 포이즌 샤벨타이거 들 은 본능적으로 지후에게 다시 달려들었다.

쾅앙!

지후는 진각을 밟았고 진각의 충격파로 인해 균형을 잃 고 공중에 떠오른 몬스터들은 지후의 쉬지않고 날려대는 벽력신장을 맞이해야 했다.

파아아악.

마치 하늘에서 핏빛 비가 내리는 것만 같은 장면이었다.

공중에서 벽력신장을 정통으로 맞은 샤벨타이거들은 육 편이 되어 조각조각 흩날리고 있었고 뿌연 핏빛연무가 생 기고 있었다.

그 핏빛 비를 맞으며 미소를 짓고 있는 지후의 모습은 섬뜩했지만 붉은 배경은 여성 시청자들의 엄청난 환호를 불렀다.

　마치 그 어떤 몬스터에게서도 자신을 구해줄 것만 같은 느낌을 받은 것일까?

　지후가 하얀 이를 보이며 짓고 있는 미소에 후원금은 미친 듯이 올라가고 있었다.

　"이래서 헌터들이 아이템 아이템 노래를 부르나 보네. 확실히 아이템이 대단하긴 해. 천왕신공으로 내공을 채우는 속도가 월등히 빨라졌네. 아니 천왕신공과는 별개로 차오르는 건가? 내공도 압도적으로 늘어나서 오늘은 강기를 제대로 사용해 봐도 되겠는데?"

　지후가 협회에서 듣어왔던 아이템들의 효과를 지후는 제대로 체감하고 있었다.

〈2권에 계속〉

※출판 일정에 따라 출간일은 변경될 수 있습니

세계 최고의 연기자에게 붙는
위대한 칭호 **연기의 신神**

사람의 마음이 색으로 보이는 강신!
홀어머니 아래 잘 자라던 그에게
어머님의 죽음이란 시련이 닥쳐 오지만
부모님의 친구였던 분에게 도움을 받아
어려움 없는 유년 시절을 보내게 된다!

우연찮은 기회에 보게 된 뮤지컬 [레미제라블]로 인해
그는 연기의 매력에 푹 빠져 들게 되고
독학으로 연기 공부를 시작하게 되는데!

메소드 METHOD

배우가 배역을 연기하기보다 배역 그 자체가 되는 기술!
타고난 연기 천재가 펼치는 메소드 연기는 어떤 연기일까.
인간의 연기일까? 아니면 신의 연기일까?

국내를 넘어 세계로 뻗어 나갈
신의 연기가 지금 시작된다!

북두 백락白樂 현대판타지 장편소설
NEO MODERN FANTASY STO

이계황제 헌터정복기

이계 현대 판타지 장편소설

에르하임 제국의 황제 칼스타인은 친정이 끝난 후
복귀해 오랜만에 잠에 빠지는데.
잠에 빠진 채 기이한 느낌에 눈을 뜬 칼스타인은
자신이 영혼의 상태인 것을 느낌과 동시에
다른 이의 상단전에 자리 잡았음을 느끼고
혼이 이미 빠져 나간 육신을 장악하는데.

그렇게 장악한 몸의 주인 이수혁으로 지구에서
깨어나게 된 칼스타인은 다시 잠에 들면
자신이 살던 차원으로 돌아오는 것을 알게 되고.

지구의 이수혁의 몸으로 수련을 하던 중
막혀 있던 자신의 경지를 깰 수 있는 방법이
지구에서의 수련임을 깨닫게 됨과 동시에
이수혁으로서의 삶도 조금씩 중요하게 여기게 되는데.

다시금 인연을 맺게 된 어머님의 건강을 찾고
자신의 무에 대한 갈망을 충족하기 위한
이계의 절대자 칼스타인의 헌터정복기! 시작된다!

아르케 현대 판타지 장편소설

※출판 일정에 따라 출간일은 변경될 수 있습니다.

발칸레이븐 현대 판타지 장편소설

북두
네오 모던 세상 NEO MOD

전설이 돌아왔다

서기 2017년.

지옥에서 악마가 지상으로 올라온다.
인류는 그저 먹이감으로 전락하고 마는데……

888등급 각성자 강혁준은 발전을 꿈꾸며
악마와 결전을 벌이지만 인류의 배반으로 실패한다.

'다시 한 번 나에게 기회를 준다면……'

그의 소원은 이루어지고,
마침내 **전설**이 다시 돌아온다.

발칸레이븐 현대판타지 장편소설

『 전설이 돌아왔다 』